Leo Perutz (1882–1957) wurde in Prag geboren. Frühzeitig übersiedelte er nach Wien, wo er bis 1938 seine Romane und Novellen schrieb. Von Beruf Versicherungsmathematiker, war er von Berufung Schriftsteller. Zu seinen berühmtesten Werken zählen u. a. »Nachts unter der steinernen Brücke«, »Der Meister des Jüngsten Tages«, »Der schwedische Reiter« und »Sankt Petri Schnee«.

Von Leo Perutz sind außerdem erschienen:

Die dritte Kugel (Band 3204)
Zwischen neun und neun (Band 3205)
Turlupin (Band 3206)
Der Marques de Bolibar (Band 3212)
Herr, erbarme dich meiner (Band 3214)
Der schwedische Reiter (Band 63012)

Dieses Buch wurde auf chlor- und säurefreiem Papier gedruckt.

Vollständige Taschenbuchausgabe Januar 1994
Droemersche Verlagsanstalt Th. Knaur Nachf., München
Lizenzausgabe mit Genehmigung des Paul Zsolnay Verlags
Wien/Darmstadt

Umschlaggestaltung: Manfred Waller, Reinbek
Druck und Bindung: Ebner Ulm
Printed in Germany
ISBN 3-426-03215-5

2 4 5 3 1

LEO PERUTZ

Wohin rollst du, Äpfelchen ...

Roman

Mit einem Nachwort
von Hans-Harald Müller

Knaur

Inhalt

ES KOMMT DER TAG

Die unerwartete Kontrolle in der großen Lazaretthalle des Bahnhofes war das letzte aufregende Ereignis gewesen. Von Moskau an verlief die Reise ohne irgendeinen Zwischenfall. Als Kohout die abgerissenen Spielkarten aus der Tasche zog und mit der Bemerkung, man sei ihm Revanche schuldig, eine Partie Einundzwanzig vorschlug, waren alle dabei, auch Feuerstein, der auf dem Bahnhofe während der Verlesung der Namen einen Ohnmachtsanfall erlitten hatte.

In Tula stieg Dr. Emperger, der die Reisekasse führte, aus und kaufte Brot, Eier und heißes Teewasser, sogar zwei Tafeln Schokolade trieb er auf. Als er zurückkam, sagte er, nun habe er von Rußland Abschied genommen, endgültig und für alle Zeiten, zum letzten Male in diesem Leben habe er russische Erde betreten. Denn er befände sich jetzt eigentlich schon auf neutralem Boden, den Sanitätszug könne er nicht als zu Rußland gehörig betrachten.

Vittorins Miene verfinsterte sich. – So, also Dr. Emperger wollte auf keinen Fall mehr nach Rußland zurück? Und wenn die Wahl auf ihn fiel, was dann? Lag hinter seinen Worten irgendeine Absicht verborgen? Wollte er am Ende vorbauen, auf geschickte und unauffällige Art andeuten, daß er sich an das Übereinkommen nicht gebunden fühle?

Er blickte von den Karten auf. Doch er fand in Doktor Empergers Gesicht mit den hervortretenden, völlig ausdruckslosen Augen nichts, was seinen Argwohn bestätigen konnte.

Unmöglich! Sie hatten alle fünf feierlich ihr Ehrenwort verpfändet. Ich schwöre als Offizier und Mann von Ehre – das war die Formel gewesen. Es gab kein Zurück mehr.

Vielleicht war sich Doktor Emperger der Tragweite seiner Bemerkung gar nicht bewußt, vielleicht hatte er einfach ohne jede Überlegung gesprochen. In diesem Falle war ein Verweis, der ja im freudschaftlichen Ton gehalten sein konnte, durchaus am Platz.

Vittorin legte die Karten aus der Hand und knöpfte seinen Rock zu. Aber während er noch überlegte, kam ihm der Leutnant Kohout zuvor.

„Du, mein Lieber", sagte er zu Emperger, „mir scheint, du willst dich drücken. Einer von uns muß zurück, das weißt du. Wer sagt dir, daß du nicht derjenige sein wirst?"

„Du hast mich mißverstanden, Kohout", erklärte Doktor Emperger. „Natürlich, einer von uns geht zurück. Aber als Kriegsgefangenen sieht mich das heilige Rußland nicht mehr. Wenn ich wiederkomm', bin ich ein freier Mann, das ist dann etwas anderes, das wirst du doch zugeben?"

„Den Namen Seljukow werd' ich mir merken", sagte Feuerstein. „Den Namen vergeß' ich bis an mein Lebensende nicht. Auf mich könnt ihr zählen."

„Die Sache ist längst erledigt", rief vom Fenster her der Professor Junker. „Wer hat denn wieder damit begonnen? Sollen wir uns wirklich die schöne Fahrt in diesem sauberen, beinahe wieder europäischen Waggon durch die Erinnerung an den Stabskapitän vergällen lassen?"

Vittorin schloß die Augen. – Gar nicht daran zu denken, daß man solch eine ernste Sache dem Doktor Emperger anvertrauen kann. Ein Muttersöhnchen, verweichlicht, verzogen, in keiner Hinsicht verläßlich. Ein netter Mensch sonst, ein guter Kamerad, vielleicht auch couragiert, zugegeben, er hat die kleine Silberne, aber die Weibergeschichten! Der Mensch hat nichts als seine Liebesabenteuer im Kopf. Die Fritzi, die Hansi, die Frieda vom Eislaufverein, hundertmal hab' ich mir seine Weibergeschichten anhören müssen. Abend für Abend, wenn die Schachpartie zu Ende war – – ja, wo sind die Zeiten! – – das ist immer die Einleitungsphrase gewesen. Und dann kam die Hansi und die schöne Frau des Ministerialrats und die Lilly aus der Kaiserbar, die ihn immer in die Lippen gebissen hat. – Er hält sich für unwiderstehlich. Und mit seiner Courage ist's auch nicht weit her, trotz der Silbernen. Er wollte anfangs gar nicht mit, Tag und Nacht ist er uns in den Ohren gelegen: Ihr werdet sehen, wir kommen über Omsk nicht hinaus, in Omsk bleiben wir stecken. Jetzt auf einmal ist er der große Herr, hier im Sanitätszug spielt er sich als Transportkommandant auf. Nein, daß er die Stimmen bekommt, das werd' ich zu verhindern wissen. Der Professor kommt auch nicht in Betracht, der war nie Offizier. Für die Wissenschaft unentbehrlich, werd' ich sagen, wenn sie den Professor vorschlagen sollten. Kohout? Mit seinem steifen Arm? Bleibt nur noch Feuerstein. Mit dem muß ich freilich rechnen. Feuerstein ist schlau, gerissen ist er, der kommt überall durch, der erreicht alles, was er will. Den Ohnmachtsanfall in der Lazaretthalle, den hat er sicher nur simuliert, er hat keine Papiere, nicht einmal ein ärztliches Zeugnis hat er. Ob er so ohne weiteres zu meinen Gunsten verzichten wird, das ist fraglich. Und Geld hat er auch, soll sogar sehr vermögend sein, Industrieller. Das spricht aber eher gegen ihn, das Geld und der Beruf. Ich werd' jedenfalls darauf hinweisen, daß einer, der eine solche Sache auf sich nimmt, durch nichts gebunden sein darf. Feuerstein wird immer nur an seine Fabrik denken und an die Geschäfte, die ihm möglicherweise entgehen. Nein, das werd' ich lieber doch nicht sagen, sonst wird er am Ende – er soll ja das Geld zur Verfügung stellen, wir brauchen ihn, vor den Kopf stoßen darf ich ihn nicht. Es wird nicht leicht sein, ihn dazu zu bringen, daß er zurücktritt. Kohout stimmt sicher für mich, auf den kann ich mich verlassen. –

„Zum Teufel, was ist denn mit dem Zug los? Bleiben wir ewig hier stehen?" rief Kohout. „Wo ist denn der Emperger? Professor, schließen Sie doch das Fenster, es zieht bestialisch.“

Der Professor vertrieb sich die Zeit damit, daß er den Bäuerinnen, die vor dem Stationsgebäude standen, „Doswisdanja“ zurief, „Auf Wiedersehen“. Doktor Emperger kam zurück und brachte Neuigkeiten.

„Nur ein kleiner Maschinendefekt, belanglos, in einer halben Stunde kann er behoben sein. Wißt ihr, wer der alte Herr im Nebenabteil ist? Ein zaristischer Adelsmarschall, Schwiegersohn eines Großfürsten, mit Lebensgefahr aus Petersburg geflüchtet. Er hat nichts als die Kleider, die er trägt, alles andere haben ihm die Bolschewiken weggenommen. Der Oberleutnant, der dem dänischen Roten Kreuz zugeteilt ist, hat es mir gesagt. Wer will Bier, wer will Zigaretten? In einer Stunde sind wir auf ukrainischem Gebiet. Jeder von uns hat Anspruch auf fünf Wochen Urlaub, sagt der Oberleutnant, beim Kader anzufordern.“

„Daß wir Urlaub bekommen müssen, das versteht sich doch von selbst“, brummte Kohout. „Dazu brauch’ ich deinen Oberleutnant nicht. Spielen wir weiter. Wer hält die Bank?“

„Ja, aber vorher drei Wochen Quarantäne“, fuhr Doktor Emperger fort. „In irgendeinem podolischen Nest, nicht zu umgehen, keine Formalität. Eine nette Überraschung, wie? Was sagen Sie dazu, Professor?“

Der Professor zuckte die Achseln. Kohout mischte, ließ abheben, teilte die Karten aus und sagte:

„Werden sich deine Pupperln halt noch die drei Wochen gedulden müssen. Setz’ dich inzwischen.“

„Wann, sagst du, sind wir über der Grenze?“ fragte Vittorin.

„In einer Stunde, spätestens.“

„Kohout, höchste Zeit! Wir müssen unser Gepäck in Ordnung bringen.“

Kohout stand auf, streckte sich und holte den hölzernen

Militärkoffer, der seine und Vittorins Habseligkeiten enthielt, vom Gepäckbrett herunter.

„So, und jetzt mach' Ordnung!" sagte er, indem er nach seiner Gewohnheit von einem Fuß auf den andern trat und die Hände in den Gelenken drehte, „reinliche Scheidung. Schluß mit der Gütergemeinschaft."

Vittorin öffnete den Koffer und legte seine Sachen auf die Bank. Das Waschzeug, die russische Hemdbluse, die Wäsche, den Pelzrock mit dem Krimmerkragen. Die hohen Filzstiefel, daheim nicht zu verwenden, aber eine schöne Erinnerung an die sibirische Zeit. Die kunstvoll gearbeitete Kette aus Roßhaar mit den vier durchbrochenen chinesischen Silbermünzen. Dann die Briefe des Vaters und der Schwestern, die Vally hatte nur selten geschrieben, die Lola hingegen, die ältere, pünktlich an jedem Ersten und an jedem Fünfzehnten Nachricht geschickt. Ein verschnürtes Päckchen, das waren die Briefe von Franzi Kroneis, „Mein lieber Bub", so begann sie alle, er brauchte gar nicht hineinzusehen. Dieses Schreiben mit den ungelenken Schriftzügen, das zu oberst lag, das war von seinem Bruder Oskar. Er entfaltete den Brief und begann zu lesen.

„Lieber Bruder! Es ist schon lange her, daß ich an Dich, lieber Bruder, kein Schreiben gerichtet habe, und bitte ich Dich, mit wegen meiner Unaufmerksamkeit gegen Dich, lieber Bruder, nicht böse zu sein. Nun will ich Dir von meiner Beschäftigung Näheres mitteilen. Ich nehme seit einiger Zeit bei einem Professor der Handelsschule Unterricht in Deutsch, Stenographie, Korrespondenz und Französisch, vier Stunden wöchentlich, für welche ich pro Stunde 2 Kronen bezahle. Auch in meiner freien Zeit, welche zwar sehr kurz ist, übe ich schriftliche Arbeiten sowie Klavier. Hoffentlich endet der langdauernde Krieg bald und Du, lieber Bruder, wirst in das Vaterhaus zurückkehren können. Deinen lieben Brief vom 16. 1. haben wir erhalten, aus welchem wir erfahren, daß Du unter den dortigen Verhältnissen leidest, worüber wir sehr besorgt sind. Teile Dir ferner mit, daß ich das Theater besuche und sogar zu Fasching bei Vergnügungen meiner Kollegen war. Nun habe ich Dir in diesem Brief bereits über so manches Mitteilung gemacht, wodurch Du, lieber Bruder, zufriedengestellt sein wirst, und schließe nunmehr dieses Schreiben mit Gruß Dein Bruder Oskar."

Vittorin lächelte. Sein kleiner Bruder, der bei Kriegsausbruch noch mit dem Lasso und mit Pfeil und Bogen gespielt hatte, der war nun auch bald ein erwachsener Mensch.

Weiter! Das rote Heft mit den russischen Vokabeln. Eine Anzahl Nummern der hektographierten Lagerzeitung. Ein Block buntbemalten, chinesischen Briefpapiers. Die Lederweste, die englische Grammatik, die Tungusenmütze. Eine hölzerne Aschenschale, die ein kriegsgefangener Dragoner geschnitzt hatte. Eine Schachtel Zigaretten, und ganz zu unterst lagen, sorgfältig verpackt, die beiden Fayencevasen mit den Vogelkopfhenkeln und den weißen Drachen auf blauem Grund und die grünglasierte Porzellanschale, alles kostbare Stücke, wahrscheinlich aus der Mingperiode, hatte Doktor Emperger, der sich auf diese Dinge verstand, erklärt, für ganz billiges Geld erstanden, und die Porzellanschale allein war mindestens fünfhundert Rubel wert.

Aus all diesen Sachen machte sich Vittorin mit Zuhilfenahme seines Pelzrockes und eines Riemens eine Plaidrolle zurecht. Dann steckte er sich eine Zigarette an.

Der Zug setzte sich in Bewegung. Der Professor winkte mit dem Taschentuch und rief „Doswisdanja". Feuerstein gestand, er habe an den Maschinendefekt nicht recht geglaubt. Er sei überzeugt gewesen, daß ein Telegramm aus Moskau in der Station eingetroffen sei und daß man ihn noch im letzten Augenblick aus dem Zug herausholen werde. Das sei eine böse halbe Stunde für ihn gewesen. Ob ihm das jemand angemerkt habe?

„Ich schon“, sagte Kohout. „Du warst ja käsweiß im Gesicht.“

Doktor Emperger begann abzurechnen. Gemeinsame Ausgaben waren nicht mehr zu erwarten. Er freute sich, mitteilen zu können, daß die Reisekasse infolge sparsamer Wirtschaftsführung in der Lage sei, jedem ihrer Kommittenten den Betrag von siebzehneinhalb Rubel zurückzuerstatten. Quittung sei nicht erforderlich.

Nun aber war der feierliche Augenblick gekommen. Vittorin zog sein Notizbuch und bat die Reisegefährten, die zwei Jahre hindurch seine Stubengenossen im Lager Tschernawjensk gewesen waren, um ihre Adressen.

Doktor Emperger, das wußte er, wohnte natürlich im elegantesten Viertel, Prinz-Eugen-Straße. Im Telephonbuch stand er auch. Kohout hatte derzeit keine ständige Adresse. Aber man könne ihm in das Café Splendid schreiben, sagte er und drehte die Hände in den Gelenken. Café Splendid in der Praterstraße. Das sei sein Stammcafé; wenn er in Wien sei, schaue er täglich ein-, zweimal hin.

Vittorin schrieb die vier Namen in sein Notizbuch, und neben jedem vermerkte er den militärischen Rang, den Zivilberuf, die Straße und die Hausnummer. Und darunter schrieb er mit großen deutlichen Buchstaben: Michael Michajlowitsch Seljukow, Stabskapitän im Semjenowschen Regiment.

Damit war der erste Schritt getan. Schwarz auf weiß war alles niedergelegt. Michael Michajlowitsch Seljukow gegenüber stand nun eine festgefügte Organisation, ein Bund von fünf Menschen, die ihr Ziel vor sich sahen und bereit waren, jedes Opfer zu bringen, um dieses Ziel zu erreichen. Nun mußte die Sache ihren Lauf nehmen.

Der Zug fuhr in Rjechowo ein. Die Reise war zu Ende. Zwei Bolschewiken-Offiziere mit dem Sowjetstern auf den

Tellermützen gingen zwischen den hochgetürmten Holzstößen auf und nieder. Auf der anderen Seite des Stationsgebäudes, neben dem Wasserturm, stand ein österreichischer Posten mit geschultertem Gewehr und aufgepflanztem Bajonett. Ein großer, brauner Hund trieb sich zwischen den Güterwagen umher, zwei Bauern schleppten eine Hühnersteige über das Gleis. Aus der offenen Tür des Bahnhofkommandos trat ein Honvedmajor mit graumeliertem Backenbart, und der Oberleutnant vom Sanitätszug ging auf ihn zu und erstattete die Meldung.

Als Vittorin im Restaurationssaal des Krakauer Bahnhofs auf den Wiener Schnellzug wartete, winkte ihm vom Büfett her ein Leutnant, der die Achselschnur und die schwarzen Samtaufschläge eines Dragonerregimentes trug, auf kameradschaftliche und vertrauliche Weise zu. Vittorin erwiderte den Gruß unsicher und ein wenig steif. Da kam der Dragoneroffizier auch schon an seinen Tisch.

„Na, was ist?“ fragte er, und jetzt erkannte Vittorin den Doktor Emperger. „Soll ich mich vielleicht vorstellen? Starrt mich an und weiß nicht, wohin er mich tun soll. Mir scheint, du kennst mich nur, wenn ich in der Rubaschka oder mit den Pelzstiefeln herumlauf', wenn ich wie ein Mensch ausschau', kennst du mich nicht. Nein, mein Lieber, meine Eskimoperiode ist, Gott sei Dank, vorüber. Und du, was machst du, wie geht's dir? Schon zurück vom Kader?“

Er wartete Vittorins Antwort nicht ab, sondern begann sogleich von sich selbst zu erzählen.

„Bei mir ist das alles sehr rasch gegangen, ich hab' mir's gerichtet. Fünf Tage in Brest-Litowsk unter Beobachtung, dann neue Montur und fort nach Wien. Jetzt bin ich auf dem Weg zum Ersatzbataillon, du weißt ja, Urlaub. In Wien sieht's schön aus, du wirst Augen machen, wenn du nach Wien kommst. Triste. Grippe, abends in den Straßen stockfinster, nichts zu essen, in den Lokalen, auch in den besseren, nichts zu bekommen, um ein Stückel Rindfleisch stellen sich die Leut' an. Ja, mein Lieber, das waren noch andere Zeiten damals, wie ich beim Weide in Hietzing gespicktes Haselhuhn und Wildente, in Rotwein gedünstet, bekommen hab'. Gar nicht daran denken darf man. Die Oper, das ist noch das einzige. Magst eine gute Zigarette? Cercle du Bosphore, prima Marke, ich hab' sie von einem Teppichhändler, der vorige Woche aus Konstantinopel zurückgekommen ist. In Wien heißt's, daß die ganze bulgarische Armee zur Entente übergelaufen ist; Bundesgenossen, wie? Was daran wahr ist, weiß ich nicht."

Eine Rote-Kreuz-Schwester, die am Arm eines Husaren-Rittmeisters den Restaurationssaal verließ, nickte ihm zu. Doktor Emperger schlug die Hacken zusammen und verbeugte sich.

„Das ist Vicky Fröhlich, weißt, die Nichte von dem Kohlenbaron, die pflegt jetzt in Neusandec", flüsterte er Vittorin zu. „Ich möcht' wissen, wie der Rittmeister Nadherny dazu kommt, sich ihr zu attachieren? Kennst du ihn? Er hat ein Glasaug'. Jeden Vormittag sitzt er im Café Fenstergukker."

Der Bahnhofsvorsteher rief von der Tür her den Personenzug Jordanow–Neusandec–Gorlice–Sanok aus.

„Bist du noch mit einem von den Kameraden zusammen gewesen?" fragte Vittorin.

Doktor Emperger sah der Schwester vom Roten Kreuz nach.

„Sollt' ich dem Nadherny nicht bissel ins Kraut steigen?" meinte er. „Viel zu gut für ihn, das Mädel. Chancen hätt' ich ja."

„Hast du etwas von den anderen gehört?" wiederholte Vittorin seine Frage.

„Der Professor ist schon in Wien", berichtete Doktor

Emperger. „In allen Zeitungen ist es gestanden: Professor Junker aus russischer Kriegsgefangenschaft zurückgekehrt. Der hat es natürlich gut, Zivilinternierter, braucht sich um kein Kader zu kümmern. Den Kohout hab' ich in Brest-Litowsk im Monturdepot getroffen. Unmöglicher Mensch, direkt kompromittierend, fraternisiert mit der Mannschaft, der wird noch mal bös' reinfallen, sag' ich dir."

„Und Feuerstein?"

„Den Feuerstein hat sein Bruder in Kiew erwartet, schon mit dem Enthebungsbescheid in der Tasche. Meine Angelegenheiten sind auch in bester Ordnung. Sowie der Krieg aus ist, tret' ich als Rechtskonsulent in die Kreditanstalt ein. Der Posten wartet schon auf mich."

Vittorin hörte nur mit halbem Ohr zu. Die ganze Zeit über hatte er darauf gewartet, daß nun endlich die Sache zur Sprache kommen werde, die ihn unaufhörlich, Tag und Nacht, beschäftigte. Aber Doktor Emperger sprach nur von gleichgültigen und unwichtigen Dingen. War das am Ende ein wohlüberlegter Plan? Ein Versuch, das Übereinkommen von Tschernawjensk zu bagatellisieren? Darüber mußte volle Klarheit geschaffen werden.

„Gibt es etwas Neues in der bewußten Sache?" fragte Vittorin geradeheraus. „Hast du vielleicht mit dem Kohout darüber gesprochen?"

„Worüber?"

„Worüber?" wiederholte Vittorin gereizt. „Wegen des Stabskapitäns natürlich."

„Wegen des Stabskapitäns? Was soll es denn da Neues geben? Jetzt, vorläufig, ist ja nichts zu machen. Aufrichtig gestanden, ich hab' an den Stabskapitän überhaupt nicht gedacht, auch nicht an Tschernawjensk, wie wenn ich nie dort gewesen wär'. Es wird dir auch nicht anders gehen, wenn du erst einmal wieder in Wien bist. Nur am ersten Tag, weißt, wie ich zu Haus in meinem Bett aufwach' – ich schau' auf die Uhr: Dreiviertel sechs. Herrgott, denk' ich mir, dreiviertel sechs, jetzt heißt's rasch aufstehen, gleich wird Morgenröte geblasen. Und dann bin ich natürlich liegen geblieben, kannst dir denken, mit einem Wohlbehagen, das läßt sich nicht schildern, und wie ich so lieg', hab' ich mich an die Lagerordnung erinnert, Paragraph 2: Nach gegebenem Signal Morgenröte alle Kriegsgefangenen stehen auf, ordnen sich ihre Betten, machen Toilette, bringen ihr Logement in Reinigkeit. Weiteres bis acht Uhr morgens Tee ist erlaubt zu trinken. – Na, alles geht vorüber, denk' ich mir, und jetzt Tee ist erlaubt zu trinken, wann's mir paßt."

Vittorin sah auf die Uhr, rief den Kellner und zahlte. In fünf Minuten mußte der Wiener Schnellzug da sein. Doktor Emperger ließ es sich nicht nehmen, den Freund und Zimmergenossen aus dem Lager Tschernawjensk auf den Perron hinaus zu begleiten. In aller Eile gab er ihm noch einige nützliche Winke für Wien:

„Du kannst, wenn du Lust hast, ruhig in Zivil gehen, kein Mensch kümmert sich drum. Wenn du dir mal was zu essen kaufen willst, geh' zum Nordwestbahnhof. Dort in der Näh' bekommst du alles, Fleisch, Butter, Eier, Nullermehl, weißt, von den Urlaubern aus Galizien. Natürlich, Preise verlangen die! In den Kaffeehäusern – das Zeug, das sie dort Mokka nennen, das rühr' nicht an. Wenn du mal einen richtigen Mokka trinken willst, dann geh' ins Café Pucher und sprich mit dem Ober, beruf' dich auf mich. Dort gibt's noch einen echten Türkischen, aber eben nur für besondere Gäste."

„Ich denke, wir werden so gegen Weihnachten unsere erste Besprechung halten", sagte Vittorin. „Wir müssen es nur mit dem Urlaub so einrichten, daß wir alle zugleich in Wien sind."

„Ich glaub', wir werden bald überhaupt alle auf Urlaub gehen", sagte Doktor Emperger. „Es liegt sowas in der

Luft. Servus, Vittorin, auf Wiedersehen, laß dir's gut gehen."

Der Zug war überfüllt. Vittorin kauerte in einem Winkel des schlecht erleuchteten Ganges neben seiner Plaidrolle. Er wollte schlafen. Aber immer wieder riß ihn eine Stimme, die er haßte, aus seinem Halbschlummer.

„Ssdrawstwujte", sagte die Stimme in singendem Tonfall. „Seid gegrüßt", sagte sie, und Vittorin fuhr auf und sah einen Augenblick das fremdartig geschnittene Profil, die hochgewölbte, ein wenig vorspringende Stirn, den leicht geöffneten Mund mit dem hochmütigen Zug um die Lippen, die schmale, gebräunte Hand, die die Zigarette hielt. Hatte er jemals Michael Michajlowitsch Seljukow ohne Zigarette gesehen? Einmal doch, ja, ganz richtig – dem Przemysler Generalstabshauptmann hatte ein betrunkener Kosak einen Hieb mit der Nagaika versetzt, und der Stabskapitän Seljukow war selbst in den Fünferpavillon gekommen, um dem Generalstäbler sein Bedauern auszusprechen. In großer Uniform, mit dem Wladimirorden und dem Georgskreuz – „Der Mann wird zur Rechenschaft gezogen mit größter Strengigkeit, Sie wissen, welche Strafe nach russischem Gesetz – ein Kosak, ein Bauer – glauben mir, Herr Kamerad, daß ich bin bestürzt –" Dann hatte er dem Herrn Kameraden mit einer leichten Verbeugung die Hand gereicht – o ja, Michael Michajlowitsch Seljukow wußte sich zu benehmen, er war kein Bauer, kein Kosak, er konnte charmant sein, wenn er wollte. Um so schlimmer.

Der Zug stand. Vittorin trat ans Fenster und blickte hinaus. Hier in dieser Gegend hatte er einmal seine Ferien verbracht, zwölf, nein, vierzehn Jahre war es her. Damals hatte der Onkel noch die Mühle gehabt, jetzt fährt er in die Dörfer und verkauft Dreschmaschinen.

Wie rasch die Zeit vergeht. Vierzehn Jahre. Und diese

Nacht will kein Ende nehmen, kein Ende will sie nehmen. Dreiviertel eins erst. Morgen bin ich in Wien. Ob sie mein Telegramm bekommen haben? Wer wird am Bahnhof sein? Der Vater, die Schwestern, vielleicht die Franzi. Schlafen, wenn ich nur schlafen könnte.

Er schloß die Augen. Aber statt des Schlafes kam ein Bild aus der Vergangenheit, eine Erinnerung, die ihn unerbittlich verfolgte. Wieder war er in Tschernawjensk, er stand vor der Tür der Kanzlei. Er hatte eine Bitte vorzubringen. – Seljukow kann auch charmant sein. „Tragen Sie Ihr Anliegen vor, Herr Leutnant", wird er sagen, „ich höre, ce qui est dans mon pouvoir de faire pour les prisonniers de guerre –"

Vittorins Finger sind steif vor Kälte. Der Starschi, der russische Unteroffizier, der ihn begleitet, streift sich den Schnee vom Mantel, stampft mit den Füßen, rückt seine Mütze zurecht und klopft an.

Der Stabskapitän Seljukow sitzt an seinem Schreibtisch. Er blickt nicht auf, er blättert in einem Buch, er raucht und schreibt. Er hat eine lässig-elegante Art, während des Schreibens die Zigarette zu halten. Mit der Spitze des kleinen Fingers der linken Hand drückt er sie an den Ringfinger. Auf dem Schreibtisch liegen militärische Bücher, Drucksorten und französische Romane.

Der Diener Grischa blickt zur Tür herein, er sieht seinen Herrn beschäftigt und verschwindet. Im Zimmer ist ein leiser, feiner Geruch, das ist das Aroma der Zigarette, chinesischer Tabak. Und noch etwas ist da, ein fremdartiges Parfüm – natürlich, manchmal bekommt er auch Damenbesuch. Wenn sie im Zimmer ist, die Frau mit dem schmalen Gesicht und den unruhig blickenden Augen, deren Namen niemand im Lager kennt, wenn sie im Zimmer ist, so kann sie sich nur hinter dem Wandschirm versteckt haben. Vittorin horcht, ob ihre Atemzüge zu vernehmen sind.

Fünf Minuten. Noch immer blickt Seljukow nicht auf.

Manchmal kommt, während er schreibt, zwischen seinen Zähnen die Zunge zum Vorschein, sie streicht über seine Oberlippe und verschwindet, und Vittorin sieht dieses lautlose Spiel mit einem sonderbaren Wohlbehagen, für das er keine Erklärung finden kann. Acht Minuten. Das weiße Emailkreuz am gelben Band, das ist das Georgskreuz. Seljukow hat auch den Wladimirorden und den Georgssäbel, aber die trägt er nur bei besonderem Anlaß.

Jetzt hat er seine Arbeit beendet. Der russische Unteroffizier steht mit den Händen an der Hosennaht und sagt ein paar Worte in russischer Sprache.

Michael Michajlowitsch Seljukow stützt die Stirn in die Hand und sieht mit halbgeschlossenen Augen an Vittorin vorbei.

„Sie haben Ihr Anliegen zu melden dem Unteroffizier du jour", sagt er langsam und in gleichgültigem Ton, als spräche er zu dem Mantel, der dort an der Wand hängt. „Meine Arbeit ist nicht, zu hören Beschwerde von Kriegsgefangene. Sie kennen russische Gesetz. Sie stellen sich mit Opposition gegen Lagerordnung. Sie kommen zum drittenmal, mich belästigen mit Bitte und Beschwerde."

Vittorin wird blutrot und starrt auf den Wandschirm.

„Das ist nicht Benehmen von Offizier", fährt Seljukow fort. „In Frankreich nennt man das Bochisme. Sie haben zehn Tage Zimmerarrest, damit Sie sich merken russische Gesetz. Sie können gehen."

Vittorin geht nicht. Er will sprechen, sich rechtfertigen, er legt es sich auf französisch zurecht, was er zu sagen hat, Seljukow soll sehen, daß er es mit einem Menschen von Bildung und Erziehung zu tun hat, dem die französische Sprache geläufig ist. – Mon Capitain, c'est cruel, c'est inhumain, vous comprenez, d'interrompre l'expédition des lettres pendant trois semaines, parceque deux lampes étaient encore allumées à onze heures de la nuit. Mes camarades –

Er bringt kein Wort heraus, er ist dem Augenblick nicht gewachsen. Der Stabskapitän streift die Asche seiner Zigarette ab. Dann winkt er dem Unteroffizier.

„Pascholl."

Er sagt das ganz ruhig, es klingt, als hieße es nicht „Hinaus", sondern etwa: Warten Sie einen Augenblick. Oder: Gedulden Sie sich ein wenig. Pascholl! Der Unteroffizier macht kehrt, faßt den Leutnant Vittorin an der Schulter und stößt ihn zur Tür hinaus.

Der Tiroler Landsturmgefreite vom Mannschaftslager drüben hat den Militärarzt, der ihn ins Gesicht geschlagen hat, mit den Händen erwürgt, jawohl, und sich tags darauf, ohne mit der Wimper zu zucken, füsilieren lassen. Und ich? Und ich?

Gut, Michael Michajlowitsch Seljukow. Es hat Ihnen beliebt, mich à la canaille zu behandeln. Pascholl. Gut. In Frankreich nennt man das Bochisme. Ganz wie Sie meinen. Für alles kommt der Tag. Wir sprechen noch darüber, Michael Michajlowitsch Seljukow. Sie denken, ich werde vergessen! Sie irren sich, Herr Stabskapitän. Es gibt Dinge, die man nie vergißt. Das ist nicht Benehmen von Offizier, sagten Sie? In Frankreich nennt man das Bochisme? Geduld, nur Geduld, Herr Stabskapitän, die Stunde der Abrechnung wird kommen, ich vergesse nicht.

Pascholl. – Ob sie das gehört hat, die Frau hinter dem Wandschirm? Eine Französin, hieß es im Lager, die Frau eines Gutsbesitzers, jung verheiratet, sie fährt vier Stunden im Schlitten, um Seljukow zu sehen. Pascholl. Ob sie das verstanden hat? O ja, das hat sie sicher verstanden, es mag ihr Spaß gemacht haben, vielleicht hat sie gelacht, vielleicht hat sie, hinter dem Wandschirm versteckt, unhörbar, lautlos vor sich hin gelacht.

Vittorin biß sich in die Lippen. Scham und Zorn trieben

ihm das Blut ins Gesicht, er preßte die Stirne an die kalte Fensterscheibe. Seinen Kameraden hatte er kein Wort von dem, was in Seljukows Zimmer vorgefallen war, gesagt, aber die Erinnerung an die schmachvolle Stunde brannte wie ätzendes Gift in seiner verstörten Seele.

Er stand nicht allein. Auch seine Freunde hatten mit Seljukow abzurechnen. Ein Schwur verpflichtete sie und hielt sie fest, ein Eid, den sie in feierlicher Stunde an dem offenen Grabe eines Kameraden abgelegt hatten.

Vittorin richtete sich auf. Eine Welle von Entschlossenheit durchflutete ihn.

Gleich nach Friedensschluß, wenn wir alle wieder in Wien sind, wird die Sache in Angriff genommen, flüsterte er. Der Professor führt den Vorsitz bei den Besprechungen, er ist der Älteste von uns. Feuerstein stellt das Geld zur Verfügung, und ich bekomme den Auftrag, nach Rußland zu fahren. Ich, jawohl, denn dieses Recht lasse ich mir von keinem streitig machen.

Da bin ich, erkennen Sie mich, Herr Stabskapitän? Leutnant Vittorin aus dem Lager Tschernawjensk, Pavillon Nr. 4. Ganz richtig, in Frankreich nennt man das Bochisme. Warum werden Sie so blaß, Euer Hochwohlgeboren? Sie haben mich nicht erwartet? Sie dachten, ich werde vergessen? O nein, ich habe nicht vergessen. Wie? Pascholl? Nein, Herr Stabskapitän, ich bleibe, ich habe mit Ihnen zu sprechen. Erinnern Sie sich an den Fliegerleutnant, dem Sie die Offiziersbehandlung entzogen haben, weil seine Papiere nicht in Ordnung waren? Denken Sie nur nach, ich lasse Ihnen Zeit. Weil er sich geweigert hat, die Arbeit in der Mannschaftsküche zu verrichten, haben Sie ihn in den Kellerraum der C-Baracke gesperrt. Er war krank, Rückfallfieber, schwere Malaria, aber Sie ließen ihn auf seiner Sträflingspritsche in dem schmutzigen Kellerloch, bis er ... Er simuliert, wie? Der Lagerarzt ist nicht da für Launen von Kriegsgefangene, sagten Sie. Il feint, il fait le malade. Il se trouve en parfaite santé. – An dem Tag, an dem man ihn begraben hat, haben wir einen Eid geschworen, wir fünf, und nun, sehen Sie, ist der Tag der Abrechnung gekommen. Sie erinnern sich nicht? Aber an mich erinnern Sie sich, wie? Das ist nicht Benehmen von Offizier, in Frankreich nennt man das – da! Das ist für den Bochisme. Und das für die Briefsperre und das für die Leibesvisitationen und das – Halt! Was suchen Sie? Den Revolver? Daraus wird nichts, Herr Stabskapitän. Ah, Grischa ist auch hier. Ssdrawstwujte, Grischa! Sagen Sie Ihrem Diener, Herr Stabskapitän, daß ich ihn niederschieße, wenn er sich rührt. Jawohl, ich habe mich vorgesehen. Sie wollen sich mit mir schlagen? Gut. Darüber läßt sich reden. Sie haben die Wahl der Waffen. Meine Vertreter...

Der Schaffner, der mit der Laterne in der Hand den Zug abging, sah sich plötzlich einem Infanterieleutnant gegenüber, der totenbleich, mit erhobenem Arm und geballter Faust, mitten im Korridor stand. Er ging weiter, schüttelte den Kopf, wendete sich bei der Tür noch einmal um und verschwand achselzuckend im nächsten Waggon. Mit einem leichten Anflug von Ärger und Beschämung zog sich Vittorin in seinen Winkel zurück. Halb zwei. Ich sollte versuchen, einzuschlafen. Was sich der Schaffner, der Idiot, gedacht haben mag. Ich bin todmüde. Starrt mich an. Was hat er mich anzustarren? Unverschämtheit. Grischa, der Offiziersdiener heißt Grischa. Grigorij Ossypowitsch Kedrin oder Kadrin aus Staromjena im Charkower Gouvernement. Oft genug hat er dem Professor seine Briefe diktiert. Für alle Fälle schreib' ich es dazu.

Er zog sein Notizbuch hervor und vermerkte unter dem Namen des Stabskapitäns:

Grischa, Seljukows Ordonnanz, Grigorij Ossypowitsch Kedrin (Kadrin?) aus dem Dorfe Staromjena, Bahnstation Glawjask, Charkower Gouvernement.

Vom Fenster des Waggons aus erkannte er in der wartenden Menge seine Schwestern, Lola und Vally, beide waren sie also gekommen. Vally war hübsch geworden, neunzehn Jahre alt, kein Kind mehr, schlank, große Augen, leichte, anmutige Bewegungen. Drei Jahre, das will etwas heißen. Und dort stand auch sein Vater, hochaufgerichtet, in der Haltung noch immer ganz der ehemalige Offizier, aber doch ein wenig gealtert.

Vittorin stieg die Stufen des Waggons hinunter. Der junge Mann mit den fremden, eckigen Gesichtszügen, dem Schnurrbärtchen und den braunen Glacés, der ihm die Plaidrolle aus der Hand nahm, war sein Bruder Oskar. Damals, vor drei Jahren, hatte er noch einen blauen Matrosenanzug getragen. In der freundschaftlichen, aber doch gemessenen Art, in der er dem älteren Bruder die Hand bot, lag die mit allem Nachdruck erhobene Forderung, von dem Heimgekehrten als völlig erwachsen anerkannt zu werden.

Hundert Fragen: Wie er die Reise überstanden habe, ob es in Moskau um diese Zeit schon kalt sei, was er von der Revolution gesehen habe, ob er froh sei, wieder in Wien zu sein. – „Laß dich doch anschauen, Georg, wie du aussiehst. Na, passabel, ein bißchen schmal im Gesicht." – „Die Franzi Kroneis ist täglich zu uns gekommen, fragen, ob Nachricht da ist, und gestern, kaum daß sie fort war, kam das Telegramm." – „Was stehen wir denn da! Avanti, avanti! Gehen wir." – Ob er hungrig sei, ob er müde sei, ob er den Beinschuß noch manchmal spüre. – „Dieser Lenin muß ein fabelhafter Mensch sein, mir imponiert er", sagte Oskar und bot dem Bruder eine selbstgestopfte Zigarette an.

Langsam näherte man sich dem Ausgang des Perrons. Dort stand die Franzi Kroneis, strahlend, voll Erregung und erhitzt vom raschen Gehen.

„Gar nicht hast du dich verändert“, sagte sie. „Nicht im mindesten.“

Dann nahm sie, als wäre dies etwas ganz Selbstverständliches, seinen Arm. Das war jetzt ganz anders als in den früheren Zeiten. Damals, vor drei Jahren, hatten sie ihr Einverständnis vor den anderen als ein Geheimnis gehütet.

Auf der endlosen Reise durch Sibirien und Transbaikalien hatte Vittorin mit der Stunde der Ankunft, die so unerreichbar fern schien, immer wieder die Vorstellung verbunden, daß er in einem offenen Wagen, lässig zurückgelehnt, durch die menschenbelebten Gassen nach Hause fahren werde, an einem schönen, warmen Spätsommertag. Besonders lebhaft war diese Vorstellung in der Station Mandschuria gewesen, damals, als sie, mit ihrem Gepäck beladen, in Staubwolken gehüllt, den Weg längs des zerstörten Bahngleises und über die hölzerne Notbrücke zu Fuß hatten zurücklegen müssen. Nun war die ersehnte Stunde da, aber man benutzte die Straßenbahn.

Bei der Haltestelle verabschiedete sich die Franzi. Sie hatte sich für eine halbe Stunde vom Büro freigemacht, um ihn am Bahnhof begrüßen zu können. Nun mußte sie zurück. Sie zog ihn beiseite – Ob er sie am Abend vom Büro abholen wolle. Noch immer Seilerstätte 17, jawohl. – „Aber nein, heute gehst du wohl nicht mehr aus, wirst müde sein, wie? Also auf morgen, du kannst mich auch anrufen. Und schlaf' gut und träum' nicht so viel von den – wie heißen die Mädels in Rußland? Sonja, wie? Natascha? Marfa?“

„Anjuta, Ssofia, Jelena“, sagte Vittorin.

„So viele? Also morgen um sieben Uhr. Hast du überhaupt manchmal an mich gedacht?“ –

In der Elektrischen wurde nicht viel gesprochen. In der Absicht, ihrem Bruder eine Freude zu machen, sagte Lola, die Franzi sei ein reizendes Geschöpf und so anhänglich. Oskar bestand darauf, seine Fahrkarte selbst zu bezahlen. Der Vater zog eine kurze Meerschaumpfeife aus der Tasche und sagte, der Krieg werde nun bald zu Ende sein, lange könne es nicht mehr dauern. Die Entscheidung werde aller Voraussicht nach im Westen fallen, in der Champagne. Die Stimmung sei gut, auch an den anderen Fronten. Ein Oberleutnant, der von der Piave gekommen ist, habe ihm auch gesagt, die Stimmung sei gut. Er stopfte die Pfeife mit einem Tabak, dem er Waldmeister und gebeizte Kürbisblätter zugesetzt hatte, um ihn zu strecken.

„Er raucht sich ganz gut", erklärte er. „Im Tagblatt hat eine ärztliche Kapazität, der Name ist mir entfallen, auch geschrieben, daß diese Mischung sehr anregend auf die Lungentätigkeit einwirkt. Allerdings, der Herr Rechnungsrat in unserem Amt, der raucht heute noch seine Trabukos. Wo der das Geld her hat? – Na! ich will lieber nichts reden."

Nach dem Abendessen schlug der Vater eine Schachpartie vor, aber die Schwestern protestierten, nein, heute dürfe nicht gespielt werden, spielen könne man ein anderes Mal, Georg müsse erzählen.

„Also, jetzt endlich einmal der Reihe nach", sagte die jüngere, „von dem Tag an, an dem sie dich gefangengenommen haben, am Dunajec, das weiß ich ja, das hast du ja geschrieben. Aber die näheren Umstände, sag' einmal, wie war dir zumut, wie dich die Kosaken auf den Leiterwagen gelegt haben? Und wann hast du den ersten Verband bekommen? Der Ella ihr Bruder ist auch verwundet, Lungenschuß, der liegt aber noch immer im Spital. Du, richtig, ja, den Prokuristen aus deinem Büro hab' ich vor vierzehn

Tagen getroffen, ganz zufällig, auf der Straße. Den mit den Sommersprossen. Er ist mit einer sehr großen, rotblonden Dame gegangen, eingehängt, seine Frau war es nicht. Wenn er allein gewesen wär', hätt' er sich bestimmt nach dir erkundigt."

„Du mußt zu ihm hinaufgehen, es gehört sich", meinte der Vater. „Er könnt' es dir übelnehmen, daß du dich nicht bei ihm gezeigt hast. Er wird es sicher erfahren, daß du wieder in Wien bist. Das spricht sich bald herum."

„Wenn du Lust hast, nächste Woche mal ins Theater zu gehen", sagte Oskar, „ich kann dir Freikarten verschaffen. Ich verkehre jetzt nämlich viel in Schauspielerkreisen."

Georg Vittorin fühlte ein schmerzhaftes Unbehagen, als stünde er vor einer schweren Krankheit. Sein Geheimnis bedrückte ihn. Aus jedem Wort des Vaters und der Schwestern war es zu hören, wie glücklich sie darüber waren, daß er sich nun bald wieder in das alte, gleichmäßig geregelte Leben einfügen werde. Sollte er ihnen diesen Glauben nehmen, heute schon, am ersten Tag? Wem konnte er sich anvertrauen? Dem Vater? Vielleicht, ja, Vater war in seiner Jugend Offizier gewesen, aktiver Oberleutnant, dort an der Wand, unter dem Porträt der verstorbenen Mutter, hing sein Säbel und das Gruppenbild, die verblichene Photographie, die ihn im Kreise seiner Regimentskameraden zeigte. Sollte er aufstehen und ihn beiseite rufen? „Auf ein Wort, Vater, ich hab' dir was zu sagen." – Nein. Seit siebzehn Jahren war der Vater Beamter im Fachrechnungsdepartement des Finanzministeriums. Jeden Morgen um neun Uhr ins Amt, pünktlich um halb vier das Mittagessen, dann die Zeitung, dann der tägliche Spaziergang, Sonntags der „große", hinaus nach Dornbach, wochentags der „kleine", quer durch die innere Stadt, abends der Stammtisch oder das Glas Bier über die Gasse – das war Vaters Welt, so lebte er seit siebzehn Jahren. Nein. Der Vater durfte es nicht erfahren.

Es läutete. Lola blickte von ihrer Handarbeit auf und horchte. Vally lief hinaus, kam zurück, steckte den Kopf durch den Türspalt und schnitt eine Grimasse.

„Freu' dich Lola!" flüsterte sie. „Etsch, der Herr Ebenseder."

„Oh, der Herr Oberrevident!" rief der Vater. „Beehrt uns auch wieder einmal. Nur herein, nur herein, Herr Oberrevident!"

Oskar stand auf, knöpfte sich den Rock zu und sagte, zu Georg gewendet, es täte ihm wirklich leid, er würde gern noch eine Weile bleiben, aber leider, höchste Zeit, er habe eine Verabredung mit einigen Freunden.

„Ein Kollege aus dem Amt", sagte der Vater. „Der einzige, der wirklich zu mir hält, die anderen sind alle mehr oder weniger Streberseelen und Intriganten. Ein hochintelligenter Mensch, du wirst dich gut mit ihm verstehen, ein leidenschaftlicher Sammler übrigens, er kauft alles, was irgendwie mit dem Theater zusammenhängt, hat auch das Geld dazu, vierfacher Hausherr. Porträts von Schauspielern sammelt er, Regiebücher, Szenenbilder, alte Theaterzettel, Ansichten vom Ringtheater und vom Kärntnertortheater, sogar Garderobenzettel, überhaupt – Habe die Ehre, Herr Oberrevident. Gestatten, daß ich vorstelle: Mein Sohn Georg, der lang' Erwartete, eben aus Sibirien zurückgekehrt – Herr Oberrevident Ebenseder."

„Freut mich, ein Mitglied dieses werten Familienkreises kennenzulernen. Hab' schon viel von Ihnen gehört. Also heute angekommen! Freut mich. Freut mich aufrichtig", sagte der Herr Ebenseder, ein kleiner, untersetzter, rundlicher Herr mit einem Kaiserbart, einer großen Glatze und fettgepolsterten Händen.

Er näherte sich Lola und küßte ihr feierlich und mit Andacht die Hand.

„Meine Verehrung, Fräulein Lola, Ihr Ergebenster. Wieder mal fleißig, wie ich seh'. Wie geschickt die Fingerln sind, immer in Bewegung, ein Vergnügen, Ihnen zuzuschauen.“

Der Vater brachte eine Flasche Wein und wartete dem Gast mit einem Glas Gumpoldskirchner auf. Herr Ebenseder ließ sich, wie es die gute Sitte verlangte, ein wenig nötigen.

„Aber wozu die Umständ’ meinethalben, Herr Kollege, ist doch wirklich nicht nötig, bei die teuern Zeiten. Ein Schalerl Tee, da sag’ ich nichts, den Zucker bringt sich ein jeder selbst mit. Aber ein echter Gumpoldskirchner! Na, also, wenn’s durchaus sein muß. – Auf Ihr Spezielles, Herr Kollega. Siebzehner, was? Das spür’ ich gleich, das ist ein Jahrgang! Eine Passion.“

Er gab einen schnalzenden Laut von sich. Lola zuckte nervös zusammen. Herr Ebenseder holte ein schwarzes Lüsterkäppchen aus der Tasche und stülpte es über seine Glatze, denn man war ja leider nirgends vor Zugluft sicher. Dann rückte er näher an Lola heran.

Vally gab Georg ein Zeichen mit den Augen, daß sie nun zur Attacke übergehen werde. Mit unschuldiger Miene machte sie sich an Herrn Ebenseder heran:

„Ist das wirklich wahr, Herr von Ebenseder“, fragte sie, „daß Sie noch einer von denjenigen sind, die den Nestroy persönlich gekannt haben?“

„Aber Tschapperl!“ rief Herr Ebenseder mit einem breiten und behaglichen Lachen. „Was du heut’ wieder zusammenredst! Den Nestroy, wie soll ich denn den Nestroy gekannt haben, der ist doch schon in die sechziger Jahr gestorben. Aber den Matras hab’ ich noch gesehen, als Bub im Carltheater, und den Knaack und die Katharina Herzog, die noch in der Uraufführung vom ‚Verschwender‘ mitgewirkt hat, seinerzeit.“

„Seit wann sind wir denn per du miteinander, Herr von Ebenseder? Das Neueste! Ich kann mich nicht erinnern, daß wir miteinander Brüderschaft getrunken haben.“

„Na, was nicht ist, kann ja noch werden", meinte Herr Ebenseder beziehungsvoll.

„Oha! Da gehören aber zwei dazu", rief Vally. „Morgen um zwölf bis zu Mittag dürfen Sie ‚du' zu mir sagen."

Der Vater warf Vally einen bösen Blick zu und suchte abzulenken. Er habe dieser Tage im Schaufenster der Feldmayerschen Buchhandlung ein Aquarell gesehen, berichtete er, die Wolter, als Zigeunerin kostümiert, im Gespräch mit einem älteren Herrn, der sie durch sein Lorgnon fixiere. Er habe sich gedacht, das sei etwas für die Sammlung des Herrn Oberrevidenten.

Sogleich erwachte Herrn Ebenseders Interesse.

„Der Herr mit dem Lorgnon, das ist zweifelsohne der Laube, der Burgtheaterdirektor", erklärte er. „Natürlich interessiert mich das Bild, sogar sehr. Feldmayersche Buchhandlung, gleich morgen schau ich hin. Die Wolter als Zigeunerin. Was kann das für ein Stück gewesen sein?"

Er zählte an den Fingern die Rollen auf, in denen er die große Tragödin des Burgtheaters bewundert hatte. Als Phädra hatte er sie gesehen, als Maria Stuart, als Lady Milford, als Sappho, als Medea, als Iphigenie, dann in einem modernen Drama, dessen Namen er vergessen hatte, und zum letztenmal, ein Jahr vor ihrem Tode, als Adelheid, im „Götz von Berlichingen".

„Ja, die Wolter!" sagte er zu Lola. „Wer die nicht gesehen hat – Die Leut', die heutigentags ins Theater gehn, die tun mir leid. So wie die war, kommt keine mehr. Aus ist's. – Ich bin so frei."

Und er goß sich mit einem Seufzer Wein in sein Glas. –

Georg Vittorin saß mit halbgeschlossenen Augen. Herrn Ebenseders eintönige Reden klangen wie aus weiter Ferne an sein Ohr. Ein Gefühl des Wohlbehagens, des Geborgenseins war über ihn gekommen, gegen das er sich zur Wehr setzte. Die Dinge in diesem Zimmer griffen nach ihm und hielten ihn fest, als wäre er ihr Eigentum. Das

Ticken der Wanduhr, das gedämpfte Licht der Lampe, das leise Klingen der Gläser, die bläulichen Rauchwolken aus des Vaters Meerschaumpfeife, die geräuschlosen Bewegungen der Schwestern, das alles war nur da, um ihn einzulullen, um ihn seiner großen Aufgabe abtrunnig zu machen. Es schien ihm, als wäre der Kampf, der ihm nun bevorstand, entscheidend für alle Zukunft und als müsse er ausgefochten werden, jetzt, sogleich, es durfte keinen Aufschub geben.

Er mußte mit sich allein sein. Mit einer leichten Gewaltanstrengung erhob er sich. Er sei müde, sagte er, er wolle zu Bett gehen. Und in dem Augenblick, da er aufstand, war der Kampf auch schon entschieden. Die Dinge rings um ihn her hatten die Gewalt über ihn verloren, sie gaben ihn frei. Trübselig tickte die Wanduhr, in stummer Melancholie schwebten die Rauchringe aus des Vaters Pfeife hinauf zur Decke.

Er verließ das Zimmer.

Lola ging ihm nach. Sie fand ihn in dem schmalen Kabinett, durch dessen vergittertes Fenster man in den Lichthof blickte. Er kniete auf dem Fußboden und knüpfte den Riemen der Plaidrolle auf.

„Oskar mag ihn auch nicht", sagte Lola nach einer Weile. „Er kommt nur meinetwegen. Ich bin froh, daß du wieder da bist, Georg. Ich glaub', er hat schon mit dem Vater gesprochen."

„Wer? Der Herr Ebenseder?"

„Ja. Aber lieber geh' ich ins Wasser. Er war schon zweimal verheiratet. Seine erste Frau ist ganz jung gestorben, die hat er zu Tode sekkiert, und die zweite ist ihm davongelaufen. Beide hat er sich vom Varieté geholt. Was will er denn von mir, der zuwidere Mensch? Ich kann nicht kunstreiten und auch nicht durch Reifen springen."

Georg hatte die Plaidrolle geöffnet.

„Das ist ein chinesisches Briefpapier, und das sind die

Kuverts dazu. Sieh' dir's mal an, wie hübsch es bemalt ist."

„Sehr hübsch. Wirklich sehr apart. Richtig! Das hab' ich dir noch sagen wollen – aber du darfst nicht böse sein. Nämlich, in den nächsten paar Tagen wirst du mit Oskar zusammen im Kabinett schlafen müssen. Dein Zimmer – das hab' ich dir doch geschrieben, daß wir einen Untermieter hereingenommen haben. Hab' ich dir's nicht geschrieben?"

„Ich weiß nicht. Nein. Ich glaube nicht."

„Bestimmt hab' ich dir's geschrieben. Einen sehr netten und anständigen Menschen, in dieser Hinsicht haben wir's wirklich gut getroffen, man sieht und hört ihn tagsüber nicht. Hundertachtzig Kronen zahlt er jetzt. Das ist ein sehr schöner Zuschuß für die Wirtschaft, das kannst du mir glauben. Hast du denn eine Ahnung, was jetzt alles kostet? Das ist so nach und nach gekommen mit den hohen Preisen. Natürlich, sowie du wieder in Wien bist – das hab' ich dem Herrn schon gesagt, daß er dann ausziehen muß."

„Das wird nicht notwendig sein", meinte Georg. „Er kann das Zimmer ruhig behalten. Ich bleibe nicht in Wien."

„Vater sagt, daß der Krieg sehr bald aus sein wird."

Georg richtete sich langsam auf.

„Wenn der Krieg aus ist, geh' ich zurück nach Rußland."

„Zurück nach Rußland? Ist das dein Ernst?"

„Schrei' nicht so, die anderen müssen es noch nicht erfahren. Dir hab' ich es gesagt, aber es bleibt unter uns. Ja, ich muß zurück nach Rußland."

Lola blickte ihm starr ins Gesicht.

„Auf lange?" fragte sie.

„Ich weiß es nicht."

„Hast du ihr versprochen, daß du zurückkommst? Warum hast du sie nicht mitgebracht, ist das nicht gegangen?"

Georg gab keine Antwort.

„Die Zigaretten sind für Oskar", sagte er. „Du bist doch so gut und verteilst die Sachen. Die Lederweste gehört dem Vater. Das chinesische Porzellan –"

„Georg – die Franzi! Was wird die Franzi dazu sagen? Sie tut mir leid. Die Arme! Hast du ein Bild von ihr – von der anderen?"

„Die Porzellanschale gehört dir, sie soll ein sehr altes, seltenes Stück sein. Für die Vitrine. Die beiden Vasen sind für die Franzi. Übrigens irrst du dich. Es ist nicht wegen einer Frau."

Zwei Wochen später, in den Tagen des Umsturzes, erhielt Vittorin von einem sibirischen Heimkehrer, der die letzte Etappe des Weges auf dem Trittbrett eines überfüllten Wagens stehend zurückgelegt hatte, Nachrichten aus Tschernawjensk. Tschechische Legionäre hatten den Ort besetzt, der Stabskapitän Seljukow war nicht mehr Kommandant des Lagers. Gleich nach dem Einmarsch der Tschechen sei der Stabskapitän abgereist, berichtete der Mann, nach Moskau vermutlich, um sich der Roten Armee, der es an kriegserfahrenen Offizieren fehlte, zur Verfügung zu stellen. Er, der Heimkehrer, habe ihn in einer kleinen sibirischen Grenzstation, unweit von Krasnojarsk, noch einmal flüchtig gesehen.

Die Flucht Seljukows war zweifellos ein Ereignis von bedeutender Tragweite. Vittorin beschloß, vorerst nur den Doktor Emperger von der veränderten Sachlage zu verständigen. Eine Konferenz zu zweit, ein engeres, vorbereitendes Komitee, die anderen sollten erst später ins Vertrauen gezogen werden. Keine übereilten Beschlüsse. Man mußte weitere Berichte abwarten, eine Bestätigung der Nachricht zu erlangen suchen. Eine Station unweit von Krasnojarsk. Allem Anschein nach war Moskau das Reiseziel des Stabskapitäns. – Feuerstein wird Augen machen!

Stehst du denn noch in Verbindung mit Tschernawjensk, Vittorin? – Natürlich! Was hast du denn geglaubt? Selbstverständlich bin ich mit dem Lager in Verbindung geblieben. Ich habe vorgesorgt, ich erfahre alles, was dort vorgeht! – Gewisse vorbereitende Schritte müssen allerdings jetzt schon unternommen werden. Es wird gut sein, wenn Feuerstein das Geld sogleich flüssig macht. Und dann der Paß, die Einreiseerlaubnis nach Rußland.

Die Revolution bereitete ihm Sorgen. Gibt es in diesem Chaos überhaupt noch Ämter? Welche Behörde erteilt die Ausreiseerlaubnis? Ich kann doch nicht ohne Paß – – Wird der Bahnverkehr mit Rußland aufrechterhalten?

Wilde Gerüchte durchschwirrten die Stadt. Tschechisches Militär, hieß es, wolle Wien und ganz Niederösterreich besetzen. Der Kaiser sei bei einem Versuch, die ungarische Grenze zu überschreiten, von revolutionären Truppen verhaftet worden, Wöllersdorf und Wiener Neustadt stünden in Flammen. Ein irrsinniger Militärchauffeur raste mit seinem Auto durch die Straßen und alarmierte die Passanten. Die Serben und die Russen aus dem Kriegsgefangenenlager Siegmundsherberg, rief er, seien, vierzehntausend Mann stark, im Anmarsch auf Wien, man möge die Haustore schließen, wer Waffen habe, solle sich in der Polizeidirektion einfinden.

Die verbürgten Tatsachen waren nicht weniger besorgniserregend. Eine Versammlung von Offizieren und Mannschaftspersonen, die in den Drehersälen tagte, hatte einen neungliedrigen Soldatenrat eingesetzt, um „dem verknöcherten Bürokratismus, dem Dienstreglement, der Feigheit und der Bosheit der herrschenden Klassen ein Ende zu bereiten“. Ein Hauptmann des Stockerauer Schützenregimentes, der die Gründung einer Roten Garde vorschlug, war niedergebrüllt, ein Korporal, der mit heftigeren Worten die gleiche Forderung stellte, auf die Schultern gehoben und bejubelt worden. Auf dem Frachtenbahnhof der Nordbahn plünderten Banden von Kohlenarbeitern und Deserteuren die Magazine und die Waggons. Am Abend fiel ihnen ein ganzer Militärproviantzug in die Hände. Aus der Strafanstalt Wöllersdorf waren zweihundert Schwerverbrecher, die sich die allgemeine Verwirrung zunutze gemacht hatten, entkommen. Im Nu verschwanden die Auslagen der Juwelengeschäfte hinter Holzverschalungen. Ein tschechisches Bataillon, das man auf dem Brigittenauer Rangierbahnhof entwaffnen wollte, setzte sich zur Wehr und ging in Schwarmlinie, mit Handgranaten und Maschinengewehren, gegen die Bahnhofswache vor.

Tabak, ärarische Wolldecken, Rucksäcke, Sohlenleder, Putzschnüre und Menageschalen fielen im Preis. Man bekam sie in jeder Menge von den Heimkehrern zu kaufen. Hingegen stieg ein kleiner Laib Brot auf fünfzehn Kronen. Das Staatsamt für Volksernährung gab bekannt, daß die Fleischquote von 12½ Dekagramm für den Kopf und die Woche nicht aufrechterhalten werden könne, denn die Tschechoslowakei hielte ihre Grenzen für die Lebensmittelausfuhr gesperrt. Auf den Straßen und in den Lokalen summten die Leute nach einer alten Melodie:

„Wer wird denn in Österreich regieren?
Das werden die Wiener bald spüren.
Der Tschechoslowak
Steckt alles in Sack,
Die Wiener, die können krepieren."

Falsche Militärpatrouillen hielten die Soldaten an und nahmen ihnen Effekten und Lebensmittel weg. Wenn sie mit Abteilungen der Stadtschutzwache zusammenstießen, kam es zu Feuergefechten. Vereinzelt gab es noch Zeichen eines unverminderten Lebenswillens, eines nicht gebrochenen Vertrauens in die Zukunft: Neben den Plakaten, die zum Besuch des Films „Die Fürstin von Beranien, ein Lied von Lieb und Leid" einluden, klebte eine amtliche

Kundmachung des Inhalts, daß die Durchführung der 11. Klassenlotterie durch die „eingetretenen Ereignisse“ in keiner Weise beeinflußt werde. Noch immer wurden die Extrablätter mit den Berichten der Heeresgruppe Deutscher Kronprinz und Gallwitz ausgerufen: „Auf beiden Maasufern lebhafte Artillerietätigkeit. Starke Kräfte der Amerikaner brachten wir im Walde nördlich von Boval zum Stehen.“

Doktor Emperger war, als Vittorin bei ihm eintrat, mit der Sichtung seiner Zivilgarderobe beschäftigt. In malerischem Durcheinander lagen Smoking, Cutaway, gestreifte Modehosen, Krawatten, farbige Hemden, ein Winterrock, ein kurzer Sportpelz und eine Weste aus Brokatsamt auf Sofa und Stühlen verstreut. Ein durchdringender Geruch von Kampfer und Naphthalin erfüllte das Zimmer. Auf dem Schreibtisch standen, militärisch ausgerichtet, Halbschuhe, hohe Reitstiefel, Pumps, Schnürstiefel und Galoschen.

Mit einer völlig außer Form geratenen Offizierskappe in der Hand begrüßte Doktor Emperger den Gefährten aus der Zeit seiner Kriegsgefangenschaft.

„Da! Schau' dir sie einmal an!“ sagte er. „Das ist der Welt Lohn. Zwei Jahre Schützengraben, zwei Jahre Sibirien. Zum Dank dafür haben sie mir gestern die Rosette von der Kappe geschnitten. Halbwüchsige Buben, Lehrjungen, Handelsschüler. Na, fort mit Schaden, ich wein' ihr keine Träne nach. – Setz' dich, Vittorin, das heißt, wenn du wo Platz findest, du siehst, wie's bei mir aussieht. Was mach' ich jetzt mit dem Mantel und mit dem Waffenrock? Vielleicht kauft sie mir eine Kostümleihanstalt ab, meinst du nicht? Die kleine Silberne geb' ich drauf. Kann sein, daß es mal große Mode wird, als österreichischer Offizier von Anno achtzehn auf die Kostümbälle zu gehen. Ja, mein Lieber, historischer Augenblick. Frau Wessely! Möchten Sie nicht endlich mal Ordnung machen? Das kann doch nicht alles so liegen bleiben, zum Kuckuck! Frau Wessely! Hört wieder mal nicht, das alte Luder. Setz' dich, Vittorin. Was führt dich her?"

„Ich bringe wichtige Nachrichten", sagte Vittorin. „Ich wollte die Sache erst einmal privatim mit dir besprechen, deine Ansicht hören, bevor ich den anderen offiziell – Also hör' einmal: Seljukow ist nicht mehr in Tschernawjensk. Alle Berichte, die ich in den letzten Tagen erhalten habe, stimmen darin überein, daß er – – Was gibt's? Wohin läufst du?"

Doktor Emperger war aus dem Zimmer geschossen.

„Was ist denn, Frau Wessely!" hörte Vittorin ihn schreien. „Warum kommen Sie denn nicht, wenn man Sie ruft? Wollen Sie nicht endlich mal Ordnung machen? Drin sieht's aus wie in einer Räuberhöhle. Halb sechs ist's schon. Lassen Sie sehen, was haben Sie gebracht? Ist das alles? Sardinen, hab' ich gesagt, Leberpastete. Ein Stükkerl Salami wird doch noch zu bekommen sein. Ich kann doch meinen Gästen nicht Rübenmarmelade vorsetzen, um des Himmels willen. Zwei Flaschen Curaçao, eine Flasche Anisette, hab' ich Ihnen gesagt, Würfelzucker, Salami, Sardinen, ja, gut, meinetwegen portugiesische, was Sie wollen, nur genießbar müssen sie sein. Geld? Schon wieder? Ich hab' Ihnen doch erst heute morgens – unerhört! Was machen Sie denn mit dem vielen Geld, schmeißen Sie's zum Fenster hinaus?"

Atemlos kam er ins Zimmer zurück.

„Du entschuldigst, Vittorin. Ich weiß nicht, wo mir der Kopf steht. Gelüftet muß auch noch werden, ich erwarte heute abends Gäste. Um alles muß ich mich selbst kümmern. – Also was ist's mit Seljukow, laß hören."

Vittorin war im höchsten Grad verstimmt. Er hatte die Lust verloren, den Doktor Emperger, dem Curaçao, Würfelzucker und Sardinen wichtiger zu sein schienen als die Nachrichten über Seljukow, ins Vertrauen zu ziehen.

„Es sind Berichte eingelaufen", sagte er kurz. „Wir müssen eine Zusammenkunft abhalten, morgen, spätestens übermorgen, die Sache drängt. Du wirst die Güte haben, das Nötige zu veranlassen."

„Morgen, übermorgen – unmöglich!" rief Doktor Emperger. „Morgen abends bin ich bei meinem Chef eingeladen, für übermorgen hab' ich Karten in die Oper, und tagsüber – wo soll ich denn die Zeit hernehmen, jetzt, wo ich mich in der Bank erst einarbeiten muß! Vielleicht geht es diesmal ohne mich oder – wart' einmal, natürlich, so ist's am allereinfachsten, Feuerstein und der Professor sind heute abends bei mir. Du kommst eben auch, wirst ein paar nette Leute kennenlernen. Also abgemacht. So gegen halb neun, dreiviertel neun. Ich werd' mich sehr freuen. Wir bleiben dann nachher noch ein bisserl beisammen und sprechen über die Sache. Verzeih', daß ich nicht gleich daran gedacht hab', dich aufzufordern."

„Schön", sagte Vittorin. „Ich werde kommen. Und ich übernehme es, auch Kohout zu verständigen."

Doktor Emperger schien von dieser Eröffnung alles andere als angenehm berührt zu sein.

„Kohout? Du willst den Kohout mitbringen?" fragte er. „Na, ja, wenn du glaubst – –, bitte sehr, ganz wie du meinst, ich habe nichts dagegen."

Um dreiviertel neun läutete Vittorin an Doktor Empergers Wohnungstür. Ein Diener, der tagsüber als Skontist in der Kreditanstalt tätig war, ließ ihn eintreten. Doktor Emperger begrüßte seinen Freund im Vorzimmer.

„Na also, da bist du ja", sagte er. „Ich hab' dich meinen Gästen schon angekündigt. Du findest eine kleine, aber gemischte Gesellschaft bei mir vor. Kohout ist auch schon da, merkwürdiger Mensch das, er hat sich irgendeinen Kollegen mitgebracht, der schimpft die ganze Zeit über die

Bourgeoisie, das ist doch peinlich. Ich weiß nicht, was ich mit ihm anfangen soll, ich bin in der größten Verlegenheit. Den Feuerstein duzt er, entweder aus besonderer Sympathie oder um ihm seine Mißachtung auszudrücken. Leg' ab, beeil' dich ein bisserl, wer weiß, was inzwischen drin vorgeht, vielleicht sind sie schon aneinandergeraten."

Mit dem unbestimmten Vorgefühl, daß er in seinem Gehrock, der noch aus den Friedensjahren stammte, keine sehr gute Figur machen werde, trat Vittorin ein. Gott sei Dank, ein Paar Gesichter wenigstens, die er kannte. Der Professor schüttelte ihm die Hand. Feuerstein schwitzte in einem viel zu engen Cutaway und machte einen vergeblichen Versuch, aufzustehen. Kohout, der sich bei Tee, Sandwichs und allerlei Likören sehr wohl zu fühlen schien, leistete eine Art militärischer Ehrenbezeugung. Doktor Emperger stellte vor.

„Leutnant Vittorin, auch ein Kamerad aus Tschernawjensk. Fräulein Edith Hoffmann, die die Pflichten der Hausfrau übernommen hat – aber sie vernachlässigt sie, wie ich feststellen muß, und flirtet mit dem Professor. Ditti, kümmer' dich doch ein bißchen um meine Gäste, der Kommerzialrat hat keinen Schnaps, mein Freund Vittorin will eine Tasse Tee –"

„Ich bin auf Urlaub, das hab' ich dir doch schon gesagt, die Irene vertritt mich", sagte das junge Mädchen mit gekränkter Miene.

„Fräulein Irene Hamburger – strengt sich auch nicht übermäßig an", fuhr Doktor Emperger fort. „Es ist halt ein Kreuz mit den weiblichen Hilfskräften. Fräulein Franzi Roth, ein Ornament, eine schöne Linie, etwas für den Kenner. Schau' mich nicht so feindselig an, Franzi. Ich weiß, du liebst mich nicht, dein Herz gehört einem anderen. Leugne es nicht, ich kann mir ja denken, wer der Glückliche ist, er kam, sah und siegte, da kann man nichts machen. Lieber Gott, der Zigarettenrauch! Sollt' man nicht auf eine Weile das Fenster öffnen? So, das wär' erledigt, die Herren machen sich selbst bekannt, wie?"

Zwei junge Leute standen auf und nannten ihre Namen: Ingenieur Glaser; Simitsch, akademischer Maler. Der glattrasierte, ältere Herr, der sich der Hand der Franzi Roth unter dem Vorwand, ihr die Lebenslinien zu deuten, bemächtigt hatte, wurde Kommerzialrat betitelt. Kohouts Freund trug einen grünen Wollsweater unter der Uniformbluse und dazu Breeches, Wickelgamaschen und Militärschuhe.

„Genosse Blaschek. Seit gestern Soldatenrat", sagte Kohout in respektvollem Ton. „Mit hundertvierundzwanzig Stimmen gewählt. Steht mitten in der Bewegung."

„Setz' dich zu uns, Vittorin!" rief Feuerstein. „Ich freu' mich wirklich, daß ich dich wieder mal seh'. Wir sind nämlich", wandte er sich erklärend an den akademischen Maler, „sozusagen Zellengenossen gewesen in der sibirischen Gefangenschaft."

„Wie lang' warst denn eing'naht?" fragte der Soldatenrat über den Tisch hinweg.

„Wie beliebt?"

„Wie lang daß d'im Häfen g'steckt hast, hab' ich g'fragt."

„Genosse Blaschek will wissen, wie lang du in Kriegsgefangenschaft gewesen bist", verdolmetschte Kohout.

„Zwei Jahre – wenn Sie das interessieren sollte", gab Feuerstein pikiert zur Antwort.

„Na servas! Zwei Jahr, dich haben's sauber eindraht, die Russen. G'schieht dir scho' recht, warum hast dich fangen lassen."

„Ein lieber Kerl", sagte das Fräulein Hamburger. „Ein Gemütsmensch."

Kohout lachte. Feuerstein, der von Natur aus gutmütig war und gerne mit aller Welt in Frieden lebte, fand durchaus maßvolle Worte für seinen Protest gegen den Vorwurf der Feigheit.

„Erstens einmal, verehrter Genosse, hab' ich mich nicht fangen lassen, so fängt sich die Sache an. Und zweitens weiß ich nicht, wieso ich zu der Ehre komme – –"

„Gehst denn nöt?" rief der neugewählte Soldatenrat. „Hast dich nöt fangen lassen. Ah, da schau' her. Haben dich die Russen 'leicht in der Lotterie g'wonnen?"

„Das war ein Volltreffer", bemerkte der Professor anerkennend. „Feuerstein, Sie sind niedergekämpft. Strecken Sie die Waffen."

„Das ist sehr interessant, was ich da sehe", sagte der Kommerzialrat, der die Hand seiner Tischnachbarin noch immer nicht freigab. „Diese Linie mit ihren vielen Verzweigungen läßt auf musikalische Anlagen schließen. Die kleine Ausbuchtung rechts deutet auf ein besonders starkes Temperament, das Sie vorläufig noch zu unterdrücken suchen. Aber es hilft nichts, die Natur bricht durch, Sie gehen zur Operette, das kann ich Ihnen heute schon sagen. Ein Freund findet sich, der für Ihre Ausbildung sorgt."

„Das lesen Sie alles aus meiner Hand?" fragte Fräulein Roth.

„Zum Teil auch aus der meinen", sagte der Kommerzialrat leise und beziehungsvoll.

Vittorin winkte den Doktor Emperger zu sich heran.

„Auf ein Wort, Emperger", raunte er ihm zu. „Du weißt, ich bin nur hergekommen, um euch eine wichtige Mitteilung zu machen. Richt' es so ein, daß wir eine Weile ungestört miteinander sprechen können."

„Ja, wie denn, wie denn?" flüsterte der Herr des Hauses nervös. „Ich wär' todfroh, wenn ich sie auseinanderbringen könnt'. Du wirst sehen, da kommt ein großer Wirbel heraus. Alles wird sich der Feuerstein schließlich doch nicht gefallen lassen."

„Wozu hast du eigentlich die anderen eingeladen? Diesen Herrn Kommerzialrat?"

„Den Kommerzialrat. Ja, das frag' ich mich auch", sagte Doktor Emperger nachdenklich. „Was sagst du dazu, wie sich der ins Zeug legt? Auf die Kleine hat er's abgesehen, auf die Franzi. Ein eingebildeter alter Esel, aber paß' auf, er setzt's durch, sie fällt ihm 'rein."

„Waren Sie auch eingerückt, Herr Professor?" fragte drüben am anderen Ende des Tisches der Ingenieur.

„O nein, soweit ist's bei mir gar nicht gekommen. Ich wurde ganz einfach und schlicht verhaftet, von den Russen aus dem Bett geholt und arretiert. Ich hatte nämlich das besondere Pech, vom Kriege auf einer Studienreise durch das südliche Turkestan überrascht zu werden."

„Turkestan!?" rief Fräulein Hamburger begeistert. „Was ist eigentlich Ihr Fachgebiet? Orientalische Kunstgeschichte?"

„Im Gegenteil, meine Gnädigste, ich lese über Gräser und Samenkunde an der Hochschule für Bodenkultur. Nichts für junge Damen."

„Unser Unternehmen –, das wird Sie vielleicht interessieren, Herr Professor", sagte der Ingenieur. „Unser Unternehmen hat unmittelbar vor Kriegsausbruch eine Dünger- und Getreidedrillmaschine auf den Markt gebracht, einen neuen Typ, der die Aussaat aller Samenarten in genau einstellbaren Mengen ermöglicht."

Er bat sich einen Bleistift und ein Blatt Papier aus und demonstrierte an Hand einer kleinen Skizze, daß die Maschine durch Entfernung des Drillkastens auch zum Düngen verwendet werden könne.

Der Professor nahm die Skizze, betrachtete sie, zog die Brauen hoch und nickte mehrmals mit dem Kopf. Der Kommerzialrat beklagte sich über die maßlos gesteigerten Ansprüche der Arbeiterschaft. Wohin das noch führen solle, das wisse Gott. Feuerstein hingegen blickte höchst optimistisch in die Zukunft, an allem, was Ware heiße, erklärte er, werde man verdienen. Er sei entschlossen, sich völlig auf die Ein- und Ausfuhr umzustellen, er denke gar nicht daran, zu erzeugen. Mit großer Beredsamkeit entwickelte er dem Kommerzialrat seine Ideen, und wenn er das Wort „Ware" aussprach, so erhielt dieses Wort in seinem Mund einen Klang von beinahe religiöser Inbrunst. Der Professor hielt noch immer die Skizze der Düngermaschine in der Hand. Die Damen, die der Debatte nur geringes Interesse abzugewinnen vermochten, wollten wissen, wann man endlich wieder Schweizer Schokolade, gute Seidenstoffe, französische Modeblätter und englische Badeseife bekommen werde.

Vittorin starrte wütend in seine leere Teetasse. Dieses Gespräch, das nicht enden wollte, erbitterte ihn maßlos. Es war, als hätten sich die beiden gegen ihn verschworen, Feuerstein und dieser Herr Kommerzialrat. Unaufhörlich redeten sie von Importbegünstigungen, Auslandsofferten, Absatzgebieten und Marktnotierungen, als hätten sie es darauf abgesehen, die Sache Seljukow nicht zur Sprache kommen zu lassen. Und dazu die Weiber mit ihrem dummen Geschwätz. Dieses einfältige, völlig sinnlose Lachen. Nicht zum Ertragen. Wozu war er überhaupt hergekommen? Vittorin machte dem Doktor Emperger verstohlene Zeichen, aber der tat, als merke er es nicht.

Indessen entwarf Kohouts Freund, der an der Schmalseite des Tisches saß, in großen Zügen und mit bedeutendem Stimmenaufwand ein Programm für die künftige Tätigkeit der Arbeiter- und Soldatenräte, wobei er in besorgniserregender Weise seine Teeschale schwenkte.

„Genossen und Genossinnen!" rief er. „Jetzt geht's los, jetzt san mir an der Reihe. Lang genug – Kohout laß mi reden, sonst hau' ich dir eine 'runter, daß d'blöd wirst – lang genug, Genossen, san m'r dag'standen und haben die Buckeln hing'halten wie die Krauteseln. Jetzt ham mir z'reden. Z'erscht ziag'n mir den Ausbeutern des Volkes und ihneren Pupperln die Schieberpelz' aus, daß a Hetz gibt. Dann her mit die Autos, die werden beschlagnahmt, sollen s'nur z'Fuß rennen in der Republik."

„Verzeihung", meldete sich Feuerstein zum Wort. „Aber so weit sind wir noch nicht. Bis jetzt ist über unsere zukünftige Staatsform meines Wissens noch kein endgültiger Beschluß gefaßt worden. Vorläufig leben wir noch immer in einer Monarchie."

Über diesen Punkt ließ Blaschek mit sich reden.

„Kannst's nennen wie's d'willst, von mir aus sollst a Freud' haben", sagte er. „Hernach fahr'n m'r mit die Autos umanand und visitieren die Wohnungen. Die Kohlen, das Mehl, die Fetten, die was g'hamstert haben, das g'hört alles der Bevölkerung und den arbeitenden Klassen."

„Und die andern, denen man's weggenommen hat, die können verhungern, wie?" warf der Kommerzialrat ein.

„Haben's uns 'leicht g'fragt, ob wir was z'fressen haben?" schrie Blaschek.

„Meine Herren, aber meine Herren, wozu denn die Aufregung, ich verstehe Sie nicht", rief Doktor Emperger erschrocken. „Ich bitte um Ruhe. Genosse Blaschek, Sie haben vollkommen recht, jeder Vernünftige muß das einsehen. Aber die Damen wollen heut' nichts von Politik hören, die Damen wollen tanzen. Sie tanzen doch auch, Genosse?"

„Logisch", sagte der Arbeiterrat.

„Na also, sehen Sie. Engagieren Sie eine von den Damen. Meine Herrschaften, was soll ich spielen, einen Walzer oder was Modernes? Einen Onestep? Einen Foxtrott?"

„Foxtrott! Foxtrott! Auch mich hast du verrückt gemacht", rief das Fräulein Hamburger, was aber kein Vorwurf war, sondern ein Schlagertext.

Der Ingenieur war für „Servas du", Fräulein Hoffmann verlangte den Boston „Das Röckerl, das braungestreifte", die Franzi Roth erklärte, wenn nicht Tango, dann verzichte sie lieber überhaupt. Schließlich einigte man sich auf einen Walzer.

Getanzt wurde im Zimmer nebenan. Der Kommerzialrat und der akademische Maler bildeten die „Insel", sie ließen die Paare an sich vorübertanzen und tauschten mit halblauter Stimme ihre Meinungen über die ästhetischen Vorzüge der anwesenden Damen aus. Der Arbeiterrat sprach das Fräulein Hamburger mit „Genossin" an und erwies sich im übrigen als Linkstänzer von schätzenswerten Qualitäten.

Vittorin war mit Feuerstein und dem Professor am Teetisch zurückgeblieben. Jetzt endlich sah er seine Zeit gekommen. Er stand auf und schloß die Tür.

„So. Hoffentlich bleiben wir jetzt allein", sagte er. „Lang' genug hab' ich warten müssen."

Der Professor blickte auf.

„Langweilen Sie sich, Vittorin?" fragte er. „Warum, ich find' es ganz nett hier. Nur der Ingenieur geht mir auf die Nerven. Ödet mich der Mensch mit seiner Düngermaschine an. Ich habe das denkbar geringste Interesse für abnehmbare Drillkästen. Ich bin doch nicht hergekommen – –"

„Interessiert es Sie nicht, warum ich hergekommen bin?" unterbrach ihn Vittorin in gereiztem Ton. „Oder glauben Sie wirklich, daß ich nichts Besseres zu tun habe, als mich einen ganzen Abend lang mit gleichgültigen Menschen – – –"

Er suchte nach einem Wort, das seine ganze Verachtung dieser Art von Geselligkeit ausdrücken sollte, und fand keines.

„Sie sind ein bißchen anspruchsvoll, Vittorin", meinte der Professor. „Was für Genüsse haben Sie denn eigentlich erwartet? Indische Fakirkünste oder eine Koloraturarie? Vielleicht eine Bauchtänzerin gefällig? Ich hab' mich glänzend unterhalten. Feuerstein, Ihr Gesicht, wie Sie der Genosse aus Hernals in der Arbeit gehabt hat – – zum Totlachen."

„Ich hab' die Sache nicht so komisch gefunden", sagte Feuerstein gekränkt. „Eine Unverschämtheit. Was ist dem Menschen eigentlich eingefallen? Frechheit, das. Wie kommt dieser Pülcher aus Maria-Einbruch dazu, mich zu duzen?"

„Ihr glattes, rosiges Genießergesicht hat zweifellos etwas Herausforderndes für den Mann aus dem Volk", stellte der Professor fest. „Böse Zeiten für beleibte Leute, lieber Feuerstein."

„Wenn die Herren ihre Unterhaltung noch nicht beendet haben sollten –", sagte Vittorin mit mühsam unterdrückter Wut, „bitte sehr, bitte, lassen Sie sich nur nicht stören. Ich habe Ihnen nämlich eine Mitteilung zu machen, deswegen bin ich hergekommen. Aber, wie gesagt, ich kann ja warten."

Der Professor sah ihm verwundert ins Gesicht.

„Sie werden ja geradezu bitter, Vittorin. Was ist denn los?"

„Was los ist?" sagte Vittorin mit gespielter Gleichgültigkeit. „Nichts, als daß ich Nachricht aus Rußland habe. Seljukow ist in Moskau."

Er zündete sich eine Zigarette an, um seine Erregung zu verbergen. Dann wartete er auf die Wirkung des Wortes, das er wie eine Handgranate hingeschleudert hatte.

„Wirklich? Interessant", sagte der Professor. „Also Seljukow ist in Moskau. Sehr interessant. Sagen Sie mal, Vittorin, alter Freund – geht Ihnen der Stabskapitän noch immer nicht aus dem Kopf?"

Vittorin rauchte in kurzen, heftigen Zügen.

„Was heißt das? Wollen Sie damit sagen, Professor? Ich verstehe Sie nicht."

„Sie verstehen mich nicht. Schön. Denken Sie einmal

zurück. Tschernawjensk, das Lager, Nostalgie, seelische Depressionen, das öde Einerlei des Tages, Postsperre, keine Nachricht aus der Heimat, das Bewußtsein, jeder Laune des Kommandanten ausgeliefert zu sein. Wir waren alle aus dem Gleichgewicht gebracht, damals, als der arme Teufel, der Fliegerleutnant, an Malaria starb, elend war uns zumut, psychisch krank waren wir, Vittorin. Wir flüchteten uns in den typischen Traum aller Gefangenen: Einmal wiederkommen und Abrechnung halten! Gewiß, es war ein sehr wohltuender Gedanke, er hat uns über böse Stunden hinweggeholfen. Aber doch ein Krankheitssymptom, wie? Ist Ihnen denn das heute nicht klar?"

Vittorin hatte die Zigarette weggeworfen. Er war aufgesprungen und starrte den Professor wortlos an.

Aus dem Nebenzimmer, in dem getanzt wurde, kam der Genosse Blaschek. Er wischte sich den Schweiß von der Stirn und zog seinen Wollsweater aus.

„Eine Viechshitzen hat's drin", sagte er. „'tschuldigen die Herren, ick geh eh' scho' wieder."

Die Tür blieb offen, der Walzer brach ab, es wurde eine Tanzpause gemacht. Kohout trug, von Blaschek auf einer Mundharmonika begleitet, mit weinseliger Stimme Soldatenlieder vor:

„Wer wird denn mit meiner Leich' gehn,
Wer wird denn mit meiner Leich' gehn?
Die Gläser, das G'schirr,
Der Wein und das Bier,
Die Wirtin hatscht a mit mir."

„Eine schwere Psychose war es", fuhr der Professor fort. „Kein normaler Zustand, das ist doch klar. Aber endlich einmal muß man doch damit fertig werden! Sie sind wieder zu Hause, alles ist vorüber. Jetzt heißt es arbeiten, wieder von vorn beginnen, den Krieg vergessen. Hol' der Teufel den Kohout mit seinen G'stanzeln, man versteht sein eigenes Wort nicht. Den Krieg vergessen, alles, was wir durchgemacht haben, auslöschen aus der Erinnerung. Sibirien war nur ein böser Traum, Tschernawjensk ein Alpdruck. Was zum Teufel, schert Sie denn heute noch der Stabskapitän? Lassen Sie ihn doch ruhig in Moskau oder sonstwo sein."

„Sind Sie fertig?" fragte Vittorin.

Aus dem Nebenzimmer hörte man Gläserklirren, Gelächter, das Wimmern der Mundharmonika und die Stimme Kohouts:

„Was wird auf mein' Leichenstein stehn,
Was wird auf mein' Leichenstein stehn?
  A Wurst und a Brot,
  Hier liegt a Soldat,
  Der alles versoffen hat."

„Wenn Sie fertig sind, Professor", stieß Vittorin, blaß vor Erregung, hervor, „dann will ich Ihnen etwas sagen. Das ist erbärmlich, jawohl, ich sag' es Ihnen ins Gesicht, schäbig ist es und erbärmlich, zuerst mit dabei zu sein und sein Ehrenwort geben, und, weiß Gott was, und sich dann drauf auszureden, daß das alles – – sich dann auf Psychose auszureden oder wie Sie's nennen. Pfui Teufel, kann ich nur sagen, ich schäme mich für Sie. Feig sind Sie, Furcht haben Sie, das ist das ganze. Hinter all Ihren Redensarten von Psychose und Krankheitssymptomen und von vorn beginnen, steckt nichts als Angst. Es ist traurig, daß es solche Menschen gibt, wie Sie einer sind. Jetzt kenn' ich Sie, jetzt weiß ich wenigstens – – –"

„Achtung! Genossen!" rief der Soldatenrat. „Jetzt kommt ganz was Neuch's. Kohout, laß d'noblichten Herren 'außa!"

„Kommt eh' schon", sagte Kohout. Und er begann, von der Mundharmonika begleitet, zu singen:

„Wer wird denn die Straßen jetzt kehren,
Wer wird denn die Straßen jetzt kehren?
Die noblichten Herrn
Mit die silbernen Stern
Die werden die Straßen jetzt kehr'n."

„Bravo!" rief der Kommerzialrat in heller Begeisterung – er war während des Krieges zwei Monate lang zu Kanzleidiensten kommandiert gewesen. „Bravo! So gehört sich's auch. Sollen s' nur arbeiten wie unsereiner, sich ihr Brot verdienen."

„Jetzt weiß ich wenigstens, woran ich mit Ihnen bin und was man von Ihrem Ehrenwort zu halten hat", sagte Vittorin, dessen Zorn einer tiefen Niedergeschlagenheit gewichen war.

Der Professor versuchte, der Sache eine Wendung ins Scherzhafte zu geben.

„Ich bin mir natürlich durchaus im klaren darüber, Vittorin", meinte er, „daß ich jeden Anspruch auf Ihre Achtung verwirkt habe. Was kann ich tun? Ich muß mich damit abfinden, so gut es geht. Mein Trost ist nur, daß Sie in zwei Monaten genauso über die Sache denken werden wie ich. Halten Sie es übrigens wirklich für so einfach, jetzt, in diesen Zeiten, nach Rußland zurückzukehren?"

Er begegnete einem feindselig abweisenden und verachtungsvollen Blick.

„Ob es einfach ist oder nicht, das lassen Sie meine Sorge sein, darum brauchen Sie sich jetzt nicht mehr zu kümmern", sagte Vittorin. „Wenn man will, geht alles. Nur den festen Willen muß man haben, aber das verstehen Leute Ihres Schlages nicht. Ich werde mit Seljukow abrechnen, verlassen Sie sich darauf, und wenn ihr mich auch alle im Stich laßt, und wenn ich mich zu Fuß nach Moskau durchbetteln müßte – – –"

„Sprechen Sie nicht weiter, Vittorin", unterbrach ihn der

Professor. „Sie verraten mir die wahre Natur Ihres Hasses. Das klingt ja beinahe wie eine Ballade, was Sie da sagten. Wahrhaftig, eine sonderbare Art von Haß. Vittorin, kennen Sie das alte Lied? – Kein Feuer, kein' Kohle – –"

„Hörst, Kohout!" rief der Genosse Blaschek. „Was is' denn? Werd'n heut' keine Guillotinen g'schmiert?"

„Kommt schon. Nur Geduld, Genosse, eins nach dem andern, kommt schon", sagte Kohout.

Er trat ans Klavier und spielte mit der linken Hand die Melodie des Henkerliedes. Mit dröhnender Stimme fiel Blaschek ein:

„Schmiert die Guillotinen,
Schmiert die Guillotinen,
Schmiert die Guillotinen ein mit Fürstenfett!
Reißt die – – – –"

„Um Gottes willen, Genosse, was soll denn das heißen, hören Sie doch auf!" rief Doktor Emperger verzweifelt. „Das geht doch wirklich nicht. Über mir wohnt ein Hofrat, der wird sich beschweren, er hat ohnehin schon zweimal geklopft."

„Lassen's ihn nur kommen, den Hundling, den reaktionären!" schrie Blaschek. „Soll sich trauen! Ich hau' ihm eine übern Schädel, daß er halbe Stund' auf der Erd' umananderkrallt wiar a blinde Katz. – Reißt die Konkubinen, reißt die Konkubinen – –! Mitsingen, Genossen!"

Arm in Arm kamen die drei jungen Mädchen ins Zimmer zurück. Fräulein Hamburger zog die Tür hinter sich zu.

„Drin geht's zu – –!" sagte sie. „Toll. Der arme Rudi, der wird morgen was auszukochen haben. Na, ich dank' schön."

Vittorin wandte sich an Feuerstein.

„Und du?" fragte er. „Hast du vielleicht auch die Absicht, dich von der Sache zu drücken?"

Feuerstein, der einstmals, vor gar nicht langer Zeit, beteuert hatte, auf ihn könne man zählen, Feuerstein zuckte die Achseln und schwieg.

„Gut", sagte Vittorin, „mit euch beiden bin ich also fertig. Mit euch beiden hab' ich nichts mehr zu reden."

Fräulein Hoffmann kam neugierig näher.

„Haben sich die Herren gestritten?" fragte sie. „Es sieht beinah' so aus. Was hat's denn gegeben?"

Der Professor lehnte sich in seinen Klubfauteuil zurück. Er lächelte und blies den Rauch seiner Zigarette von sich.

„Ah, nichts von Bedeutung", sagte er. „Mein Freund will durchaus nach Moskau, einen russischen Offizier umbringen."

Verraten und verspottet, dem albernen und übermütigen Gelächter der drei jungen Mädchen preisgegeben, verließ Vittorin mit vor Bestürzung, Zorn und Scham verzerrtem Gesicht das Zimmer. In diesem Haus hatte er nichts mehr zu suchen.

Draußen, im Vorzimmer, hatte er, während ihm der Diener in den noch immer regenfeuchten Mantel half, eine kurze Unterredung mit Kohout.

„Das hätte ich dir im vorhinein sagen können, daß das so kommen wird, mein Lieber", erklärte Kohout, indem er von einem Fuß auf den anderen trat, „die Bourgeoisie hat kein Ehrgefühl und keinen Charakter. Ist es dir nicht aufgefallen, daß sie sich absentiert haben, die beiden, Feuerstein und der Professor, wie wir die revolutionären Lieder gesungen haben? Bande das!"

Lola öffnete die Tür des Kabinetts. Ein Blick durch die Spalte belehrte sie, daß Georg nicht mehr schlief. Er lag, halb angekleidet, auf seinem Bett und blätterte in einem roten Heft.

Sie trat ein.

„Du bist wach?“ fragte sie. „Wenn ich geahnt hätte, daß du nicht mehr schläfst, wäre ich viel früher gekommen. Weißt du, wie spät es ist? Dreiviertel elf. Du bist erst gegen eins nach Hause gekommen, der Vater hat dich gehört. Hast du dich unterhalten? Guten Morgen übrigens. Soll ich dir nicht dein Frühstück bringen?“

Georg Vittorin klappte das Heft zu.

„Nein, danke. Ich komme gleich hinein. Ich bin schon lange wach, ich habe nur ein bißchen russisch rekapituliert, Vokabeln und Übungssätze, was man so braucht, um sich den Leuten verständlich zu machen. Ob ich mich unterhalten hab'? Na ja, wie man's nimmt. Lehrreich war der gestrige Abend jedenfalls. – – Sonst noch was, Lola?“

Sie hatte mit ihrem Bruder über eine Sache zu sprechen, die ihr sehr am Herzen lag. Doktor Bamberger, der Zimmerherr, dem sie eine unbegrenzte Achtung entgegenbrachte, interessierte sich für Georg, er hatte den Wunsch geäußert, ihn kennenzulernen. Das konnte für ihren Bruder von der größten Wichtigkeit sein. Doch sie zog es vor, zunächst von Dingen zu sprechen, denen sie geringere Bedeutung beimaß.

„Die Franzi war heute morgen hier, schon in aller Früh'“, sagte sie. „Sie läßt dich fragen, ob du sie nicht mittags im Domcafé erwarten willst. Sie arbeitet durch und will nur so gegen eins auf eine halbe Stunde ins Kaffeehaus, eine Kleinigkeit essen. Du sollst ihr Gesellschaft leisten. Sie hat sich bitter darüber beklagt, daß du dich die ganze Woche über gar nicht um sie gekümmert hast.“

„Sie weiß doch ganz gut, daß ich zu tun hab'“, rief Georg Vittorin ungeduldig. „Den ganzen Tag, von früh bis abends, Besprechungen, Konferenzen, einmal da, einmal dort. Gestern zum Beispiel hatte ich nachmittags im vierten Bezirk zu tun, eine wichtige Unterredung – eine halbe Stunde später mußte ich im Café Splendid in der Praterstraße sein, von dort nach Hause, mich umziehen, und wieder zurück in die Prinz-Eugen-Straße zu einer Konferenz – reine Hetzjagd! Und dann die Arbeit auf den Bahnhöfen, stundenlang stehen und die Heimkehrerzüge abpassen, ich brauche gewisse Auskünfte, Recherchen sind nötig, und das ist eine Arbeit, die ich keinem anderen überlassen kann. Aber das weiß sie doch alles, die Franzi, was will sie denn, warum quält sie mich?"

Lola wußte nichts darauf zu erwidern.

„Übrigens wird das von heut' ab anders", fuhr Vittorin fort. „Ich muß nicht mehr auf die Bahnhöfe, alles, was ich wissen wollte, hab' ich erfahren. Auch die Vorbesprechungen sind erledigt. Jetzt heißt es arbeiten und Geldverdienen. Ist's wirklich schon dreiviertel elf? Höchste Zeit, daß ich mich fertig mach' und fortgeh'. Viel zu lang bin ich heut' zu Hause geblieben. Das darf nicht mehr vorkommen, daß ich den ganzen Vormittag vertrödel'."

„Du kannst dich schon noch ein paar Tage ausruhen", meinte die Schwester. „Vater sagt, daß du erst vom fünfzehnten an wieder in dein Büro gehen sollst."

„In das Büro, auf der Schreibmaschine klappern?" rief Georg Vittorin. „Ich denke nicht daran. Hundertachtzig Kronen im Monat, vielleicht zweihundert ab Neujahr, wenn's gut geht – heißt denn das Geldverdienen? Wenn ich im Kino Geige spiel', bekomm' ich mehr. Hast du denn eine Ahnung, Lola, was jetzt verdient wird?"

Lola setzte sich an den Rand seines Bettes.

„Hör' mal zu, Georg", sagte sie. „Ich hab' dir's schon gestern sagen wollen, aber gestern hab' ich dich ja kaum gesehen. Übrigens das mit dem Kino –, das ist doch sicher nicht dein Ernst, das ist doch kein Beruf für unsereinen. Ich könnt' ja auch mit meiner Stimme – für Chansons in einem Vorstadtvarieté, dazu reicht sie, vielleicht tu ich's auch, lieber tu ich's, als daß ich den Ebenseder – – – Georg, heut' hat es wieder Streit gegeben, der Vater hat sich furchtbar aufgeregt, er ist so reizbar seit einiger Zeit. Er hat schwere Sorgen, ich glaub', sie wollen ihn in Pension schicken, und dabei hat er doch erst siebzehn Dienstjahre, das ist doch eine Ungerechtigkeit! Aber laß dir's ja nicht anmerken, daß ich dir was gesagt hab', er will nicht, daß darüber gesprochen wird."

Herrn Vittorin senior hatte der verlorene Krieg, der Zusammenbruch der alten Armee, der Sturz der Dynastie, der Zerfall des Reiches völlig aus dem Gleichgewicht gebracht. Es war ihm nicht möglich, sich mit der Entwicklung, die die Dinge nahmen, abzufinden. Er wurde rechthaberisch und streitsüchtig, er glaubte sich von aller Welt angefeindet und verfolgt. Ohne juristische Vorbildung, außerstande, die Natur komplizierter Rechtsgeschäfte zu begreifen, hatte er wiederholt schon bei der Bemessung der Gebühren, die in sein Ressort fiel, Fehler begangen, unrichtige Tarifsätze angewendet. Zur Rechenschaft gezogen, hielt er sich für ein Opfer politischer Machenschaften, und er setzte sich auf eine Art zur Wehr, die seine Sache nur verschlimmerte. In einer Eingabe, die er an die höhere Instanz gerichtet hatte, überhäufte er seinen unmittelbaren Vorgesetzten mit schweren Anwürfen. Er nannte ihn einen Intriganten, einen unfähigen Nichtswisser und einen Schmarotzer an Staatsgeldern und zieh ihn der Bestechlichkeit, niedriger Gesinnung und einer eines Staatsbeamten unwürdigen Lebensführung. Eine sofort angeordnete Untersuchung hatte die völlige Haltlosigkeit dieser Beschuldigung ergeben. Man hatte ihm nahegelegt, selbst um seine Pensionierung einzukommen, aber dazu „hatte er keinen Anlaß, er wollte seine Sache durchfechten bis ans Ende, Recht müsse Recht bleiben".

So hatte man ihn denn vom Dienst suspendiert, die endgültige Entscheidung war einer Disziplinarkommission übergeben worden. Zu Hause suchte er die Fiktion aufrechtzuerhalten, daß sich in seinem Leben nichts geändert habe. Wie immer verließ er täglich um neun Uhr morgens mit seiner Aktentasche die Wohnung, pünktlich um halb vier kehrte er zurück. Die Zwischenzeit verbrachte er in kleinen, abgelegenen Kaffeehäusern, dort las er die Zeitungen, wobei er Stellen, die sein Mißfallen erregten, mit blauen Ausrufungs- und Fragezeichen versah. Wenn er die Lektüre beendet hatte, führte er leise Selbstgespräche, oder entwarf auf Briefbogen endlose Verteidigungsreden, die er vor der Disziplinarkommission zu halten gedachte. – –

„Den Vater pensionieren? Lächerlich. Du siehst ja immer schwarz, Lola“, sagte Vittorin. „Wie alt ist er denn? Vierundfünfzig war er im Sommer. – Was hat es denn gegeben heute morgen?“

„Ach, wieder wegen des Ebenseder“, berichtete Lola. „Der Vater hat mit mir geschrien – hast du's nicht gehört? ‚Ein Skandal, wie du den Menschen behandelst, was glaubst du denn eigentlich, ein Wunder, daß er überhaupt noch ins Haus kommt, du weißt es nicht zu schätzen, daß sich ein solider, anständiger Mensch – und so bist du immer gewesen, dumm und rücksichtslos und eingebildet und leichtsinnig, und das geht nicht so weiter –‘, und ich bin aus dem Zimmer gerannt und hab' geheult. Seh' ich nicht ganz verweint aus? Und dabei tut mir der Vater so leid. Georg, ich hab' geglaubt, wenn du erst wieder da bist, dann hab' ich doch wenigstens einen Rückhalt an dir – –“

„Du mußt Geduld haben, Lola“, sagte Georg mit einem gequälten Zug um die Lippen. „Natürlich kannst du auf mich rechnen, ich mag' ihn ja auch nicht, den Herrn Ebenseder. Aber du weißt, daß ich fort muß. Wenn ich zurückkomme, und ich bin vielleicht in vier oder fünf Wochen wieder da, dann hab' ich den Kopf frei, dann geh' ich zum Vater und sprech' ein ernstes Wort mit ihm: Entweder dieser Herr Ebenseder verschwindet, die Lola will nichts von ihm wissen, oder wir beide gehen aus dem Haus, die Lola und ich. Und wenn er nicht nachgibt..."

Die Schwester lächelte.

„Du bist ein guter Kerl, Georg, das weiß ich ja", sagte sie. „Aber so einfach, wie du dir's vorstellst, ist das nicht. Den Vater können wir jetzt nicht im Stich lassen. Aber davon wollt' ich doch gar nicht sprechen. Wieso bin ich überhaupt darauf gekommen? Etwas ganz anderes wollt' ich dir erzählen. Vorgestern abends, ich saß allein im Speisezimmer und wollt' schon schlafen gehen, da klopft es – der Herr Doktor Bamberger, unser Zimmerherr. Ob ich eine Minute Zeit für ihn hätt'. Aber gewiß, bitte sehr. Also kurz und gut, es hat sich um dich gehandelt. Er hat gehört, daß du perfekt Französisch und Italienisch sprichst, und daß du dich in der Zollmanipulation auskennst und überhaupt im Speditionsfach, und er meint, das sei gerade das, was er suche."

„Von wem hat er das gehört, daß ich Französisch und Italienisch sprech'? Ich find' das sonderbar, daß er über das alles so genau informiert ist. Ich hab' mich nie um ihn gekümmert. Kennst du ihn näher?"

„Hie und da seh' ich ihn natürlich, ich bring' doch sein Zimmer in Ordnung. Er ist ein stiller, feiner, bescheidener Mensch. Die Vally scheint ihm sehr zu gefallen, mit der spricht er manchmal. Vielleicht hat die Vally ihm von dir erzählt."

„Schön. Weiter. Was will er von mir?"

„Er hat geschäftlich viel mit Ausländern zu tun, mit Italienern und Balkanleuten. Vom nächsten Ersten an wird er auch sein eigenes Büro haben, bis jetzt hat er alles im Kaffeehaus erledigen müssen. Er möcht' gern einmal selbst mit dir sprechen. Er sagt, Leute bekäm' er natürlich genug, aber bei dir weiß er doch, wer du bist. Für die erste Zeit kann er dir allerdings nicht gar viel bieten, sagt er, weil er selbst nur mit sehr bescheidenen Mitteln anfängt, aber später – er ist ganz sicher, daß er reüssieren wird, und er will dich beteiligen."

„Da liegt der Hase im Pfeffer. Ich soll für ihn arbeiten, nicht wahr, ich soll für ihn schuften, aber zahlen will er nichts. So sind sie alle. Versprechungen, das kennt man. Du bist aber naiv, Lola."

„Du solltest doch einmal mit ihm sprechen, Georg. Ich will dir natürlich nicht zureden, ich versteh' ja nichts von diesen Dingen. Aber wenn du wirklich deine Stelle aufgeben willst – Er macht einen guten Eindruck, glaub' mir's, er sieht aus wie ein Mensch, der ganz genau weiß, was er will."

„Na schön. Ich kann mir ihn ja mal ansehen. Herrgott. Elf Uhr ist's. Viel erwart' ich nicht von der Bekanntschaft. Auf Versprechungen laß ich mich nicht ein. Die Menschen sind alle Kanaillen, ehrlose Lumpen, einer wie der andere. Ich hab' sie kennengelernt. Ja, liebe Lola, man macht so seine Erfahrungen."

In einer Fensternische des Domcafés saßen sie einander gegenüber, die Franzi hatte ihr Mittagessen beendet und bat um eine Zigarette. Er hielt ihr die offene Tabatiere hin.

„Ich hab' noch ein paar russische, bitte, bedien' dich. Die hier, die mit dem Mundstück nimm'! Krimtabak. Drüben in Sibirien haben wir auch chinesischen Tabak geraucht. Es gab da eine ganz feine, teure Sorte mit einem eigentümlichen Aroma, aber die war nicht zu bekommen. Ich hab' nur einen einzigen Menschen gekannt, der diese Sorte geraucht hat."

Er schwieg und versuchte, seine Zigarette auf eine besondere Art zwischen dem Goldfinger und der Spitze des kleinen Fingers der linken Hand zu halten. Aber es gelang ihm nicht recht, und er gab es auf.

„Um ein Uhr muß ich wieder hinauf ins Büro", sagte die

Franzi. „Aber ich hab' dir vorher noch eine Menge zu erzählen. Also hör' einmal, das Neueste: Der Herr aus Agram hat sich wieder gemeldet."

Sie sah, daß ihr der Freund entglitt, mit jedem Tag empfand sie es deutlicher, daß seine Gedanken ihr nicht mehr gehörten, sie fürchtete, ihn gänzlich zu verlieren. Sie ahnte dunkel die ferne, rätselhafte Kraft, die ihn an sich zog, und war entschlossen, ihn nicht kampflos freizugeben. Um ihn festzuhalten, um seine erlöschende Liebe neu anzufachen, hatte sie ihm von Liebesabenteuern erzählt, die sich nie begeben hatten, und Personen erdichtet, die ihr mit Leidenschaft nachstellten. Die Figur eines kroatischen Hochschülers, der sich bemühte, im Wiener Dialekt zu sprechen, war ihr besonders gut gelungen. Er lebte beinahe. Seiner bediente sie sich am häufigsten, so oft sie ihn brauchte, ließ sie ihn in Wien auftauchen. Daneben gab es noch einen sentimentalen Hünen, er sang herrlich zur Laute und war Kurier der schwedischen Gesandtschaft. Schließlich war noch ein junger Baron da, ein unverschämter Mensch, der der Franzi eine Wohnung einrichten und sie auf Reisen mitnehmen wollte.

„Der Herr aus Agram? Der Mediziner? Ist er denn wieder in Wien?" fragte Vittorin.

„Ja, denk' dir. Vorgestern hat er mich im Büro angerufen. Weißt, ich hab' ihm das schon zweimal verboten, es paßt mir nicht, gar so oft von allen möglichen Leuten angerufen zu werden. Was soll sich denn der Chef von mir denken? – Na wart', hab' ich mir gedacht – heut' kriegst du was zu hören, kannst dich freuen, du Krowot – Aber da war er dann wieder so nett und lustig am Telephon – Ja, grüß dich Gott, Schatzerl, hab' ich aber eine Freud', daß ich dich wieder mal seh' – wie geht's dir denn alleweil, was macht denn dein Chef, der alte Gauner – nämlich, weißt du, durchs Telephon ist er per du mit mir, da traut er sich's, da kann ich ihm nicht in die Haare fahren."

Sie machte eine kurze Pause und blickte Vittorin an. Doch sie fand in seinem Gesicht nicht, was sie suchte. Schweigend und mit völlig gleichgültiger Miene hörte er ihr zu.

„Weißt“, fuhr sie fort, „da hab’ ich mir gedacht: Jetzt machst du dir einen Spaß. Und ich frag’ ihn so ganz harmlos: Bleiben Sie diesmal länger hier, Herr Milosch, sind Sie vielleicht zufällig am ersten Dezember noch in Wien? – Das hab’ ich dir nämlich noch gar nicht erzählt. Meine Eltern wollen Ende des Monats über den Sonntag hinauf aufs Land, weißt, den Onkel besuchen, der die Ökonomie bei Gloggnitz hat, sie freuen sich schon darauf. Also heut’ in drei Wochen fahren sie und kommen erst Montag in der Früh’ zurück, und ich bleib’ ganz allein in der Wohnung, unserer alten Marie geb’ ich Urlaub, die schick’ ich zu ihren Leuten. Aber davon hab’ ich natürlich dem Herrn aus Agram nichts gesagt, woher denn, und ich denk’ mir noch: Wenn der das wüßt’! Und jetzt hör’ einmal – was, glaubst du, sagt der Mensch?“

„Nun?“

„Er lacht und sagt: Natürlich bin ich am ersten Dezember noch in Wien, warum fragst du denn, Schatzerl? Bist du vielleicht allein zu Haus? Das wär’ tuli, da könnt’ ich dich ja besuchen. Also – ich war starr. Wie der das gleich herausgehabt hat! Und dann ist mir eingefallen – du, das wär’ doch nett, Georg, wenn du den Tag über bei mir sein könntest, zu Hause sagst du einfach, du machst einen Ausflug, und wenn dann der Herr aus Agram läutet, dann gehst du hinaus und machst die Tür auf und sagst: Bitte, mein Herr, was wünschen Sie? und er müßt’ abziehen – wär’ das nicht lustig?“

Er blickte auf. In ihren Augen war eine ängstliche Bitte und ein stummes Versprechen.

„Einen ganzen Tag lang wären wir beisammen, ganz allein“, sagte sie leise. „So gut ist’s uns eigentlich noch nie gegangen, Georg.“

Er legte den Arm um ihre Schulter und zog sie an sich. Sie leistete keinen Widerstand. Einen Augenblick lang saßen sie eng aneinander geschmiegt.

„Natürlich komm' ich. Ganz bestimmt komm' ich", flüsterte er. „Du kannst dir ja denken, wie ich mich auf diesen Tag freu'."

„Pst, Georg, der Kellner schaut her. – Also abgemacht, nicht wahr? Du hältst dir den Tag frei."

„Abgemacht. Sag' einmal, Franzi, der Baron hat nichts mehr von sich hören lassen?"

Mit einer Handbewegung schob sie den Baron beiseite. Sie brauchte ihn nicht mehr.

„Ach der?" sagte sie. „Richtig ja, er hat mir geschrieben. Aber ich hab' ihm seinen Brief zurückgeschickt, uneröffnet, natürlich. Ich kann mir ja denken, was er von mir will. Jetzt muß ich aber gleich gehen, höchste Eisenbahn, der Chef wird schon schimpfen. Was ist denn eigentlich mit dir, du hast mir ja noch gar nichts erzählt – gehst du wieder in dein Büro?"

Mit einer Geste des Unwillens warf Georg Vittorin den Rest seiner Zigarette auf die Erde.

„Unsinn", sagte er. „In die Sklavenplantage? Glaubst du, ich habe Lust, für hundertachtzig Kronen von früh bis abends an der Schreibmaschine zu sitzen? Das hat aufgehört. Dazu bin ich mir zu gut. Ich geh' überhaupt nicht mehr hinauf, sie sollen sich von mir denken, was sie wollen, mich sehen sie nicht mehr."

Sie schüttelte den Kopf.

„Du wirst doch nicht einfach wegbleiben! Da wärst du schön dumm, Georg. Du bekommst für drei Monate das Gehalt als Abfertigung, wenn du regelrecht kündigst. Das ist jetzt bei den großen Aktiengesellschaften so üblich. Drei Monate, das sind, wart' einmal – das sind fünfhundert Kronen, die wirst du den Leuten doch nicht schenken. Na hör' einmal! Du bist aber nobel!"

Verblüfft sah er ihr ins Gesicht. An die Möglichkeit, sich das Geld, das er brauchte, auf diese Art zu verschaffen, hatte er noch nicht gedacht.

„Natürlich", sagte er, „du hast ganz recht. Fünfhundertvierzig Kronen, das ist doch immerhin – Ganz recht hast du. Auf das Geld verzicht' ich nicht, ich geh' heute noch hinauf."

Im Geiste berechnete er rasch, daß er mit der Hälfte dieser Summe bis an die russische Grenze gelangen konnte. Wien–Radkersburg–Belgrad–Bukarest–Galatz, von Galatz hinüber nach Tiraspol, die Rechnung stimmte.

Er erhob sich.

„Ganz recht hast du", wiederholte er. „Es ist am besten, ich ruf' gleich an, ob der Direktor noch da ist. Wo ist das Telephon?"

„Drüben im Billardzimmer, die dritte Tür", sagte die Franzi. „Wart', ich komm' mit, zwei oder drei Minuten hab' ich gerade noch Zeit."

„In der Telephonzelle ließ sie sich von ihm küssen und küßte ihn wieder, während draußen die Billardkugeln rollten, die Dominosteine klapperten und die Kellner mit den druckfeuchten Mittagsblättern von Tisch zu Tisch eilten. Dann stand sie noch einen Augenblick lang, glücklich lächelnd, als hätte sie mit diesem Kuß die dunkle, ferne, unbekannte Gewalt, die ihr den Geliebten nehmen wollte, für immer besiegt.

Das Gebäude, in dem die „Mundus, internationale Speditions- und Lagerhaus-Aktiengesellschaft für Donauverkehr und Überseetransporte" untergebracht war, machte mit seinen trübselig blickenden, schmalen Fenstern und seinen schmutzig-grauen Mauern, von denen Mörtel und Stuckwerk abgebröckelt waren, einen wenig ansehnlichen Eindruck. Das war schon immer so gewesen, die Gesellschaft hatte niemals Wert darauf gelegt, nach außen hin zu repräsentieren. Nichts hatte sich geändert, und trotzdem trat Vittorin mit dem Gefühl des Fremdgewordenseins durch die Toreinfahrt des Hauses, das er bei Kriegsausbruch in der Uniform eines Landwehr-Offiziersaspiranten verlassen hatte.

Ein neuer Portier, der schläfrig an seine Mütze griff. Im Hof wurde Koks abgeladen. Auf der Treppe und in den mit Gasflammen erleuchteten Gängen begegnete Vittorin jungen Leuten, die er nicht kannte. Einer von ihnen hielt ihn an und fragte höflich, in welche Abteilung der Herr zu gelangen wünsche, das Parteienverkehrsbüro sei im zweiten Stock. Vittorin murmelte eine undeutliche Antwort und ging weiter.

Endlich ein Gesicht, das ihm vertraut war. Der alte Direktionsdiener, den man für einen pensionierten Hofrat halten konnte, wenn er nach Büroschluß in dem gegenüberliegenden kleinen Kaffeehaus seine Billardpartie machte. Er begrüßte Vittorin wie einen Freund aus besseren Zeiten.

„Der Herr Vittorin! Ja, diese Überraschung. Also auch schon zurück. Wie lang ist's her, lassen S' mich's ausrechnen, im Fünfzehnerjahr eingerückt, nein, im Vierzehnerjahr, gleich nach dem Ultimatum, wer hätt' sich das damals gedacht, daß das so ausgehen wird. Das ist ein Jammer. Die vielen jungen Leut', wofür –, frag' ich. – Da hab' ich aber wirklich eine Freud', daß ich den Herrn Vittorin noch einmal seh', der reine Zufall, in der nächsten Woche hätt' mich der Herr Vittorin nicht mehr hier angetroffen, denn ich geh' in Pension. Jawohl. Vierzig Dienstjahre."

„Sie ziehen sich wahrscheinlich ganz gerne zurück. Nach vierzig Dienstjahren – das kann ich mir ja denken", meinte Vittorin. „Bleiben Sie in Wien?"

„Gern? Na ja, wie man's nimmt", sagte der alte Mann, indes er fortfuhr, die Aktenfaszikel, die auf seinem kleinen

Tisch lagen, umzuschichten und zu ordnen. „Wie's früher einmal war, ist's halt doch nimmer mehr. Lauter neue Leut', lauter neue Gesichter –, wohin man schaut, nichts wie Jurisdoktoren, und die vielen Namen wollen nicht mehr in meinen Schädel. In Wien bleib' ich nicht. Bei der Teuerung? Was hab' ich denn in Wien verloren? Kinder hab' ich keine – ich geh' nach Vorarlberg zu meiner Frau ihrer Verwandtschaft. Am Land kriegt man noch eher was zu kaufen für sein Geld. Ein bissel was erspart hab' ich mir ja, zu einem Häusel wird's reichen und vielleicht auch zu einem Stückel Garten. Eine Woche noch und dann heißt's: Adieu, lebewohl, pfüat di Gott, du Wienerstadt."

Vittorin nickte zustimmend mit dem Kopf. Dann fragte er, ob der Herr Direktor zu sprechen sei. Der alte Diener schüttelte ihm nochmals mit einer Art Rührung beide Hände, dann ging er mit lautlosen Schritten in das Direktionszimmer, um den Besucher anzumelden.

Der Direktor empfing Vittorin mit liebenswürdiger Höflichkeit. Er beglückwünschte ihn unter Einflechtung eines lateinischen Zitates – „post tot discrimina rerum" – zu seiner Heimkehr und gab seiner Genugtuung Ausdruck, daß eine so verwendbare Kraft dem Hause wieder zur Verfügung stehe. Vittorin kam vorerst nicht zu Wort. Nun hieß es, sich rühren, sich regen – meinte der Direktor – allen Gewalten zum Trotz sich erhalten, Arbeit gäbe es genug, jetzt, da die Wechselbeziehungen der Nationen wieder aufgenommen seien, wenn auch freilich noch nicht in vollem Umfang. Es gelte, die Wunden zu heilen, die der Krieg dem Wirtschaftsleben geschlagen habe, die neue Zeit habe neue Probleme gebracht, deswegen sei es unerläßlich, daß jedermann, wo immer er auch stehe, seine Pflicht tue. Vittorin werde vorläufig der Buchhaltungsabteilung zugeteilt werden, denn seine frühere Stelle, die eines zweiten französischen Korrespondenten, habe man naturgemäß anderweitig besetzen müssen.

Der Direktor sprach leise, in verbindlichem Ton, und begleitete seine Worte mit sparsamen, aber ausdrucksvollen Gebärden. Vittorin stand in militärischer Haltung, er sah an dem Direktor vorbei und hörte nichts. Etwas Sonderbares war mit ihm geschehen. Er hatte mit einem Gedanken gespielt. Er hatte versucht, sich vorzustellen, nur zum Zeitvertreib, für einen Augenblick nur, daß er weit von hier in einem anderen Zimmer stünde und daß der Schatten an der Wand Seljukows Schatten sei. Aber dieser Gedanke war stärker als er und ließ ihn nicht mehr los. Draußen Schneegestöber, hinter der Tür putzt Grischa die Teemaschine, unruhig flackert das Feuer im Ofen. Der Schreibtisch ist voll Bücher, zu oberst liegt ein französischer Roman, die nackte Dame auf dem Titelblatt spielt mit einer Tigerkatze. Drüben im Viererpavillon warten die Kameraden auf Nachricht. Seljukow blickt von seiner Arbeit auf, seine Zunge streicht über die Oberlippe, das Licht der Lampe fällt auf seine schmale, leicht gebräunte Hand. Und jetzt –

„Das ist nicht Benehmen von Offizier. In Frankreich nennt man das – – – Sie können gehen. Pascholl."

Ah, der Schuft! Mich zu beschimpfen. Warum habe ich das geduldet. Ich hätte ihn ins Gesicht schlagen und mich dann füsilieren lassen sollen. Wenn ich ihn doch ins Gesicht geschlagen hätte! Zu spät. Jetzt ist's zu spät.

„Sie scheinen unangenehm überrascht zu sein", sagte der Direktor. „Verstehen Sie mich doch recht: Es ist als Provisorium gedacht. Sie dürfen nicht glauben –"

Vittorin erwachte. Die vergangene Stunde löste ihre Umklammerung und gab ihn frei. Nein, nicht zu spät. Nur eine Geldfrage, um ein paar hundert Kronen handelt es sich. Wenn ich die habe, wenn es mir gelingt, die aufzutreiben, dann sprechen wir weiter, Michael Michajlowitsch Seljukow.

„Sie dürfen nicht glauben", fuhr der Direktor fort, „daß

die Anstalt die Absicht hat, dauernd auf Ihre Sprachkenntnisse und auf Ihre praktische Erfahrung im Korrespondenzfach zu verzichten. Das ist, wie ich Ihnen versichern kann, nicht der Fall. Man wird Sie im Auge behalten. Melden Sie sich morgen oder übermorgen zum Dienstantritt bei Ihrem neuen Chef, dem Herrn Prokuristen Schödl, und überlassen Sie alles Weitere ruhig mir."

Vittorin starrte mit einem hilflosen und verlegenen Lächeln an dem Direktor vorbei auf den grünseidenen Schirm der Schreibtischlampe. Der Verlauf dieser Unterredung stand in einem verwirrenden Gegensatz zu dem Plan, den er sich für sie zurechtgelegt hatte. Er war überzeugt gewesen, daß man ihn gleichgültig, geschäftsmäßigkühl empfangen werde; dann wäre es ihm leicht gefallen, dem Direktor die gesicherte Lebensstellung hinzuwerfen und das Geld, die Abfertigungssumme, die er haben mußte, als sein gutes Recht zu verlangen. Daß aber der Direktor in solch einem wohlwollenden, ja beinahe freundschaftlichen Ton zu ihm redete und sogar seine Sprachkenntnisse mit Anerkennung hervorhob, das war eine Erschwerung der Situation, mit der er nicht gerechnet hatte. Konnte er unter solchen Umständen mit ein paar kurzen Worten seine Entlassung fordern? Doch, das Geld mußte er haben, mit leeren Händen durfte er nicht gehen. Und nun schien der Direktor ungeduldig zu werden, er trommelte mit dem Bleistift auf die lederne Schreibtischmappe.

„Verzeihung", sagte Vittorin mit einem plötzlichen Entschluß. „Ich bitte um Entschuldigung, daß ich Ihre kostbare Zeit noch weiter – ich bin genötigt – es fällt mir natürlich nicht leicht –"

Er stockte. Es war keine so einfache Sache, die richtigen Worte zu finden. Er nahm einen neuen Anlauf.

„Ich bin in Verlegenheit, ich weiß nicht, wie Sie es aufnehmen werden, Herr Direktor, aber die Umstände zwingen mich –"

Der Direktor lehnte sich zurück und sah ihm über die Brillengläser hinweg ins Gesicht.

„Na ja, ich kann mir ja ungefähr denken, wo Sie der Schuh drückt", meinte er. „Merkwürdig, alle Herren, die aus dem Feld kommen, haben die gleichen Schmerzen. Es scheint keinem von ihnen gelungen zu sein, draußen an der Front irgendwelche Glücksgüter anzuhäufen. Na, schön. Der Verwaltungsrat hat mit Beschluß vom 17. August laufenden Jahres die Direktion ermächtigt, allen jenen aus dem Felde heimkehrenden Beamten, die Familienerhalter sind, eine einmalige Aushilfe in der Höhe dreier Monatsbezüge zuzuwenden. Sind sie verheiratet?"

„Nein – das heißt, ich habe allerdings die Absicht – –"

Der Direktor machte eine ablehnende Handbewegung.

„Sie brauchen sich nicht zu beeilen", sagte er. „Sie haben Zeit. – Ich kann Ihnen, da Sie nicht Familienerhalter sind, nur einen Vorschuß in der angegebenen Höhe bewilligen, den Sie vom ersten Jänner an in Monatsraten zurückzuzahlen haben werden. Gehen Sie hinauf in den zweiten Stock zum Doktor Weber –"

Die Telephonglocke läutete. Der Direktor nahm das Hörrohr in die Hand.

„Hier Direktion der ‚Mundus, internationale Speditions- und Lagerhausgesellschaft'. – Ja, ich bin am Apparat. – Meine Verehrung, Herr Nußbaum. Gewiß, ich habe mir den Akt vorlegen lassen. – Nein, leider kann ich mir Ihren Standpunkt nicht zu eigen machen, wir sind bis an die äußerste Grenze des Entgegenkommens gegangen. – Ausgeschlossen. Wir sind gewiß konziliant, aber – Es handelt sich – Bitte, hören Sie mich doch an. Ganz richtig. Es handelt sich – Bitte sehr, überlegen Sie sich die Sache, ich bleibe Ihnen mit meinem Vorschlag bis morgen – Täte mir leid. – Wie meinen Sie? Gewiß, das können Sie ohne weiteres. – Herr Nußbaum, ich sehe dem Ausgang des Prozesses mit Seelenruhe entgegen. Bitte sehr. Meine Verehrung."

Vittorin nahm die Gelegenheit wahr, dem Direktor einen Beweis seines Diensteifers und seiner Kenntnis des Kundenkreises zu erbringen.

„Adolf Nußbaum und Kompagnie, Praterstraße Nr. 15", stellte er fest. „Seifen und Fettwaren. Telegrammadresse: Fettbaum, Wien. Der Chef selbst, wenn ich mich nicht irre."

„Jawohl, der Herr Nußbaum selbst. Haben Sie mit der Firma schon zu tun gehabt?"

„Natürlich. Eine unserer ältesten Kundschaften. Exportiert hauptsächlich nach den Balkanstaaten und die Levante. Herr Adolf Nußbaum ist ein sehr aufgeregter Herr. Bei jeder Reklamation droht er immer gleich mit den Gerichten."

„Schön. Sie werden sich gar nicht erst lange einzuarbeiten haben", meinte der Direktor. „Wegen des Vorschusses wenden Sie sich, wie gesagt, an den Doktor Weber, der hat das Personalreferat. Er soll mir die Kassa-Anweisung zur Unterschrift vorlegen. Übrigens, weil Sie gerade hier sind: nehmen Sie diese Mappe mit und geben Sie sie im Vorübergehen in der Reexpeditionsabteilung ab."

Kohout hatte sich erboten, den Paß und die für die Reise erforderlichen Sichtvermerke zu beschaffen. Dieser keineswegs leichten Aufgabe fühlte er sich durchaus gewachsen, denn er hatte in der Advokatskanzlei des Doktor Sigismund Eichkatz, bei dem er seit vierzehn Tagen eine Art Vertrauensposten bekleidete, allerlei gesehen und gelernt.

Doktor Eichkatz verdankte den Zulauf, dessen sich seine Kanzlei erfreute, seiner Fähigkeit, die Gesetze und Verordnungen, die sich dem Betätigungsdrang seiner Klienten hemmend entgegenstellten, zugleich zu respektieren und zu verachten. Er schätzte sie, weil sie, von Menschenköpfen ersonnen, ihre Herkunft nur allzu deutlich in ihren

Schwächen und Unvollkommenheiten offenbarten, und er mißachtete sie, weil sie sich mit dem Nimbus der Unfehlbarkeit umgaben. Niemals ließ er sich dazu bestimmen, die Gesetze zu verletzen, denn er wußte, daß sie einem beweglichen Geiste gegenüber in ihrer Unwandelbarkeit und Strenge nicht verharrten. Den Einfältigen, der sich an ihnen verging, zermalmten sie, dem Klugen, der ihnen die Ehre erwies, die sie verlangten, gaben sie den Weg frei.

Doktor Eichkatz war ein Meister in der Umgehungstaktik des Guerillakriegs. Sein Name wurde in gewissen Teilen der Stadt mit Respekt genannt, seine Adresse ging in den Kaffeehäusern, in denen man mit Jute, Stechvieh, Graupen oder Kunstseide handelte, von Hand zu Hand. Als es sich anfangs Oktober 1918 erwies, daß sein Kanzleipersonal, das aus einem Tippfräulein und einer Aufwartefrau bestand, den gesteigerten Anforderungen des Betriebs nicht mehr gewachsen war, wurde Kohout, den Doktor Eichkatz vom Billardzimmer des Café Elite her kannte, als Hilfskraft aufgenommen und mit der Aufgabe betraut, die Akten auf dem laufenden zu halten und von saumseligen Zahlern rückständige Gelder einzutreiben.

Vittorin hatte dem Freunde seinen Besuch telephonisch angekündigt. Kohout empfing ihn mit dem leidenden Gesichtsausdruck eines Menschen, auf dessen Schultern die ganze Last einer verantwortungsvollen Arbeit ruht.

„Du mußt dich noch eine Weile gedulden", sagte er. „Ich will nur erst einmal die Leut', die im Wartezimmer sind, vornehmen. Setz' dich und hör' ein bissel zu, manchmal ist das ganz unterhaltend. In einer halben Stunde bin ich fertig – dann können wir in Ruhe deine Angelegenheit besprechen. Der Chef wird uns nicht stören. Wenn ich ihm sag', daß ich privaten Besuch hab' – Fräulein Gusti, der Herr Doktor läutet. Das gilt Ihnen."

Die Stenotypistin lief ins Chefzimmer und kam gleich darauf wieder zurück.

„Herr Kohout, rasch! Den Akt Spannagel!"

Aus der offenen Tür kam, dröhnend wie Orgelton, die erregte Stimme des Doktor Eichkatz:

„Herr Spannagel, Sie fragen mich zuviel. Ich bin kein Prophet, sondern ein Rechtsanwalt. Wie Ihr Prozeß ausgehen wird, weiß ich nicht. Wenn ich prophezeien könnte, würde ich die Advokatur nicht ausüben, sondern mich mit Ihnen zusammen, Herr Spannagel, im Panoptikum sehen lassen."

„Ujeh, machen's die Tür zu, Herr Kohout, heut' ist er wieder narrisch", rief von der Schreibmaschine her das Fräulein Gusti.

Kohout zog die Tür des Chefzimmers zu. Dann wandte er sich an Vittorin:

„So geht's den ganzen Tag bei uns zu. Lang halt' ich's hier nicht aus, das weiß ich. Ich bitt' dich, hast du dir die Leut' angesehen, die draußen im Vorzimmer warten? Das ist eine Klientel, was? Das sind Visagen! Wenn man jedem von diesen Ehrenmännern drei Jahre Landesgericht aufhaut, tut man keinem unrecht. – Na also, gehn wir's an. Fräulein Gusti, hören S' ein bißchen auf mit ihrem Geklapper, man versteht ja sein eigenes Wort nicht."

Er suchte aus dem Aktenstoß, der sich vor ihm auf dem Schreibtisch türmte, ein Faszikel hervor. Dann rief er mit Stentorstimme:

„Herr Jonas Eiermann! Darf ich bitten!"

Aus dem Vorzimmer kam ein kleiner, rundlicher, spitzbärtiger Herr in einem etwas zu kurz geratenen Überzieher. Er verbeugte sich vor Kohout, rieb sich die Hände, sagte, zu Vittorin gewendet, „Eiermann", und nahm Platz. Seinen steifen Hut hatte er auf Kohouts Schreibtisch deponiert.

„Herr Eiermann", begann Kohout, „Sie wünschen also beim Bezirksgericht Innsbruck auf Rückerstattung einer

Schuld von vierzehn Kronen geklagt zu werden. Darf ich um einen Kostenvorschuß bitten?"

„Bin ich Ihnen nicht gut?" meinte Herr Eiermann.

„Ob Sie gut oder nicht gut sind, das interessiert uns nicht", erklärte Kohout. „Bei uns gibt es keine Ausnahmen, wir kreditieren nicht, bei uns heißt es netto Kassa, hier Kostenvorschuß, hier Klage. Bevor Sie nicht bar hier auf den Tisch, hundertsechzig Kronen erlegt haben, rühr' ich keinen Finger."

„Hundertsechzig Kronen kann ich nicht zahlen", sagte Herr Eiermann nach einer Pause des Nachdenkens.

„Schön. Ich bin bereit, Ihnen entgegenzukommen. Wieviel können Sie erlegen?"

„Allerhöchstens hundert Kronen."

„Sie erlegen also hundert Kronen. Fräulein, bestätigen Sie dem Herrn Eiermann – –"

„Die hundert Kronen kann ich aber erst in drei Wochen bezahlen."

„In drei Wochen?" rief Kohout. „Ausgeschlossen. Wieviel können Sie heute, jetzt gleich erlegen?"

Herr Eiermann verzog den Mund, als habe er etwas schlecht Schmeckendes verschluckt, und sagte nach einem sichtlich schweren inneren Kampf:

„Vielleicht sechzig Kronen."

„Bestätigen Sie dem Herrn Eiermann sechzig Kronen als Spesenvorschuß, Fräulein, damit wir endlich zu einem Resultat kommen."

„Ich hab' aber die sechzig Kronen nicht bei mir", wandte Herr Eiermann ein.

„Sie haben sie nicht bei sich. Natürlich. Sie wollen also nicht bezahlen?"

„Wer redet von nicht zahlen?" rief Herr Eiermann gekränkt.

„Schön. Sie wollen also bezahlen. Wieviel haben Sie denn eigentlich bei sich, wenn die Frage gestattet ist?"

„Weiß ich – –? Dreißig Kronen."

„Ein angenehmer Klient! Also zahlen Sie in Gottes Namen dreißig Kronen", sagte Kohout resigniert.

Herr Eiermann zog eine Lederbrieftasche von unbestimmbarer Farbe hervor. Er durchsuchte umständlich ihre Fächer und brachte zwei zerknitterte Geldnoten zum Vorschein.

Kohout nahm das Geld mit den Fingerspitzen und warf es in die offene Lade seines Schreibtisches. Dann ließ er Herrn Eiermann in das Zimmer des Doktor Eichkatz eintreten.

Doktor Eichkatz saß mit geschlossenen Augen an seinem Schreibtisch. Er schien erschöpft zu sein. Sein mächtiger kahler Schädel ruhte auf seinen behaarten Fäusten, zwischen seinen schlaffen Lippen hing eine Virginiazigarre, deren Glut erloschen war. Als Herr Eiermann ins Zimmer trat, kam Leben in die hagere Figur des Rechtsanwalts.

„Herr Jonas Eiermann", meldete Kohout. „Einreise nach Tirol, Innsbruck."

„Sie wollen also nach Innsbruck, Herr Eiermann", sagte Doktor Eichkatz. „Was sind Sie für ein Landsmann?"

„Ich bin kein Österreicher", erklärte Jonas Eiermann.

„Ich habe Sie nicht gefragt, was Sie nicht sind, ich habe Sie gefragt, was Sie sind", rief der Rechtsanwalt mit dröhnender Stimme. „Sie sind kein Österreicher, Sie sind auch kein Eskimo, Sie sind kein Mitglied der afrikanischen Völkerfamilie, kein Mohammedaner, kein Cowboy, kein englischer Viscount, keine Bajadere. Das alles sind Sie nicht, das weiß ich. Jetzt möchte ich von Ihnen hören, was Sie sind."

„Ich bin polnischer Staatsangehöriger", gab Herr Eiermann, völlig eingeschüchtert, zur Antwort.

„Na also, endlich, Gott sei Dank. Sie sind also polnischer Staatsbürger und wollen nach Innsbruck. – Ich danke,

Herr Kollege", sagte Doktor Eichkatz, und Kohout zog sich zurück.

Die Stenotypistin hatte ihre Arbeit beendet und aß mit hingebungsvoller Miene ein Käsebrot. Vittorin war aufgestanden und ging mit großen Schritten im Zimmer auf und ab.

„Das sind Klienten, wie?" seufzte Kohout. „Ein Vergnügen, mit dem Herrn Eiermann zu verhandeln. Der Doktor Eichkatz hat leicht predigen: Rupfen, rupfen, rupfen! Ja, wie denn? Es ist doch nichts herauszuholen aus so einem Menschen."

Er sah, daß Vittorin ungeduldig zu werden begann, und fuhr fort:

„Jetzt zu unserer Sache. Die draußen, die Herrschaften, die sollen nur warten. Wenn nur das Frauenzimmer endlich gehen wollt', daß wir ungestört miteinander sprechen können. Sonst rennt sie immer schon um halb sechs fort, sie hat einen Eisenbahner, er steht eh' schon unten und wartet. Verlobt oder so, heiraten wird er sie eh' nicht."

„Sag' einmal", begann Vittorin, „du bist ja noch länger geblieben, neulich, oben beim Doktor Emperger. Hat man über die Sache noch weiter gesprochen?"

„Jawohl, man hat sich lustig über dich gemacht", berichtete Kohout, indem er von einem Fuß auf den anderen trat und die Hände in den Gelenken drehte. „Emperger, der Hohlkopf, hat behauptet, du seist einem russischen Subalternoffizier magisch verfallen – das waren seine Worte. Der Professor hat gesagt, du gingest nach Rußland, um die Gesamtsumme des menschlichen Leidens zu vermehren – du kennst ihn ja, jeder muß hören, wie philosophisch er sich ausdrücken kann. Und Feuerstein hat gesagt, es sei idiotisch."

Vittorin nagte an seinen Lippen.

„Eine Sache kann idiotisch sein und trotzdem notwendig", sagte er mit einem starren Blick.

„Natürlich", bestätigte Kohout. „Hast du das Geld?"

„Jawohl. Sechshundert Kronen."

„Die mußt du dir gleich in Dollars umwechseln lassen. Am besten, du gehst ins Café Elite, nimmst dir dort einen von den Valutaschiebern beiseite, im vorderen Spielzimmer sitzen sie, und verlangst Amerikanudeln – so nennen sie nämlich die Dollarscheine in ihrem Rotwelsch. Gib aber acht, daß du an keinen Kieberer gerätst. Vielleicht ist es besser, ich geh' mit dir. – Weiter: Das russische Visum ist auf normalem Wege nicht zu bekommen – ich hab' mich genau informiert. Es existiert zwar eine Mission vom Russischen Roten Kreuz in Wien, sie stellt auch Visa aus, aber eh' man von der die Einreisebewilligung bekommt, das dauert oft Monate. Die Sache muß anders gemacht werden. Paß auf: Du fährst nach Galatz."

„Nach Galatz? Bekomm' ich das rumänische Visum?"

„Das stellt dir die rumänische Militärkommission aus. Ganz einfach ist das auch nicht, aber mit Geld läßt sich's machen."

„Wenn du erst einmal in Galatz bist, kommst du leicht über die russische Grenze. Zu Fuß, per Achse, oder, wenn du ganz sicher gehen willst – überall in Rumänien, in Galatz, in Braila, in Fokschani, in Bottuschan gibt es Paßfabriken. Zweihundert Kronen wird's dich kosten. Das ist viel Geld, freilich, aber damit mußt du rechnen. Bei dem Herrn Jonas Eiermann liegt die Sache viel einfacher, denn er will erstens nicht nach Rußland, sondern nur nach Tirol –"

„Hat es sich denn bei diesem Menschen auch um eine Einreisebewilligung gehandelt?" fragte Vittorin.

„Natürlich. Das hast du nicht verstanden? Die Tiroler Landesregierung läßt Leute, die nach Galizien zuständig sind, nicht über die Grenze. Nun hat aber der Herr Eiermann dringende Geschäfte in Innsbruck. Was tut er? Er läßt durch uns beim Bezirksgericht Innsbruck klagen, wegen irgendeiner Bagatelle, vierzehn Kronen oder so was, und bei der Paßkontrolle weist er die gerichtliche Vorladung vor. In Ordnung. Nichts zu machen. Man muß ihn hinüberlassen."

„Und zu solchen Praktiken gebt ihr euch her?" rief Vittorin.

„Mein Lieber, was willst du haben, das sind ja noch relativ ganz saubere Geschäfte. Hast du denn eine Ahnung, mit was für Ansinnen und Vorschlägen und Wünschen die Leut' zu uns heraufkommen? Manchmal frag' ich mich, wozu ich vier Semester Jus studiert habe. Ein Taschendiebkursus, das wäre die richtige Vorbereitung gewesen. Und dabei muß ich eigentlich noch froh sein, daß mich der Doktor Eichkatz behält. Wo find' ich denn so leicht einen Posten mit meinem steifen Arm! Und zu Hause – mein Vater hat wieder geheiratet, mit der Stiefmutter vertrag' ich mich nicht. Bei jedem Bissen, den man vor mich hinstellt, hämische Bemerkungen. Wenn ich weiterstudieren, mein Doktorat machen könnte – aber nein: Verdienen, verdienen, verdienen! Muß man denn nicht Bolschewik werden in dieser erbärmlichen, korrupten und verrotteten Gesellschaft, in der wir leben?"

Vittorin stand auf. „Du solltest mit mir nach Rußland", meinte er.

„Daran hab' ich auch schon gedacht", sagte Kohout.

Auf Kohouts Rat verkaufte Vittorin alles, was er an Wertgegenständen besaß: sein Fahrrad, zwei goldene Ringe, die Klassiker und die Prachtausgaben aus seinem Bücherkasten. Den Goerztrieder, den er vor dem Krieg erstanden und in kleinen Monatsraten abgezahlt hatte. Einen Kodak, einen Spazierstock mit Elfenbeinkrücke, eine Krawattennadel mit zwei kleinen Saphiren – ein Geburtstagsgeschenk seines Vaters – und schließlich noch ein Dombaulos und ein Paar Halifaxschlittschuhe. Die Schwestern merkten nicht, daß ein Stück nach dem anderen aus der Wohnung verschwand. Der Erlös reichte zusammen mit dem Geld, das schon vorhanden war, aus, um die Reise nach Rußland sicherzustellen. Und nun, da nach menschlicher Voraussicht nichts mehr die Verwirklichung seines Plans gefährden konnte, fand Vittorin endlich seine Ruhe und sein inneres Gleichgewicht wieder. Das Phantom, das von seinem Gehirn Besitz ergriffen hatte, gewährte ihm eine kurze Frist gelassenen Lebens, bevor es ihn der Welt der Abenteuer zur Beute gab.

Er hatte sich vorgenommen, an das, was er seine Aufgabe, seine Mission nannte, nicht mehr zu denken bis zu der Stunde, da diese Mission ihn abberief. Er war auf Urlaub, doch auch da gab es Pflichten. In den Tagen, die ihm blieben, wollte er den Menschen gehören, die ein Anrecht auf ihn besaßen: seinem Vater, seinen Schwestern, seinem Arbeitgeber und dem Mädchen, das ihn liebte. Sie sollten keinen Anlaß haben, über ihn zu klagen.

Er kam täglich um acht Uhr morgens als erster in sein Büro. Da ihm noch kein bestimmtes Ressort zugewiesen war, half er aus, wo man ihn brauchen konnte. In dem Bestreben, sich irgendwie nützlich zu machen, „sich nichts schenken zu lassen“, übernahm er jede Art untergeordneter Arbeit. Er bediente das Telephon, er addierte lange Ziffernkolonnen, er schrieb Briefe, die ihm seine jüngeren Kollegen in die Maschine diktierten. Zu Hause zeigte er sich stets bereit, die französische Schulaufgabe seines Bruders durchzusehen, den Schwestern Bücher und Noten aus der Leihbibliothek zu holen, mit dem Vater, der schweigsam, in sich gekehrt, von Sorgen schwer bedrückt, seine Pfeife rauchte, eine Partie Schach zu spielen. Wurden im Kreise der Familie Pläne für die nächsten Wochen erörtert, ein Besuch bei Bekannten etwa oder ein Sonntagnachmittags-Ausflug, dann hörte er schweigend zu mit einem kaum bemerkbaren, nachsichtigen Lächeln, das nicht ahnen ließ, wie unbeteiligt an all diesen Dingen er sich fühlte.

Die Abende verbrachte er mit der Franzi. Wenn sie ihr Büro verließ, sah sie ihn in seinem kurzen Militärrock wartend an der Straßenecke stehen. Sie gingen in ein Kino, in einen Weinkeller oder in ein kleines Vorstadtgasthaus. Überall gab es Leute, niemals war sie mit ihm allein. Sie war des Wartens müde, sie hätte gerne in einem kleinen Mietzimmer mit ihm zusammen gelebt, als seine Frau oder als seine Freundin, das galt ihr gleich. Daß dies so bald nicht sein konnte, war ihr klar. Allzuviel Widerstände waren zu überwinden. Um so ungeduldiger wünschte sie den einen Tag herbei, der ihnen beiden ganz allein gehören sollte. Von diesem Tag, dem ersten Dezember, sprach sie in geheimnisvollen Andeutungen, sie verriet keine der kleinen Überraschungen, die sie für ihr Zusammensein in der elterlichen Wohnung vorbereitet hatte. Von einer Bürokollegin hatte sie ein Grammophon mit der neuesten Tanzmusik entliehen. Auch einen kleinen Vorrat an Holz und Kohle hatte sie sich beschafft und Rum und Zucker und Zitrone, um Punsch bereiten zu können, und eine Flasche Kognak, lauter Dinge, die schon lange den Wert des nicht Alltäglichen besaßen.

Wenn sie zwei Gläser Wein getrunken hatte, wurde sie übermütig und ausgelassen. Sie begann, sich für die anderen Gäste des Lokals zu interessieren, sie warf ihnen herausfordernde Blicke zu, und wenn diese Blicke erwidert wurden, wenn irgendwer ihr heimlich zutrank oder ein Scherzwort zurief, dann wandte sie sich mit einem verwunderten und hilfesuchenden Gesicht an Vittorin: Was wollen denn die Leute von mir? – Später schlug dann ihr Übermut in eine jähe Traurigkeit um. Sie lehnte den Kopf an Vittorins Schulter und schluchzte, die Tränen liefen ihr über die Wangen. Niemals unterließ sie es, den

Grund ihrer Traurigkeit anzugeben: Sie weinte des trüben Herbstwetters wegen, oder weil sie ihr Chef tags zuvor angeschrien hatte, weil die Mutter ihr nicht erlauben wollte, einen Kanarienvogel zu halten oder überhaupt, weil das Leben so traurig und so schön und so kurz war.

Wenn Vittorin sie dann nach Hause gebracht hatte, ging er noch in das Café Elite. Kohout unterbrach seine Billardpartie, um ihm Bericht zu erstatten. Die Sache ging vorwärts. Der Plan, über Rumänien zu reisen, war fallen gelassen worden, denn die Einreiseerlaubnis nach Ostgalizien war viel leichter zu bekommen; man brauchte bloß anzugeben, daß man das Grab eines gefallenen Bruders besuchen wolle. Wäre man erst einmal in Ostgalizien, erklärte Kohout, sei alles gewonnen. Dann hieße es nur noch, durch die Schwarmlinien der roten Armeen hindurchzukommen, dazu aber seien Papiere nicht erforderlich, im neuen Rußland gäbe es keinen Bürokratismus. Persönlicher Mut, Geschicklichkeit und entschlossenes Auftreten – darauf allein käme es an.

Es galt als abgemacht, daß Kohout mit nach Rußland gehen werde, doch sein Vater durfte von diesem Entschluß nichts erfahren, er mußte vor die fertige Tatsache gestellt werden, größte Vorsicht war geboten. Kohout blickte sich um, ob kein Horcher in der Nähe sei, er hatte überall Feinde und Neider. Seine Stimme senkte sich zu einem Flüstern.

„Gutwillig läßt er mich nicht gehen, das ist sicher“, sagte er und drehte die Hände in den Gelenken. „Du darfst zu keiner Menschenseele davon sprechen, hörst du? In Moskau hab' ich noch Aussichten, dort sucht man verläßliche Genossen, Intellektuelle, mit der Laterne. Hier? Hier kann ich auf dem Mist verrecken. Das Geld für die Reise wird da sein, wann ich es brauche, sorg' dich nicht. Ich werde es mir schon verschaffen, wie, das laß meine Sache sein. Und jetzt – du entschuldigst mich, nicht wahr? Mein Partner wird ungeduldig. Es ist ohnehin meine einzige Zerstreuung, das bißchen Billard am Abend."

Die Unterredung zwischen Vittorin und Doktor Bamberger fand an einem der letzten Novembertage statt. Lola hatte sie herbeigeführt. Eine Weile noch machte sie sich im Zimmer zu schaffen, rückte eine Decke zurecht, schob einen Sessel an seinen Platz. Dann ging sie, und während sie die Tür geräuschlos hinter sich zuzog, warf sie ihrem Bruder, der wie verloren im Zimmer stand, einen aufmunternden Blick zu.

„Nehmen Sie Platz, Herr Vittorin!" sagte Doktor Bamberger, der fröstelnd, mit hochgezogenen Schultern, in dem engen Raum zwischen Schreibtisch und Kachelofen auf und nieder ging. Er war von kleiner, zierlicher Figur, in seinem krankhaft blassen Gesicht lag der Ausdruck einer überwachen Intelligenz. Auf seine Kleidung schien er nicht allzu großes Gewicht zu legen; zu einem schlecht sitzenden, offenbar fertig gekauften Anzug trug er eine altmodische, genähte Krawatte. Nur seine schmalen Lackschuhe waren von einer ausgesuchten, beinahe stutzerhaft anmutenden Eleganz.

„Ich möchte mir eine lange Einleitung gern ersparen", fuhr er fort, „und auch Ihnen wird es vielleicht lieber sein, wenn wir rasch zur Sache kommen. Sie wissen, daß ich eine Stellung zu vergeben habe. Ihr Fräulein Schwester hatte die Freundlichkeit, mich auf Ihre Person, Ihre Kenntnisse, Ihre Fähigkeiten aufmerksam zu machen. Sie haben Erfahrungen im Speditionsfach und in der Zollmanipulation. Sie korrespondieren französisch und italienisch –"

„Auch Russisch spreche ich", warf Vittorin ein, indem er sich ein wenig von der Ottomane erhob.

Doktor Bamberger nahm diese Mitteilung mit einem verbindlichen Kopfnicken zur Kenntnis.

„Auch Russisch. Sehr gut. Und Sie sind, was für mich das Allerwichtigste ist, auch mit den Usancen der verschiedenen Börsenplätze vertraut. Können Sie mir vielleicht sagen, zu welchen Konditionen vor dem Krieg an der Londoner Börse Zinn gehandelt wurde?"

„Zinn? Einen Augenblick bitte", sagte Vittorin. „Einen Augenblick."

Sein Ehrgeiz war geweckt. Sein Gedächtnis funktionierte, er konnte zeigen, was er wert war. Ach, wenn doch Seljukow solch eine Frage an ihn gerichtet hätte. Aber nein, hinaus mit ihm, Pascholl!

„Zinn", wiederholte er. „Lieferbar: Klasse A, Singaporezinn, Penangzinn, Australzinn, englisches Raffinadezinn. Klasse B, gewöhnliches Zinn in anerkannter Qualität mit mindestens 99 Prozent Reingehalt. In Barren, in Slabs, in Blöcken. Zahlung netto Kassa gegen Dokumente. Übrige Konditionen nach den ‚Rules and Regulations' der Londoner Metallbörse. Schluß fünf Tons oder ein Vielfaches davon. Rabatt bei Klasse B –"

„Stop!" rief Doktor Bamberger. „Das genügt, das genügt. Ich muß Ihnen gestehen, daß ich keine Ahnung von diesen Dingen habe. Aber soviel seh' ich: Für diese Stelle, von der ich gesprochen habe, sind Sie der richtige Mann."

„Welche Art von Stelle wäre das?" erkundigte sich Vittorin.

„Die eines meiner Person attachierten Sekretärs", gab Doktor Bamberger, ohne seinen Rundgang durchs Zimmer zu unterbrechen, zur Antwort. „Sie müßten mir bei meinen geschäftlichen Unterhandlungen zur Verfügung stehen, das heißt also, zu jeder Tageszeit, manchmal auch abends und, wenn es sein muß, um zwölf Uhr nachts."

„In den Abendstunden gern", erklärte Vittorin, dem die Anerkennung, die seinen Kenntnissen gezollt wurde, wohl tat. „Aber tagsüber? Sie wissen – oder Sie wissen es vielleicht nicht, daß ich eine Anstellung habe. Ich bin Beamter der ‚Mundus' und habe Aussicht, in zwei oder drei Jahren stellvertretender Abteilungsvorstand zu werden."

Doktor Bamberger blieb stehen, versenkte die Hände in die Hosentaschen und blickte Vittorin ins Gesicht.

„Abteilungsvorstand", sagte er. „Meine Glückwünsche. Fünfhundert Kronen monatlich und vollen Pensionsbezug nach fünfunddreißig Dienstjahren. Sehr schön. Die Aussichten, die ich Ihnen zu bieten habe, sind anderer Art. Ich habe die Absicht, innerhalb eines halben Jahres meinen Weg zu machen, und nehme Sie mit."

„Ich verstehe nicht", sagte Vittorin. „Sie nehmen mich mit. Wohin?"

„Wohin? Sonderbare Frage. Zur Table d'hôte des Lebens, Herr Vittorin. Oder, um es präziser auszudrücken: im eigenen Auto an die Riviera, wenn Sie wollen."

Und als ob ihm bei dem Gedanken an die Riviera die Kälte, die im Zimmer herrschte, erst recht fühlbar geworden wäre, trat Doktor Bamberger mit hochgezogenen Schultern an den Ofen und wärmte sich die Finger.

„Ausgezeichnet!" rief Vittorin belustigt. „Da bin ich dabei. Mentone, Cannes, Monte Carlo – das laß ich mir gefallen. Wann gedenken Sie die Reise anzutreten, Herr Doktor?"

Doktor Bamberger schien den spöttischen Klang dieser Frage überhören zu wollen.

„Ich habe vorher noch einiges zu besorgen", erklärte er, ohne den Kopf zu wenden. „Ich sagte Ihnen ja, daß ich mir innerhalb des nächsten halben Jahres ein Vermögen machen will, das für meine Bedürfnisse ausreicht."

„In Monte Carlo vermutlich", bemerkte Vittorin.

„Nein. Die Chancen, die Monte Carlo bietet, sind zu unsicher", sagte Doktor Bamberger mit unverändert sachlichem Ernst.

„Aber in Wien reich zu werden", meinte Vittorin, „das ist eine todsichere Sache, wie?"

„Für den, der die wirtschaftliche Entwicklung der nächsten Monate voraussieht, gewiß."

„So. Und würden Sie mir nicht verraten, Herr Doktor, wie man es anzustellen hat, um – wie nannten Sie es doch? – um an die Table d'hôte des Lebens zu gelangen?"

Doktor Bamberger warf zwei der aus Sägespänen und Holzabfällen gepreßten Briketts in die erlöschende Glut. Dann richtete er sich auf.

„Ich will es Ihnen durchaus nicht verdenken, daß Sie meine Vorschläge mit Skepsis aufnehmen", sagte er. „Ich habe nicht damit gerechnet, daß wir heute schon einig werden. Ihnen gegenüber ist meine Position gewiß keine leichte. Ich fordere von Ihnen, daß Sie eine zwar bescheidene, aber immerhin einigermaßen gesicherte Lebensstellung glattwegs aufgeben. Und ich kann Ihnen im Austausch hierfür keine andere Sicherheit bieten als die Erklärung, daß ich meine Erfolgschancen mit aller Vorsicht, aber auf Grund sehr folgerichtiger Überlegungen eingeschätzt habe, und daß ich mir der Verantwortung, die ich Ihnen gegenüber auf mich nehme, vollkommen bewußt bin."

Er machte eine Pause und überzeugte sich, daß das Feuer im Ofen völlig erloschen war. Dann fuhr er, im Zimmer auf- und niederschreitend, fort:

„Vielleicht, Herr Vittorin, unterschätzen Sie sich und Ihre Fähigkeiten. Ich kann nicht glauben, daß ein Mensch mit Ihren Kenntnissen in dem erlebnisarmen Dasein eines kleinen Beamten Befriedigung findet. Sie sind jung –"

„Ich bin neunundzwanzig Jahre alt."

„Also nur um zwei Jahre älter als ich", stellte Doktor Bamberger fest. „Bedeutet die sogenannte ‚gesicherte Lebensstellung' für Sie wirklich das Endziel aller Ihrer Wünsche?"

„Ich mache mir gar nichts aus der gesicherten Lebensstellung", sagte Vittorin. „Es kann vielleicht sogar sehr bald ein Ereignis eintreten, das mich veranlassen wird, meine Stelle aufzugeben. Aber das nur so nebenbei, darüber möchte ich jetzt nicht sprechen, das ist ja auch nur die eine Seite der Angelegenheit. Die andere, verzeihen Sie, ist die, daß ich mich an Sie binden soll, und dabei kenn' ich Sie doch kaum, ich spreche ganz aufrichtig. Ich kenne Ihre geschäftlichen Absichten nicht, ich weiß nicht, welchen Umfang Ihr Unternehmen hat und wie es fundiert ist, ich weiß nicht, ob und wo Sie sich vorher kommerziell betätigt haben – lauter Dinge, über die ich mir klar sein muß, bevor ich mich entschließe, das begreifen Sie doch."

„Gewiß begreife ich das", bestätigte Doktor Bamberger. „Es ist vielleicht an der Zeit, daß ich ein bißchen von mir selbst spreche. Ich habe studiert – was ich studiert habe, ist hier gleichgültig. Ich habe mich niemals kommerziell betätigt. Ich hatte ein kleines Vermögen, das mir gestattete, zuzusehen, zu beobachten, den richtigen Zeitpunkt für den Beginn meiner Tätigkeit abzuwarten. Den richtigen Zeitpunkt halte ich jetzt für gekommen. Ich habe mir Lieferungsaufträge von großen Auslandsfirmen verschafft und bemühe mich um Bankkredite."

„Es ist wahr", sagte Vittorin. „Jetzt, da die Grenzen geöffnet und die Wechselbeziehungen der Nationen wieder aufgenommen sind –"

Doktor Bamberger hob abwehrend seine linke Hand.

„Ach! Hören Sie auf!" rief er. „Die Wechselbeziehungen der Nationen! Es hat immer Grenzen gegeben, die geöffnet waren. Ich kenne Leute, die während des Krieges Holz nach Italien geliefert haben. Wir bekamen dafür – ich weiß nicht mehr, was wir dafür aus Italien bekamen. Während des Krieges! Die Wechselbeziehungen der Nationen – nein! Aus ganz anderen Gründen halte ich den richtigen Zeitpunkt für gekommen. Wir haben eine Revolution hinter uns. Und an der Queue der siegreichen Revolution marschiert – das war zu allen Zeiten so – in breiten Kolonnen das schlechte Geld. Sie beginnen mit Blut, die Revolutionen, und enden mit einer Sintflut von Papier. Der Staat würgt an einem gigantischen Defizit, die Assignaten sind auf dem Weg. Ich weiß nicht, ob sie das Bild der Freiheitsgöttin tragen werden, sicher ist nur, daß sie kommen. Die Flut des neuen Geldes wird den alten Reichtum zertrümmern, die Eigentumsrechte vernichten – alles, um das wir die Besitzenden heute beneiden, wird herrenloses Gut sein und dem gehören, der richtig zugreift. Der Krieg ist nur scheinbar zu Ende, bei uns beginnt er erst. Es wird ein erbarmungsloser Krieg sein, ein Krieg aller gegen alle, und ich für meine Person gedenke ihn zu gewinnen."

Er blieb stehen und sah auf die Uhr.

„Verzeihen Sie", sagte er. „Ich habe noch zwei Briefe auf die Post zu tragen. Wir sprechen morgen oder ein andermal weiter über die Sache. Ich muß mich beeilen, sonst schlägt man mir den Schalter vor der Nase zu."

ALARM

Am Nachmittag des dreißigsten November saßen die Schwestern im Eßzimmer, Vally mit einem Leihbibliotheksbuch, in dem sie nicht las, Lola mit ihrer Handarbeit. Draußen war naßkaltes Herbstwetter, die Lichter der Straßenlaternen schwammen im Nebel, Regentropfen glitten an den Fensterscheiben herab. Im Zimmer herrschte Schweigen, nichts war zu hören als das leise Summen des Gaslichts und das Ticken der Wanduhr.

So sehr war Georg Vittorin der Welt, in der er lebte, entfremdet, daß ihm das Beklemmende dieser Stille nicht zum Bewußtsein kam. Er machte sich zum Ausgehen fertig, vor dem Spiegel stehend knüpfte er sorgfältig die Krawatte. Er durfte sich Zeit lassen. Die Franzi hatte daheim noch ihre Vorbereitungen zu treffen, er sollte den Tisch gedeckt, das Zimmer warm und behaglich finden. Sie hatten vereinbart, daß er um sieben Uhr, nicht eine Minute früher, komme und ganz leise an die Wohnungstür klopfen werde. „Ja nicht läuten" – hatte sie ihm eingeschärft – „ich werde dich schon hören, die Nachbarsleute brauchen nicht zu wissen, daß ich Besuch bekomm'." –

Es schlug sechs. Vally trat ans Fenster und blickte auf die Straße. Feucht von Nebel und Regen glänzten die eisernen Rollbalken und die Firmenschilder, die Karosserien der Autos, das Straßenpflaster und die Schienenstränge der Elektrischen. Gestalten hasteten vorüber, traten aus dem Schatten der Häuser in den Schein der Gaslaternen, bekamen Gesichter, müde, gleichgültige, verdrossene oder unbekümmerte, und verloren sich wieder im Dunkel. Vom Straßenende her kamen Hupensignale und die heiseren Stimmen der Zeitungsverkäufer.

„Also wenn ich heut' nicht nach Hause komm'", sagte Georg, während er sich mit der nassen Bürste die gescheitelten Haare glattstrich, „dann müßt ihr euch keine Sorgen machen. Der Freund, bei dem ich geladen bin, wohnt weit draußen in Hietzing, eigentlich schon eher in Ober-St.-Veit. Ich denk', ich werd' bei ihm übernachten, Fahrgelegenheit gibt es ja keine, und zu Fuß nach Hause bei diesem Wetter – –"

Er glaubte, in dem Gesicht seiner Schwester ein spöttisch-nachsichtiges Lächeln zu sehen, er bemerkte nicht, daß Lola gar nicht auf ihn hörte. Der Vorwand, den er sich zurechtgelegt hatte, um ausbleiben zu können, erschien ihm plötzlich allzu durchsichtig und wenig glaubhaft. Und ärgerlich darüber, daß ihm nichts Besseres eingefallen war, fuhr er fort:

„Es ist natürlich ganz überflüssig, daß ich bei diesem Hundewetter hinausfahr'. Aber da ich nun einmal zugesagt hab' –! Und dann schließlich ist das heut' mein letzter freier Abend, von Montag ab gehört meine Zeit ausschließlich dem Herrn Bamberger. Tu l'a voulu, liebe Lola. Was dabei herausschaut, wird sich ja zeigen."

„Endlich! Da sind sie", rief Vally vom Fenster her.

Lola blickte von ihrer Arbeit auf, einen Augenblick lang war in ihrem Gesicht der Ausdruck einer angstvollen Spannung. Doch sie beherrschte sich.

„Gott sei Dank", sagte sie leise. „Das Warten, das ist das Schlimmste."

„Sie sind im Einspänner gekommen", berichtete Vally. „Den Vater hab' ich nur eine Sekunde lang gesehen, er ist gleich ins Haus. Der Herr Ebenseder steht noch unten und spricht mit dem Kutscher."

„Was ist denn los?" fragte Vittorin.

Lola gab keine Antwort. Vally warf einen unsicheren Blick auf ihre Schwester, sie wußte nicht, ob sie sprechen durfte.

„Was heißt das?" rief Vittorin ungeduldig. „Gibt es hier Geheimnisse? Also schön, gut, behaltet es für euch!"

„Ich glaub'", sagte Vally, „das heißt, die Lola glaubt, daß

es sich heut' entschieden hat, ob der Vater in Pension geschickt wird."

Vittorin war an diesem Abend nicht in der Stimmung, sich mit Dingen, die ihm ungelegen kamen, allzusehr zu beschäftigen.

„Du glaubst! Die Lola glaubt!" rief er mit einem Blick auf die Uhr, die viertel sieben zeigte. „Dummes Gerede. Der Vater hätt' mir doch ein Wort gesagt."

„Mir hat er auch nichts gesagt", erwiderte Lola. „Du kennst doch den Vater. Aber gestern war der Ebenseder zweimal hier, sie haben sich eingeschlossen und lang miteinander gesprochen – ist dir das nicht aufgefallen? Und heute morgen ist ein rekommandierter Brief gekommen, den hat der Vater –"

Sie hörte das Geräusch der ins Schloß fallenden Tür. Aus dem Vorzimmer kamen Stimmen.

„Tu' mir nur den einzigen Gefallen, Georg, und stell' keine Fragen", bat sie hastig und leise. „Mach' überhaupt, als wenn du von nichts wüßtest. Er wird schon selbst davon zu sprechen beginnen, wenn die Sache gut ausgegangen ist." Und sie beugte sich mit einer unbefangenen und gleichgültigen Miene über ihre Handarbeit. – –

Hinter der rundlichen Figur des Oberrevidenten Ebenseder, der vom raschen Ersteigen der Treppen ein wenig außer Atem war, trat Herr Vittorin senior ins Zimmer, und der Ausdruck seines Gesichtes ließ keinen Zweifel darüber zu, daß er mit sich zufrieden war. Er salutierte mit seinem Spazierstock wie mit einem Säbel und rief „Servitore" – denn seit seiner Triestiner Dienstzeit liebte er es, sich gewisser italienischer Wendungen zu bedienen: er pflegte sich mit einem „Eccu mi pronto" zu melden, wenn er gerufen wurde, zum Aufbruch mahnte er mit „Avanti" oder „Andemo" und ein kurzes energisches „Basta cosi" bedeutete, daß von einer ihm unbequemen Sache nicht länger mehr gesprochen werden sollte.

Kaum eingetreten erfüllte er auch schon das Zimmer mit geräuschvollem Leben. In militärisch-strammer Haltung auf- und niederschreitend, verlangte er von Vally seinen Hausrock und für den Herrn Oberrevidenten den Polsterstuhl aus dem Schlafzimmer, von Lola einen extraheißen, starken Tee – „womöglich mit Rum, wenn einer da ist, es kann auch ein Slivovitz sein" – von Georg Auskunft darüber, wo sich sein Bruder Oskar herumtreibe – „Der Mistbub, muß wahrscheinlich wieder mit seinen Freunden auf dem Korso promenieren, solltest dich doch ein bißchen um ihn kümmern" – und von allen ohne Ausnahme ein fröhliches Gesicht.

„Sie bleiben doch zum Nachtmahl bei uns?" wandte er sich an den Herrn Ebenseder. „Aber ich bitte Sie, Herr Oberrevident, keine Umstände, selbstverständlich, was halt gerade da ist, ein Paar Würstel und ein Glas Bier. Vally, halt' dich g'rad. Wo steckt denn die Lola? Lola!" rief er in die Küche hinaus. „Laß den Tee. Steht nicht mehr dafür, wir werden ohnehin bald nachtmahlen. Also Kinder, daß ihr's wißt, heute war der gewisse Tag."

Der Wirkung seiner Worte völlig sicher, zündete er sich gelassen seine Pfeife an, indes Herr Ebenseder, unruhig auf seinem Stuhl hin- und herrückend, durch Augenzwinkern und allerlei andere Zeichen die Aufmerksamkeit der Schwestern auf sich zu lenken suchte.

„Eine Kommission, so quasi als Schiedsgericht gedacht", fuhr Herr Vittorin senior fort. „Drei Herren, ein Hofrat aus dem Ministerium als Vorsitzender. Endlich, daß ich auch einmal zu Wort gekommen bin. Der Hofrat, übrigens ein charmanter Herr, Kavalier vom Scheitel bis zur Sohle: ‚Aber bitte, nur ungeniert zu sprechen, Herr Kollege, dazu sind wir ja da, daß wir Sie anhören.' – Na, ich hab's den Herren gesagt, könnt euch denken, vorbereitet war ich ja. Ich hab' mir kein Blatt vor den Mund genommen."

Er wendete sich, Bestätigung und Zustimmung suchend, Herrn Ebenseder zu, der plötzlich ganz steif dasaß und eifrig mit dem Kopf nickte.

„Bitte, meine Herren, Fehler, Irrtümer, gut, zugegeben, können vorkommen, ich will nichts beschönigen, ich mach' mich nicht besser, als ich bin. Aber, meine Herren, nicht vergessen: die Hauptsache – reine Hände! Wie steht es damit? – Na, ich hab' den Herren die Augen geöffnet über die Zustände in unserem Departement, rücksichtslos. – Da wäre zumindest einmal –"

Er stand, tief Atem schöpfend, auf und gönnte sich den Genuß, seine Anklagerede zu wiederholen, sie einem Publikum ins Gesicht zu schleudern, das seinen Worten mit Bewunderung folgte.

„Da wäre zunächst einmal der Herr Rechnungsdirektor. Bitte sehr, gewiß, mein Vorgesetzter, allen Respekt, seine Privatverhältnisse gehen mich nichts an. Aber, meine Herren, jeden Tag, den Gott geschaffen hat, mit dem Gummiradler nach Hause, das ist doch auffallend, wer kann sich das heutzutage von seiner Gage leisten? Privatvermögen gleich Null, im Gegenteil, eher Schulden, aber für die Frau Gemahlin teure Seidenstrümpfe und Toiletten, und weiß Gott, was noch alles – woher, wenn ich fragen darf? Weiter: seit Kriegsbeginn nicht auf Urlaub gewesen. Warum? Ein pflichtbewußter Beamter, sollt' man glauben, ganz besonders gewissenhaft. O nein! Er wird schon wissen, der Herr Rechnungsdirektor, warum er keinen anderen in seine Agenden hineinschauen läßt – mehr will ich nicht sagen, die Herren müssen sich schon selbst ihren Vers darauf machen! – Das hat Eindruck gemacht. Der Herr Hofrat hat mir recht gegeben, war ganz auf meiner Seite, ich hab's ihm angesehen – natürlich, so direkt äußern durft' er sich nicht, er als Vorsitzender, da heißt es: Objektivität. Aber der Ton, in dem er dann gesagt hat: ‚Bitte den Herrn Rechnungsdirektor zur Einvernahme.' – Wie der an mir vorbei zur Tür hineingegangen ist, na, ich hätt' um alles in der Welt nicht an seiner Stelle sein wollen, käsweiß war er im Gesicht."

„Nun, und das Ergebnis?" fragte Georg. „Wie ist die Sache für den Herrn Rechnungsdirektor ausgegangen?"

Herr Ebenseder, der sein Lüsterkäppchen aufgesetzt hatte, hob die Schultern und kniff die Augen zusammen, um anzudeuten, daß er hinsichtlich des Ergebnisses seine eigene Meinung habe.

„Entschieden ist leider bis dato noch gar nichts", sagte Herr Vittorin. „Der Herr Hofrat hat gesagt, die heutige Sitzung habe nur informative Bedeutung. Ich stell' mir vor, daß die Herren am Montag – – Hat's nicht geläutet? Wer kann das sein um die Zeit, Oskar hat doch den Schlüssel. Vielleicht ist's wer aus dem Amt, bleib', Vally, ich seh' selber nach."

Er ging hinaus. Die beiden Mädchen blickten in angstvoller Erwartung Herrn Ebenseder ins Gesicht. Der saß in seinem Stuhl zurückgelehnt, sah zur Decke des Zimmers hinauf und schüttelte den Kopf.

„Er weiß nichts, er hat keine Ahnung", sagte er. „Das ganze war eine Formalität, die reinste Farce. Im Vorhinein war es entschieden, daß er in Pension geschickt wird."

Eine Weile war Stille. Vally sah Lola an, die totenblaß geworden war. Herr Ebenseder strich sich nachdenklich das Kinn und fuhr fort:

„Er tut uns allen sehr leid, speziell mir, was hab' ich ihm zugeredet, alles umsonst. Vierzig Prozent der bisherigen Bezüge, mehr wird im günstigsten Fall nicht für ihn herausschauen. Ja, leicht wird's nicht sein. Das Fräulein Vally wird sich vielleicht herbeilassen müssen, auch einen Beruf zu ergreifen, Kontoristin, Stenotypistin, auch was beitragen zum Haushalt, nicht so wie bisher in den Tag hineinleben – –"

Georg Vittorin hob den Kopf.

„Sind Sie um Ihren Rat gebeten worden, Herr Ebenseder?" fragte er. „Wie wir es uns jetzt einzurichten und einzuteilen haben, das können Sie ruhig uns überlassen. Schließlich bin ich auch noch da."

„Soll mich freuen, soll mich freuen", meinte Herr Ebenseder. „Bis jetzt nämlich hab' immer ich aushelfen müssen, wenn's dem Herrn Papa am Monatsende nicht zusammengegangen ist."

Georg zuckte zusammen, als hätte ihn ein Schlag ins Gesicht getroffen. Er sah die Schwestern an. Vally war rot geworden und starrte auf das Tapetenmuster an der Wand, Lola nickte, ohne von ihrer Arbeit aufzusehen, unmerklich mit dem Kopf.

„Es wird nicht wieder vorkommen, Herr Ebenseder, verlassen Sie sich darauf", sagte Georg beschämt und erbittert. „Wieviel ist Ihnen mein Vater schuldig?"

Er zog die Brieftasche hervor, in der, in Seidenpapier gehüllt, das Geld für die Reise nach Rußland aufbewahrt war.

Herr Ebenseder warf einen scheuen Blick auf die Tür und versuchte einzulenken.

„Aber bitte sehr, spielt ja keine Rolle", sagte er. „Hat ja Zeit, so war es nicht gemeint, es pressiert wirklich nicht."

„Ich habe Sie gefragt, wieviel Ihnen mein Vater schuldig ist", wiederholte Georg.

Und als wären ihm plötzlich die Augen für die Wirklichkeit geöffnet, erkannte er, daß die kleine Welt, die ein Stück von seinem Leben, die sein Zuhause war, unter den Stößen des trübseligen Alltags zusammenzubrechen drohte. Er vergaß Seljukow, er vergaß die Fahrt ins Abenteuer. Und mit der tiefen Erleichterung, die das Bewußtsein der erfüllten Pflicht ihm gab, nahm er in seinen Gedanken die Last der Mühen und der Sorgen, der seine Schwestern und sein Vater nicht mehr gewachsen waren, auf seine Schultern.

Aber nur einen Augenblick lang trug er diese Last.

Der Vater trat ins Zimmer. Er ahnte den Sinn der Botschaft nicht, zu deren Überbringer ihn das Schicksal ausersehen hatte.

„Georg“, sagte er, „draußen ist ein Herr Ferdinand Kohout, er will mit dir sprechen.“

Kohout saß im Vorzimmer auf der Bank, er war blaß im Gesicht und sehr erregt, in seiner Nervosität hatte er den weichen Filzhut, den er in der Hand hielt, völlig außer Form gebracht, seine Lippen waren in unaufhörlicher lautloser Bewegung. Er stand auf, machte einen Schritt auf Vittorin zu und fuhr sich dann mit der Hand über die Stirne.

„Ein Glück, daß ich dich antreffe“, sagte er. „Ich dachte schon, du seiest nicht zu Hause, ich war verzweifelt. Ich hab' dich, weiß Gott wie oft, angerufen – natürlich, keine Verbindung mit deinem Büro zu bekommen. Dann war ich oben – kein Mensch mehr da, nur die Diener und die Abwaschweiber – –“

„Am Samstag ist um zwei Uhr Büroschluß, das weißt du doch. Was ist denn los?“

„Was los ist? Du bist komisch. Hier ist der Paß, hier ist das Visum, hier ist die Fahrkarte und die Platzkarte. Das war ein Stück Arbeit! Mein Lieber, du kannst mir glauben, ein anderer hätt' es zehnmal aufgegeben. Da, auf dem Zettel hab' ich dir aufgeschrieben, was du mir schuldig bist. Mach' dich fertig, der Zug geht um halb zwölf.“

„Um halb zwölf“, wiederholte Vittorin mechanisch. Er nahm den Zettel, den Paß und die Karten, die Kohout ihm in die Hand drückte, und versuchte, zu einem klaren Gedanken zu gelangen.

„Jawohl, endlich sind wir soweit, um halb zwölf fahren wir“, sagte Kohout. „Es wird aber gut sein, wenn du schon eine Stunde vorher am Bahnhof bist. Wir haben Platzkarten, gut, alles recht und schön, aber ich verlasse mich nicht auf die Platzkarten, sicher ist sicher."

„Aber doch nicht heute?" rief Vittorin bestürzt. „Was fällt dir denn ein? Wie stellst du dir das vor?"

Kohout trat einen Schritt zurück und maß seinen Kameraden mit einem zornigen und verachtungsvollen Blick.

„Was heißt das?" fuhr er ihn an. „Hast du dir's am Ende anders überlegt? Ist dir auf einmal die Courage vergangen? Natürlich! Ich hätt' mir's denken können. Zuerst große Worte und dann, wenn's wirklich ernst wird – –"

„Unsinn!" rief Vittorin. „Ich fahre, das ist doch selbstverständlich. Aber doch nicht heute! Ich kann doch, um Gottes willen, nicht zu meinen Leuten hineingehen und sagen: Lebt wohl, laßt's euch gut gehen, ich fahr' heut' abends nach Rußland. – Das geht doch nicht, das mußt du doch einsehen."

Mit einer spöttisch-überlegenen Geste tat Kohout diesen Einwand ab.

„Das ist eine typisch bourgeoise Denkweise", erklärte er, indem er von einem Fuß auf den andern trat und die Hände in den Gelenken drehte. „Mein Lieber, das hättest du dir früher überlegen sollen. Heute morgen um zehn hab' ich die Visa bekommen, die Züge sind überfüllt, zwei Plätze waren gerade noch zu haben, da hieß es, sich rasch entschließen. Und jetzt hast du dich zu entscheiden: Bleibst du oder fährst du mit?"

Vittorin seufzte, ließ den Kopf hängen und starrte auf den Boden.

„Es geht nicht", sagte er. „Vor Montag kann ich nicht fort."

„Also schön", meinte Kohout. „Dann bleibst du eben hier. Aber dann schlag' dir nur die Sache überhaupt aus dem Kopf. Die Züge gehen nur zweimal in der Woche, und ohne Platzkarte kommst du nicht mit. Und wenn es dir wirklich einmal gelingen sollte, eine Platzkarte zu bekommen – ich sage ‚wenn', denn leicht ist das nicht, verlaß dich darauf, da gehört schon einiges dazu – dann, mein Lieber, ist dein Visum längst abgelaufen. Du fährst entweder heute oder du fährst überhaupt nicht, merk' dir das."

Vittorin schwieg und starrte zu Boden.

„Na ja, du kannst ja machen, was du willst", sagte Kohout, indem er sich zum Gehen wandte. „Ich fahr' jedenfalls. Du hast doch nichts dagegen, daß ich Seljukow von dir grüße?"

Mit einer heftigen Bewegung hob Vittorin den Kopf. Seljukow! Dieses Wort, dessen Klang er so lange nicht gehört hatte, überrannte ihn und zerbrach seinen Willen. Alles, was ihn zu Hause hielt, wog diesem einen Wort gegenüber federleicht. Er begriff in diesem Augenblick nicht mehr, daß er hatte schwanken können.

„Es ist wahr", sagte er. „Wir haben keine Zeit zu verlieren. Viel zu lange haben wir gewartet. Wer weiß, ob Seljukow überhaupt noch in Moskau ist. Selbstverständlich, ich fahre, punkt halb elf bin ich am Bahnhof. Hast du den Doktor Emperger verständigt?"

Kohout schien von dieser Frage unangenehm berührt zu sein.

„Den Emperger? Wozu denn? Was hat denn der noch mit der Sache zu tun?"

„Der Emperger muß verständigt werden", erklärte Vittorin. „Ich bestehe darauf. Er ist der einzige von den Kameraden, der sich einigermaßen korrekt benommen hat."

„So? Da irrst du dich aber", widersprach Kohout erregt. „Gerade der nicht. Er hat sich immer nur lustig über dich gemacht."

„Dann soll er eben sehen, daß es mir ernst mit der Sache ist. Ich ruf' ihn an."

Kohout erkannte, daß jeder weitere Widerstand aussichtslos war.

„Bitte. Wenn dir wirklich soviel daran gelegen ist –", sagte er. „Aber mich laß gefälligst aus dem Spiel. Davon, daß ich mitfahre, sagst du ihm nichts, hörst du? Versprich mir das! Ehrenwort! Ich will mit dem Emperger nichts zu tun haben. Ich hab' schon meine Gründe dafür. Also –, es bleibt dabei: Punkt halb elf auf dem Nordbahnhof."

Sie schüttelten einander die Hände.

Als Kohout gegangen war, stand Vittorin noch eine Minute lang regungslos im Vorzimmer und überlegte. Dann drehte er das Licht ab und ging ins Zimmer zurück.

Der Vater, die Schwestern und der Herr Ebenseder saßen beim Abendessen. Vittorin ging langsam auf den Vater zu, er suchte nach dem ersten, dem entscheidenden Wort. Lola sah ihn an, und mit einem einzigen Blick las sie in seinem verstörten Gesicht, daß er gekommen war, um Abschied zu nehmen.

Ganz leise, so wie sie es vereinbart hatten, klopfte er an die Tür. Er hörte ihre Schritte, sie öffnete und zog ihn an der Hand in den dunklen Vorraum.

„So spät!" flüsterte sie. „Warum kommst du so spät? Niemand hat dich gesehen, nicht wahr? Schließ die Tür, dann mach' ich Licht. Nein, wir stehen lieber noch eine Weile so im Dunkeln. Du hast so kalte Hände, Liebster, friert dich? Du, drinnen ist es warm, ich hab' fest eingeheizt, der Ofen glüht. So lang' schon wart' ich auf dich!"

Mit einem leisen Zusammenschauern dachte er an das, was kommen mußte. Er hatte im Sinne gehabt, ihr sogleich zu sagen, daß er nicht bleiben konnte, daß er fort mußte, weit fort, noch in dieser Nacht, daß Zeit und Leben zwischen sie getreten war. Nun aber, da er vor ihr stand und ihren Körper so nah dem seinen fühlte, brachte er kein Wort über die Lippen. Er küßte sie, ihr Mund war frisch wie der Märzwind. Und während er sie küßte, ließ er den gepackten Rucksack auf den Boden gleiten und schob ihn mit dem Fuß geräuschlos an die Wand. Dort mochte er stehen. Sie merkte es nicht. Sie bog den Kopf zurück und preßte seine Hand an ihre Stirne.

„Nie, nie, nie sind wir so allein gewesen, Georg, immer waren Leute in der Nähe und sahen uns an. Doch, ein einziges Mal, aber daran erinnerst du dich nicht, es ist ja schon so lange her, gar nicht mehr wahr. Denkst du noch an den Sommer in Dürnstein? Das Zimmer, in dem ich damals schlief, seh' ich noch heute vor mir. Einmal spielten wir im Wald ‚Verstecken', wir beide waren als Räuber ausgelost, und die anderen suchten uns. Eines von den Mädchen rief immer: ‚Ihr Räuber im kühlen Waldesgrund!' Sie hieß Berta und war lang und blond und sommersprossig und trug eine Brille, ich treffe sie noch hin und wieder auf der Straße, aber sie erkennt mich nicht. Die rief uns, und wir ließen sie rufen und saßen zwischen den Brombeerhecken und sahen den Ameisen zu, wir waren beide noch klein und dumm. Nein, du warst schon ein großer Bub. Du wolltest Schwimmeister werden, das hast du mir damals erzählt, wie wir Räuber im kühlen Waldesgrund waren – erinnerst du dich?"

Er erinnerte sich nicht.

„Ja, und seit damals waren wir nie wieder allein. Aber heute haben wir uns gut versteckt, niemand wird uns finden. Die Berta trägt jetzt einen Zwicker, der steht ihr auch nicht besser. Sag' einmal, hat man dich zu Hause nicht fortlassen wollen? Weil du gar so spät gekommen bist! Weiß du, deine Schwestern – die Vally ist nett, aber vor der Lola hab' ich ein bißchen Angst, sie sieht so streng aus. Du redest kein Wort, hab' ich dich gekränkt? Dir ist kalt, du Armer, ich laß dich hier im Vorzimmer stehen und frieren, aber weißt du, nur hier sind wir wirklich allein, drinnen sind Leute, zwei Herren, ich hab' nämlich Gäste. Da bist du enttäuscht, kann mir's ja denken. Ich hab' sie nicht eingeladen, aber was kann man machen, sie sind nun einmal da. Mach' kein böses Gesicht, leg' ab und komm' hinein, sehr nette Leute, ich stell' dich ihnen vor."

Drin im überheizten Zimmer saßen zwei unbewegliche Figuren auf dem Sofa, Puppen, die, aus Tüchern, Polstern und alten Kleidungsstücken kunstvoll aufgebaut, zwei eifrig miteinander konversierende Besucher vorzustellen hatten. Die eine von ihnen war, aus gehöriger Entfernung gesehen, beinahe menschenähnlich. Sie saß vornübergebeugt und stützte sich auf einen alten Regenschirm.

Die Franzi war außer Rand und Band vor Vergnügen.

„Du hast sie gegrüßt", rief sie. „Du hast sie wirklich gegrüßt, wie du zur Tür hereingekommen bist, ich hab's gesehen, streit' mir's nicht ab! So ein Hereinfall! Nein, bist du ein Aff', hast du wirklich geglaubt, daß ich wen hereinlass' heute abends? Die hab' ich aus Langerweile gemacht, weil du mich so lang' hast warten lassen. Der dort mit dem Regenschirm, das ist, gestatte, daß ich vorstelle, Herr Milosch Pavisisch. Der Herr aus Agram wie er leibt und lebt. Und der andere ist Seine Hochwohlgeboren, der Herr Baron."

Es fiel ihr ein, daß sie mit ihrem Scherz alle ihre früheren Erzählungen in ein recht unsicheres Licht gerückt, daß sie in Georg Vittorin Zweifel an der wirklichen Existenz der beiden Persönlichkeiten geweckt haben konnte, die er als Popanze und lächerliche Karikaturen auf dem Sofa sitzen sah. Und sie beeilte sich, diesen Fehler wieder gutzumachen.

„Der Herr aus Agram hat heut wirklich die Keckheit gehabt, zu kommen", erzählte sie. „Denk' dir, um halb sieben läutet's. Ich hab' mich nicht aus dem Zimmer gerührt, ich wußte natürlich, daß du's nicht sein kannst, erstens viel zu früh, und dann, du hättest doch geklopft und nicht geläutet. Ich bleib' also ruhig im Zimmer und laß ihn läuten, zweimal, dreimal – schließlich ist er dann abgezogen. Wahrscheinlich patrouilliert er noch jetzt unten auf der

Straße und flucht auf serbokroatisch. Hast du ihn vielleicht gesehen?"

„Es ist schon möglich", sagte Vittorin. „Ein kleiner magerer Herr mit rötlichem Schnurrbart ist vor dem Haustor auf und ab gegangen."

Aber diese Beschreibung paßte durchaus nicht zu dem Bild, das sich die Franzi von dem Herrn aus Agram zurechtgelegt hatte. Sie schüttelte den Kopf.

„Nein, ausgeschlossen, das ist er nicht. Klein? Mager? Rötlicher Schnurrbart? Das könnte eher der Baron gewesen sein."

„Ja, weiß denn der Baron auch, daß deine Eltern verreist sind?" fragte Vittorin.

„Keine Ahnung hat er davon, keine Ahnung", sagte Franzi rasch. „Oder sollt's ihm am Ende der Herr Milosch gesagt haben? Möglich wär's."

„Kennen denn die beiden einander?" fragte er verwundert.

Die Sache begann der Franzi über den Kopf zu wachsen. „Nein –, das heißt, natürlich kennen sie einander, aber nur ganz oberflächlich. Sie sind nämlich beide Mitglieder des Highlifeklubs. Wie eben ein Klubmitglied das andere kennt. Aber das kannst du mir glauben: Wenn ich gewußt hätt', daß es der Baron ist, dem hätt' ich meine Meinung ordentlich gesagt. Ein unverschämter Mensch! Was der mir für Briefe schreibt. Er soll nur unten stehen und frieren, geschieht ihm schon recht. Und jetzt geh' ich und mach' den Tee. Kommst du mit in die Küche, Georg? Oder willst du hier warten? In zwei Minuten ist er fertig."

Leichtfüßig eilte sie hinaus, indes Vittorin beim Ofen stehen blieb. Aus seiner verworrenen Seele stiegen Zorn und Beschämung empor. Im Zwiespalt mit sich selbst nannte er sich einen verächtlichen Feigling, mit verzerrtem Gesicht wiederholte er diese Beschimpfung, die er von einem anderen nicht ertragen hätte, selbstquälerisch schleuderte er sie sich immer wieder von neuem zu, während er trüben Sinnes ins Feuer starrte. Ja, er war ein verächtlicher Feigling, er nahm das nicht zurück. Während sie im Zimmer war – wo war da sein Mut gewesen, kein Wort hatte er hervorgebracht. Und die Zeit lief, die Zeit wollte nicht stille stehen, nur noch wenige Minuten blieben ihm. Er mußte sprechen, die Zeit drängte, es gab keinen Aufschub mehr. Nur die ersten Worte, die waren so bitter schwer zu finden, aber wenn sie einmal gesprochen waren, dann war das Schlimmste auch schon vorüber. Und er mußte sprechen, um halb elf am Bahnhof, und sie wußte noch immer nichts – –

Da kam plötzlich ein fröhliches Auflachen aus dem Vorzimmer. Die Franzi hatte den Rucksack entdeckt. Triumphierend stieß sie die Türe auf.

„Beinahe wär' ich über ihn gestolpert", rief sie. „Der Rucksack! Natürlich! An den hab' ich gar nicht mehr gedacht. Du hast zu Hause sagen müssen, daß du einen Ausflug machst, sonst hätten sie dich überhaupt nicht fortgelassen. Sag' einmal, Georg, wohin geht denn die Fahrt?"

„Nach Rußland", sagte Vittorin, aber der Mut verließ ihn, und er sprach das verhängnisvolle Wort mit so leiser Stimme, daß sie es nicht verstand. Sie legte ihren Arm um seinen Hals.

„Haben sie dir den Ausflug geglaubt?" fragte sie. „Weißt du, Georg, ich will dir was sagen: Mir ist es gleichgültig, ob sie's wissen oder nicht, daß du bei mir bist, mir ist das wirklich ganz gleichgültig. Wozu denn das Versteckenspielen? Was ich tu', dazu bekenn' ich mich auch, feig' bin ich nie gewesen."

Sie stand vor ihm mit einem beherzten und entschlossenen Zug um den kindlichen Mund und mit einem strahlenden Lächeln in den Augen, bereit, in seinen Armen die Welt zu vergessen. Aber er sah es nicht, er wollte es nicht sehen.

Sie nahm den Rucksack vom Boden und stellte ihn auf den Tisch.

„Hat der aber ein Gewicht! Ich will doch einmal sehen, was du da alles hineingepackt hast.“

Sie löste die Schnüre, und das erste, was ihr in die Hände kam, war das rote Heft mit den russischen Vokabeln. Mit neugierigen Augen studierte sie die fremdartigen Zeichen.

„Was hast du da?“ fragte sie. „Ist das Griechisch?“

„Das ist Russisch“, sagte Vittorin kurz und hart.

„Willst du am End’ hier arbeiten? Weißt du, du hast manchmal Einfälle! Ich glaub’ nicht, daß du heut’ und morgen viel Russisch lernen wirst.“

Sie legte das Heft auf den Tisch, da glitt zwischen den Blättern eine Photographie hervor, das Bild einer hochgewachsenen und strenge blickenden jungen Frau, die in steifer Haltung vor einem gemalten Tulpenbeet stand und ein Taillenkleid mit Puffen an den Ärmeln trug.

„Was ist denn das?“ fragte die Franzi.

„Das ist ein Jugendbildnis meiner verstorbenen Mutter“, sagte Vittorin. „Du hast sie ja nicht gekannt. Ich soll ihr ähnlich sehen. Ich nehm’ es immer mit, wenn ich –“

Der Augenblick war da. Jetzt gab es kein Zurück mehr.

„– wenn ich auf längere Zeit verreise. Damals, um 1900 etwa, hat man solche Puffen an den Ärmeln getragen. Schön war die Mode nicht, ich hab’ aber nur das eine Bild. Im Felde und dann in der Gefangenschaft hab’ ich es auch immer bei mir gehabt.“

Die Franzi sah ihn mit erschreckten Augen an.

„Du fährst doch nicht fort, Georg? – Gib doch Antwort! Du fährst fort? Ist das dein Ernst? Und das sagst du mir heute? Wohin denn?“

Vittorin nahm ihr das Bild seiner Mutter aus der Hand und legte es in das rote Heft.

„Nach Rußland“, sagte er. „Deswegen mußt du aber nicht gleich so verstört dreinsehen. In ein paar Wochen bin ich wieder zurück.“

„Du hast schon einmal davon gesprochen, daß du nach Rußland zurück willst. Es ist also dein Ernst“, sagte die Franzi leise und verzagt. „Was suchst du denn dort?“

„Das darf ich dir nicht sagen. Das ist keine Sache, über die man mit Frauen spricht. Ich habe eine ganz bestimmte Aufgabe übernommen, ich bin mit Rußland noch nicht fertig – frag' mich nicht weiter. Du brauchst keine Angst um mich zu haben, ich fahre nicht allein, wir sind zu zweit. Und in ein paar Wochen bin ich wieder da. Ich hab' auch schon eine neue Stellung, wenn ich zurückkomme, tret' ich sie an, ich werde Privatsekretär eines Großunternehmers. Das heißt, vielleicht überleg' ich mir's noch, eigentlich ist es eine sehr fragwürdige Persönlichkeit, aufrichtig gestanden, ich halt' ihn eher für einen Schieber, aber wer ist das heute nicht! Er zahlt gut, und das ist jedenfalls die Hauptsache. Und er hält mir die Stelle bis zum ersten Jänner offen, das hab' ich mit ihm ausgemacht.“

„Wann fährst du denn?“ fragte die Franzi, von seinem Redeschwall völlig eingeschüchtert.

„Heute nachts um halb zwölf geht der Zug“, sagte er eilig und leichthin. „Aber ich muß schon um halb elf am Bahnhof sein. Wenn du mitkommen willst, dann mußt du dich rasch fertigmachen. Lang' warten kann ich nicht.“

Sie sah ihn wortlos an. Ihre Augen füllten sich mit Tränen. Erbittert darüber und weil er sich im Unrecht wußte und ihren Vorwürfen zuvorkommen wollte, fuhr er sie mit harter und feindseliger Stimme an:

„Wenn du mir jetzt vielleicht eine Szene machen willst –, bitte sehr, aber es ist ganz zwecklos, das sag' ich dir gleich. Ich habe keine Zeit. Deinetwegen werd' ich den Zug nicht versäumen.“

Sie gab keine Antwort. Sie ging, ihren Hut und ihren Mantel zu holen.

Die Straßenbahn verkehrte nicht mehr. Man mußte zu Fuß gehen.

Auf dem ganzen langen Weg zum Bahnhof sprach sie kein Wort.

In der Bahnhofshalle trat Kohout auf die beiden zu. Er hielt einen hölzernen Militärkoffer in der Hand und schwitzte vor Aufregung. Für die Franzi, der er vorgestellt wurde, hatte er nur einen flüchtigen, uninteressierten Blick, eine linkische Verbeugung und einen eiligen, ein wenig feuchten Händedruck.

Er stellte seinen Koffer neben sich auf den Boden.

„Du hättest auch früher kommen können. Ich war pünktlich", sagte er zu Vittorin, indem er sich nervös nach allen Seiten hin umsah. „Wirklich ganz überflüssig, daß du den Emperger herbestellt hast. Ich mag den Menschen nicht, er war mir immer unsympathisch. Es bleibt dabei, er erfährt nicht, daß ich nach Moskau fahr'!"

„Ganz bestimmt nicht, da du es nicht willst", versicherte Vittorin.

„Du hast hoffentlich auch zu niemand anderem davon gesprochen?" fuhr Kohout mit einem scheuen Blick auf die Franzi, die abseits stand, fort. „Es wär' mir unangenehm. Weiß deine Freundin –?"

„Sie kennt dich ja erst seit zwei Minuten, und sie hat wahrscheinlich deinen Namen gar nicht verstanden", beruhigte ihn Vittorin. „Ich begreif' überhaupt deine Ängstlichkeit nicht. Vor wem fürchtest du dich? Du bist doch schließlich dein eigener Herr und nur dir selbst Rechenschaft schuldig."

Kohout schwitzte, kniff die Augen zusammen und drehte die Hände in den Gelenken.

„In ein paar Minuten wird der Zug rangiert", sagte er. „Du bist so gut und übernimmst es, die Plätze zu belegen. Ich laß dir meinen Koffer da."

„Gehst du denn fort?" fragte Vittorin.

„Natürlich. Ich hab' nur auf dich gewartet", erklärte Kohout. „Glaubst du, ich habe Lust, mit dem Emperger zusammenzutreffen? Das Vergnügen überlaß ich dir. Um halb zwölf steig' ich ein, nicht eine Minute früher. Du brauchst dich um mich nicht zu sorgen, ich komm' zurecht. Und gib indessen auf meinen Koffer acht."

Er schwenkte seinen melonenförmigen, zerknitterten Hut. Dann entfernte er sich mit langen Schritten. –

Doktor Emperger ließ auf sich warten. Wenige Minuten vor Abgang des Zuges erst erschien er, von weitem schon grüßend und winkend, auf dem Perron. Er zeigte sich angenehm überrascht, Vittorin in Gesellschaft eines jungen Mädchens zu treffen. Mit der Miene und der Haltung eines altenglischen Baronets küßte er der Franzi die Fingerspitzen.

Sie standen zu dritt vor dem Abteil, in dem Vittorin sich seine Sitzplätze erkämpft hatte.

„Es ist mir wirklich nicht leicht gemacht worden, rechtzeitig hier zu sein", berichtete Doktor Emperger. „Ich bin leider, leider viel zu sehr in Anspruch genommen. Um halb elf hab' ich eine junge Dame von der Oper abholen und nach Hause bringen müssen, übrigens gar nicht einmal mein Typ, aber man hat so seine Verpflichtungen. Sie wohnt im Döblinger Cottage, das auch noch! Zum Glück gibt's Autos. Und um zwölf werd' ich bei Bekannten erwartet, es war mir ganz unmöglich, abzusagen, unfreundlich will man doch auch nicht sein. Und so geht's mir Tag für Tag. Wann ich eigentlich schlaf', das ist mir selbst ein Rätsel."

Zum Beweis dafür, daß er wirklich nicht übertrieb, knüpfte er seinen Seidenschal auf und ließ sehen, daß er unter seinem Abendmantel einen Smoking trug.

Vittorin zog ihn beiseite.

„Wirst du die anderen davon verständigen, daß ich nach Moskau gefahren bin?" fragte er.

„Selbstverständlich. Gleich morgen“, versprach Doktor Emperger. „Das heißt, mit dem Professor bin ich so ziemlich außer Kontakt. Nicht zu glauben, wie rasch man die Leute aus dem Aug’ verliert. Jeder hat halt seine eigenen Interessen. Du machst also wirklich Ernst! Du fährst nach Rußland, um sozusagen den Krieg auf eigene Faust fortzusetzen. Alle Hochachtung, Vittorin, Charakter hast du, daß muß dir der Neid lassen. Über den praktischen Wert der Sache kann man ja schließlich verschiedener Meinung sein –“

Vittorins Gesicht bekam einen bösen, bedrohlichen Ausdruck.

„Aber ich persönlich stehe ganz auf deinem Standpunkt“, beeilte sich Doktor Emperger zu versichern. „Ehrenwort bleibt Ehrenwort. Und wenn ich denke, was dieser Seljukow –! Eine reizende Freundin hast du, Vittorin. Schickes Mädel. Neueren Datums, diese Akquisition? Ich gratulier’ dir jedenfalls zu deinem Geschmack. Nach deinen Reden hab’ ich dich bisher immer für einen Anachoreten gehalten.“

Vittorin hörte nicht auf ihn. Er war mit seinen Gedanken bei Seljukow, soeben trat er, den Diener Grischa beiseite stoßend, in das Zimmer des Stabskapitäns und forderte Rechenschaft. Er sah die Uniform, das Georgskreuz, die schmale, leicht gebräunte Hand, die die Zigarette hielt, die Rauchringe, das Feuer im Kamin, die Bücher auf dem Schreibtisch, das alles sah er ganz deutlich, nur Seljukows Gesicht bleibt wesenlos und schemenhaft, er fand es nicht in seiner Erinnerung, er hatte das Gesicht seines Todfeindes vergessen, jawohl, er hatte es vergessen, und während ihm dies quälend zum Bewußtsein kam, pfiff die Lokomotive, er sprang aufs Trittbrett, der Zug setzte sich in Bewegung.

Eine Sekunde lang noch hielt die Franzi seine Hand.

„Wirst du mir schreiben?“ fragte sie, und es klang, als wäre sie jetzt eben erst aus einem tiefen Traum erwacht.

„Ich schreib' dir aus Moskau", rief er. Und plötzlich fühlte er das brennende Bedürfnis, ihr noch ein liebevolles Wort, eine kleine Zärtlichkeit zu sagen, doch da war schon unendliche Entfernung zwischen Ihnen.

Er blieb auf dem Trittbrett stehen. Es schien ihm sonderbar, daß die beiden, die einander vor wenigen Minuten noch nicht gekannt hatten, jetzt zusammen zurückblieben, daß sie nebeneinander standen und ihm zuwinkten, als gehörten sie zueinander. Doch er verweilte nicht lange bei diesem Gedanken. Er wandte sich ab. Mit einem Gefühl grenzenloser Genugtuung verließ er die Stadt, in der das Leben für ihn nichts als ein Schatten gewesen war.

Er ging in sein Abteil. Kohout war da, er hatte seinen hölzernen, mit weißen Tulpen und Rosen bemalten Militärkoffer auf dem Gepäckbrett verstaut.

„Na also", sagte er, tief aufatmend und sich den Schweiß von der Stirne wischend, zu Vittorin. „Alles ist gut gegangen. In ein paar Stunden sind wir über der Grenze."

Doktor Emperger bestand darauf, die Franzi im Wagen nach Hause zu bringen. Es sei ihm ein ganz besonderes Vergnügen, erklärte er, so viel Zeit habe er selbstverständlich noch, und im übrigen sei es nicht seine Gewohnheit, ein junges Mädchen zu so später Stunde allein nach Hause gehen zu lassen.

Auf der Heimfahrt hatte er die Kosten der Unterhaltung allein zu bestreiten. Die Franzi blieb recht einsilbig. Er ließ das Licht seiner Taschenlaterne auf ihr Gesicht fallen, deutete auf ihre Augen und zitierte Shakespeare:

„Here did she fall a tear. Here in this place
I'll set a bank of rue sour herb of grace."

Da er merkte, daß sie nicht Englisch verstand, ging er auf ein anderes Thema über. Er eröffnete der Franzi, daß ihm in seiner Bank eine große Karriere gewiß sei. Vielleicht schon in ein paar Monaten werde er über ein eigenes Auto verfügen können – fein, wie? Für eine bestimmte Marke habe er sich allerdings noch nicht entschieden. Er habe eine kleine, nette Garçonwohnung, ganz zufrieden sei er natürlich nicht, er brauche mehr Raum für seine Bücher, und überhaupt, man müsse sich doch rühren können. Aber jetzt sei etwas Passendes schwer zu finden, man sei ja leider mitten im Bolschewismus. Traurige Zustände! Er sei durchaus kein Bourgeois, im Gegenteil, er fände die bürgerlichen Parteien alle ein bißchen dumm, ‚behind the times' sei er gewiß nicht, aber für den extremen Radikalismus könne er sich auch nicht begeistern.

Sodann erfuhr die Franzi, daß er bis vor kurzem eine Schauspielerin zur Freundin gehabt habe, eine sehr berühmte sogar. Natürlich, solch eine Liaison habe auch ihre Schattenseiten. Eine so gefeierte Künstlerin habe eben auch ihre Launen, und mit gewissen extravaganten Neigungen könne man sich nicht immer leicht befreunden. So habe er denn mit ihr gebrochen. Und trotzdem er mitten im gesellschaftlichen Leben stehe, kein Tag ohne Einladung, gebe es doch immer wieder Stunden, in denen er sich recht vereinsamt fühle.

Vor ihrer Wohnung angekommen, teilte er der Franzi mit, daß er eigentlich keine rechte Lust habe, seine Verabredung einzuhalten. Die p. t. Damen und Herren, die ihn erwarteten, könnten ihm, ehrlich gesagt, gestohlen werden. Er verspräche sich weit mehr Unterhaltung von dem Besuch einer Bar, in netter Gesellschaft natürlich, allein mache ihm die Sache keinen Spaß. Da die Franzi diese Andeutung überhörte, wurde er merklich kühler. Trotzdem bat er, als er sich verabschiedete, um die Erlaubnis, sich während der Abwesenheit seines Freundes Vittorin ab und zu nach ihr umschauen zu dürfen. Er fragte, wo sie tagsüber beschäftigt sei, und notierte sich ihre Telephonnummer.

Oben in ihrem Zimmer warf sich die Franzi in einen Stuhl und weinte, die Hände vor dem Gesicht, laut und leidenschaftlich, Schluchzen schüttelte sie, hemmungslos gab sie sich dem Schmerz ihrer Enttäuschung hin. Als sie sich dann die Tränen aus den Augen wischte, wurde es ihr leichter ums Herz. Sie trat vor den Spiegel und betrachtete mit einer Art von Genugtuung ihre vom Weinen geröteten Augen.

Dann kam eine trotzige und verzweifelte Ausgelassenheit über sie. Was sie sich wünschte, war eine rasende Orgie, ein wildes, ihr Leben vernichtendes Bacchanal. Sie lief in die Küche und bereitete, noch immer mit den Tränen in den Augen, den Punsch. Als er fertig war und auf dem Tisch stand, setzte sie das Grammophon in Gang, die Nachbarn sollten nur hören, wie lustig es bei ihr zuging. Und während das Grammophon Operettenschlager, Negertänze und das Vorspiel aus den Meistersingern ertönen ließ, rauchte sie Zigaretten und trank Punsch dazu, ein Glas nach dem andern, obgleich es sich herausstellte, daß sie vergessen hatte, Zucker zuzusetzen.

Vom Punsch und vom vielen Weinen wurde sie schläfrig. Gegen zwei Uhr morgens schlief sie, völlig angekleidet, zwischen dem Baron und dem Herrn aus Agram, dem sein Regenschirm aus der Hand geglitten war, auf dem Sofa ein.

Mit einer dreistündigen Verspätung kam der Zug in die Grenzstation. Vittorin erwachte aus einem unruhigen Schlummer. Seine Glieder schmerzten. Er sah Kohout, der auf die Bank gestiegen war und sich mit seinem Koffer zu schaffen machte.

„Wo sind wir? Wie spät ist's denn eigentlich?" fragte er noch halb im Traum.

„Fünf Uhr. Nicht mehr Nacht und noch nicht Morgen", sagte Kohout mit belegter Stimme. „Ich habe Kopfschmerzen. Sieht man mir's an, daß ich die ganze Nacht über nicht geschlafen habe? Mach' dich fertig, wir müssen aussteigen. Paßkontrolle. Zollvisitation."

Mit ihrem Gepäck beladen liefen sie über den Bahndamm. Vor dem Stationsgebäude schlossen sie sich der langen Reihe der Wartenden an. Langsam, Schritt für Schritt nur, ging es vorwärts. Der Mann, der in der Türe stand, gestattete immer nur einer kleinen Gruppe den Eintritt.

„Hast du Zigaretten?" flüsterte Kohout. „Da steck' ein paar von meinen zu dir. Zwanzig Stück sind erlaubt. Weißt, ich will keinen Anstand haben."

Eine halbe Stunde lang mußten sie warten, dann kam die Reihe an sie. Gleich neben der Türe, hinter einer Art Verschlag, saß der Kontrollbeamte. Kohout reichte ihm seinen Paß, blieb stehen und zog fröstelnd die Schultern hoch.

Der Beamte schlug den Paß auf und las die Daten. Eine Sekunde lang ruhte sein Blick auf Kohouts Gesicht. Er wechselte ein paar Worte mit einem Mann in Uniform, der neben ihm stand, dann wies er nach dem Hintergrund auf eine Bank.

„Gehns' dort hinüber und wartens' auf mich", sagte er.

Kohout wurde blaß wie die Wand.

„Mein Gepäck –!" stotterte er. „Ich muß zur Zollvisitation. Was wollen Sie denn von mir?"

„Wird sich alles finden", sagte der Beamte gelassen. „Gehns' nur hinüber und wartens' auf mich."

„Was gibt's denn?" rief Vittorin beunruhigt. „Sind unsere Pässe nicht in Ordnung? Wir gehören zusammen."

Der Beamte hob den Kopf.

„Sie gehören zusammen? Dann gehns' nur auch hinüber. Gleich bin ich fertig."

Er gab dem Mann, der beim Eingang stand, einen Wink. Die Türe wurde abgesperrt. Dann nahm er die Pässe der übrigen Reisenden vor.

Vittorin legte seinen Rucksack auf die Bank neben Kohouts hölzernen Militärkoffer.

„Was hast du angestellt?" flüsterte er. „Ist mein Paß nicht in Ordnung? Dann sag' mir's lieber gleich."

Kohout lehnte den Kopf an die Wand und gab keine Antwort.

Indessen war der Kontrollbeamte mit dem Vidieren der übrigen Pässe fertig geworden. Er stand auf.

„Kommens' mit!" bedeutete er den beiden.

„Wohin denn?" fragte Vittorin.

„Das werdens' gleich sehen. Machens' kein Theater und kommens' mit."

Vor der Türe eines Amtszimmers mußte Vittorin warten. Kohout und der Beamte traten ein.

„Vorstand des Grenzsicherungsdienstes" stand auf der Tafel. Der Paß war gefälscht, daran war nicht zu zweifeln. Vittorin preßte die Zähne zusammen. Wenn nur alles schon vorüber wäre, das Warten, das endlos lange Warten, das Verhör, die Rückfahrt! Die Rückfahrt? Nein. Vittorin war entschlossen, nicht zurückzufahren. Wenn sie ihm den Paß abnahmen, dann mußte er eben zu Fuß über die Grenze.

Die Türe wurde aufgerissen, Kohout kam heraus. Hinter ihm erschien ein Mann, der den hölzernen Militärkoffer trug.

„Alles nur ein Mißverständnis", sagte Kohout heiser und mit einem nervösen Zucken der Augen. „Wird sofort aufgeklärt sein. Du kannst indessen vorausfahren, ich komm' dir nach."

„Gehns' hinein!" sagte der Mann, der den Koffer trug, zu

Vittorin. „Der Herr Vorstand wartet. Unterhalten könnens' Ihnen nachher."

Der Vorstand, ein älterer Herr mit kurzem, blondem, gepflegtem Schnurrbart, lud Vittorin mit einer Handbewegung ein, Platz zu nehmen. Der Kontrollbeamte stand in dienstlicher Haltung neben dem Schreibtisch seines Chefs.

„Georg Vittorin, Privatbeamter", begann der Vorstand. Er reichte dem Kontrollbeamten den Paß.

„Diktieren Sie mir die Generalien."

Dann richtete er eine Anzahl von Fragen an Vittorin, die sich auf sein Reiseziel, auf sein Verhältnis zu Kohout, auf seinen Besitz an Geld und auf die Provenienz dieses Geldes bezogen. Die Antwort brachte er zu Papier.

„Ist mein Paß nicht in Ordnung?" fragte Vittorin.

„Ihr Paß ist in Ordnung. Ihrer Weiterreise steht nichts im Wege", erklärte der Vorstand. „Wenn sie das unterschrieben haben, können Sie gehen."

Vittorin atmete erleichtert auf.

„Ich möchte auf meinen Freund warten", sagte er. „Wir fahren zusammen."

Der Vorstand strich sich den blonden Schnurrbart.

„Ihr Freund ist verhaftet und wird dem zuständigen Bezirksgericht eingeliefert", bemerkte er. „Er hat zugegeben, seinem Dienstgeber, dem Rechtsanwalt Dr. Sigismund Eichkatz, Wien II., Große Mohrengasse 11, den Betrag von 270 Lire, 118 Reichsmark, 420 Lei und 1860 Kronen, mit deren Inkasso er betraut war, veruntreut zu haben. Das Geld ist bei ihm zustande gebracht worden."

„Damit habe ich nichts zu tun", rief Vittorin entsetzt. „Ich schwöre Ihnen, ich gebe Ihnen mein Ehrenwort –"

Der Vorstand hob abwehrend die Hand.

„Wenn Sie durch den Tatbestand oder durch die Angaben Ihres Freundes belastet wären", meinte er, „dann hätte ich Ihre Verhaftung verfügt. Unterschreiben Sie das Protokoll. Wenn Sie sich beeilen, können Sie den Zug noch erreichen."

Auf dem Perron war Kohout nicht. Erst als der Zug die Station verließ, bekam Vittorin seinen Freund noch einmal zu sehen.

Kohout stand zwischen zwei Gendarmen neben dem Heizhaus. Er blickte zu Boden. Im Vorüberfahren winkte ihm Vittorin einen Abschiedsgruß zu, aber Kohout bemerkte es nicht. Er schien eifrig mit sich selbst zu sprechen, denn er trat von einem Fuß auf den anderen und drehte die Hände in den Gelenken.

DIE GRENZE

Nowochlowynsk liegt etwa zwanzig Kilometer südlich von Berdiczew und besteht aus drei oder vier armseligen Straßenzügen und einem Marktplatz. Gegen den Fluß zu gibt es ein paar Fischerhütten, die Einwohner von Nowochlowynsk nennen sie „die Vorstadt". Das Einkehrhaus auf dem Marktplatz – „Hotel Moskwa" – war nach dem Abzug der österreichischen Truppen vom Stab des dritten ukrainischen Freiwilligenregiments für die Offiziere und die Kanzleien in Beschlag genommen worden. Im Schulgebäude, das während des Krieges als Monturdepot gedient hatte, war das Stabstelegraphenamt untergebracht. Die Bahnstation liegt außerhalb des Ortes. Wer sie im Winter zu Fuß erreichen will, versinkt bis zu den Knien im Schnee.

Bis hierher war Vittorin auf seiner Fahrt gelangt, weiter zu kommen, hatte sich als unmöglich erwiesen. Zwischen Nowochlowynsk und Berdiczew lief die Front der ukrainischen Freiwilligen Petljuras, und ihr gegenüber lag das zweite lettische Schützenregiment der Roten Armee.

In der Wohnung eines Schusters hatte Vittorin Quartier gefunden. Er vermied es, sich auf der Straße zu zeigen. Die Stube war dunkel, schlecht gehalten und dürftig eingerichtet, sie diente ihm als Schlaf- und Wohnraum und als Küche. Der Schuster hatte sich mit seinem Handwerkszeug in eine Art Gerümpelkammer zurückgezogen.

In der vierten Nacht seines Aufenthaltes wurde Vittorin durch ein heftiges Klopfen aus dem Schlaf geweckt. Er warf den Mantel über und ging die knarrende Treppe hinab. Der Schuster öffnete die Haustüre. Draußen stand ein hochgewachsener, hagerer Mensch mit buschigen Augenbrauen, trotz der Kälte trug er weder Mantel noch Pelzrock. Neben ihm im Schnee kauerte eine in einen erdbraunen Mantel gehüllte Gestalt, die unaufhörlich leise vor sich hinsprach. Der Schuster leuchtete dem Aufrechtstehenden ins Gesicht.

Mit einem raschen Blick erkannte er in ihm den russischen Offizier. Er wollte ins Haus zurück, die Türe zuschlagen und verriegeln, das war sein erster Gedanke, aber Vittorin trat dazwischen.

„Wer sind Sie?“ fragte er. „Was wünschen Sie?“

Der Fremde legte die Hand an seine Lammfellmütze.

„Rittmeister Stackelberg vom Nishgoroder Dragonerregiment“, sagte er mit heiserer Stimme. „Ich suche Quartier für mich und meinen Kameraden.“

„Quartier? Für russische Offiziere gibt es Zimmer im Hotel Moskwa.“

Der Rittmeister schüttelte den Kopf.

„Für uns nicht. Wir gehören nicht zu dieser Freiwilligenarmee. Mein Kamerad ist krank, wenn ich nicht ein warmes Zimmer und trockene Kleider für ihn finde, stirbt er mir hier im Schnee, weiter werde ich ihn schon nicht bringen.“

„Was fehlt Ihrem Kameraden?“

„Ich weiß es nicht. Irgendein Fieber, Sie sehen, er deliriert. Er hat eine sehr beschwerliche Reise hinter sich. Er braucht Ruhe, ein warmes Zimmer, ein Bett.“

Es gab nur ein einziges Bett in diesem Hause. Aber Vittorin überlegte nicht lange.

„Ein Bett für Ihren Kameraden können Sie haben“, sagte er. „Auch für uns beide wird sich ein Platz finden, wir werden uns schon einrichten. Kommen Sie!“

Wieder legte der Rittmeister die Hand an seine Mütze.

„Ich danke Ihnen“, sagte er. „Mitja, steh auf! Mitja, hörst du mich nicht? Das ist schon einfach großartig, jetzt willst du im Schnee übernachten! Steh auf, ein Feuerchen brennt im Ofen.“

Er streifte den Schnee von der Lederjacke und wandte sich von neuem Vittorin zu.

„Mein Kamerad heißt Dimitrij Alexejewitsch Gagarin. Die drüben“ – er deutete mit einer Handbewegung nach Osten – „die drüben haben seinen Vater erschossen. Graf Gagarin. Sie sind nicht Russe, aber vielleicht kennen Sie den Namen.“

Drei Wochen lang hausten sie zu dritt in der Stube des Schusters. Der Rittmeister schlief auf der Erde, Vittorin hatte sich ein Nachtlager aus zwei Stühlen und einem Pelzrock zurechtgemacht. Sie teilten sich in der Pflege des Kranken und die häusliche Arbeit. Morgens ging Vittorin in die Vorstadt, um Brot, Mehl, Eier, Schafskäse oder Fische zu kaufen. Inzwischen fegte der Rittmeister die Stube und machte Feuer im Ofen. Gegen Abend kam der Arzt, ein alter Mann, der früher Feldscher in einem wolhynischen Regiment gewesen war, und sah nach dem Kranken. Wenn sie dann wieder allein waren, hatten sie endlose Gespräche über Europa, über Rußland und über das eigene Schicksal, indes der Kranke, mit Fieberflecken auf den eingefallenen Wangen, sich im Bette aufrichtete und schweigend horchte.

„Warum soll ich vor Ihnen ein Geheimnis haben, da Sie doch unser Wohltäter sind“, sagte der Rittmeister. „Ohnehin würden Sie es erraten. Nun, Mitja kommt aus Moskau, geht durch die Front und bringt Papiere, Dokumente, das drittemal schon, ich aber übernehme sie für die rechtmäßige Regierung. Manchmal auch gehe ich hinüber –“

„Ist denn das so leicht?“ rief Vittorin erregt. „Eine so einfache Sache, durch die Front zu gehen? Ihr Kamerad ist jung, sicherlich noch nicht achtzehn, und er hat den Mut –“

Der Rittmeister lachte ein kurzes, heiseres Lachen.

„Mut? Er hat so viel Mut, daß es beinahe schon eine Sünde ist. Und dann, diese Front! Was ist das für eine Front!“

„Sserjoscha, gib schon den Tee!“ rief vom Bett her der Kranke mit matter Stimme.

„Gleich, Mitja, gleich wird er kochen, mußt Geduld haben“, sagte der Rittmeister, und seine heisere Stimme bekam einen Klang von Zärtlichkeit. „In Moskau machen sie ihn aus Rüben, dieser aber ist richtiger Tee. Du glaubst es nicht? Ach, Mitja, dir muß man alles vor die Augen halten, daß du es siehst, sonst hast du keinen Glauben. Solch einer bist du.“

Er schnitt das Brot in Scheiben. Dann fuhr er, zu Vittorin gewendet, fort:

„Was ist das aber für eine Front! Gräben gibt es nicht. Sie halten Gehöfte besetzt, hier eines, dort eines, auf dem Dach ein Posten, ein Maschinengewehr im Fenster, das ist die rote Front. Und die ukrainischen Freiwilligen? Halten Reden, streiten darüber, ob die Offiziere Achselstücke tragen sollen, gehen aus einer Versammlung in die andere, wählen heute einen Kommandanten und setzen ihn morgen ab. Plakate drucken sie: „Die Freiwilligenarmee kämpft für die Demokratie. Tretet in unsere Reihen, helft uns Rußland verteidigen!“ – Schöne Worte, mich aber, Bruder, fangen Sie nicht. Sterben will ich für ein anderes Rußland, nicht für dieses.“

Mit einer energischen Kopfbewegung deutete er an, daß der Gegenstand für ihn erledigt sei. Dann brachte er dem Kranken den Tee und ein gekochtes Ei.

„Da sieh“, sagte er und wies mit der von Tabak gebräunten Spitze seines Fingers auf das Ei. „Ein kleines Tönnchen bring’ ich dir, das hat zweierlei Bierchen. Nun iß und trink’ und freu’ dich, Mitja, daß dir die Seele nicht genommen ist.“

Wenn Vittorin morgens in die „Vorstadt“ ging, führte ihn sein Weg an einem verschneiten Holzplatz vorbei. Die

Bretterwand, die ihn einschloß, war bedeckt mit Plakaten der gegenrevolutionären Regierung. Zwischen blauen, grünen und weißen Zetteln mit Aufrufen, die an das ukrainische Volk gerichtet waren, konnte man die Karikaturen Lenins, Joffes, des Tschcka-Vorsitzenden Dsershinski und des Zarenmörders Swerdlow sehen und in grellen Farben gedruckte, blutrünstige Darstellungen bolschewistischer Greuel. Eines dieser Bilder zeigte ein geplündertes Dorf, Rotgardisten mit abstoßend rohen Gesichtern hieben die aus den brennenden Hütten fliehenden Bauern nieder, rissen die Weiber an sich, trieben das Vieh weg. Im Vordergrund stand, in rotbetreßten Reithosen und hohen Lackstiefeln, mit dem Sowjetstern auf den Ärmeln seiner Lederjacke, ein Offizier der Roten Armee, dem man die Züge des Sowjetgenerals Woroschilow gegeben hatte. Auf seinen Säbel gestützt betrachtete er mit satanisch-triumphierendem Lächeln die blutüberströmte Leiche des Popen, die zu seinen Füßen lag. Und darunter stand in grellroten Lettern: „So befreien sie unsere russischen Brüder."

So oft Vittorin an der Bretterwand vorbeikam, blieb er vor diesem Bild stehen. Das hochmütige Lächeln des roten Offiziers hielt ihn fest, erfüllte ihn mit hilflosem Zorn. – Wie er dasteht mit seinen Lackstiefeln und Reithosen, elegant, soigniert bis zu den Fingerspitzen, der parfümierte Mörder, zu Hause wäscht er sich die Hände in Kölnisch Wasser, liest französische Romane, und die Weiber sind hinter ihm her. Und ich – stecke noch immer in diesem verdammten ukrainischen Nest, komme nicht weiter –!

Nur mit einer Gewaltanstrengung gelang es ihm, sich von dem Bilde loszureißen. Wenn er dann nach Hause kam, sprach er mit seinem Zimmergenossen von Seljukow.

„Michael Michajlowitsch Seljukow? Nein, einen solchen kenne ich nicht", meinte der Rittmeister. „Sie müssen in der Registraturabteilung des Kriegskommissariats nach ihm fragen, aber, Gott erbarm' sich, was ist dort für ein Durcheinander! Michael Michajlowitsch Seljukow. Er hat die Revolution anerkannt, den Zaren verraten, den Sowjets den Eid geleistet? Nun, dann steht er an einer von diesen Fronten, Stabskapitän ist er nicht mehr, eher schon Bataillonskommandeur. Hat im Semjenowschen Regiment gedient, sagten Sie – heute aber ist alles auf den Kopf gestellt, wer kennt sich da aus! Unser Nishgoroder Dragonerregiment heißt jetzt ‚Rotes Reiterregiment Lassalle', solche Dinge gehen in der Welt vor. Wenn er aber solch ein Blutmensch ist, solch eine gemeine Seele, ein Sadist und Satansdiener, dann müssen Sie ihn in den Kanzleien der Lubjanka suchen. Denn dort ist schon das ärgste Gesindel."

„Was ist das, die Lubjanka?" fragte Vittorin.

„Sie haben von der Lubjanka noch nichts gehört? Nun, Gott schütze Sie, die Lubjanka ist das große allrussische Schlachthaus, das Hauptquartier des Todes. Die Lubjanka ist der Sitz der Moskauer Tscheka."

Graf Gagarin, der, in wollene Decken gehüllt, hinter dem Ofen saß, hob den Kopf und begann zu sprechen.

„Sie kennen die Lubjanka nicht? Ich aber kenne sie, Gott weiß es. Ich ging hinauf, hatte meinen Passierschein: Abteilung K. R., das heißt: Konterrevolution. Und ich frage mich: Wieso den K. R.? Niemals hat er sich mit Politik befaßt. – Vor der Tür steht solch ein Kerl, ein Matrose mit roter Armbinde, läßt mich eintreten. Da sitzt ein Kommissär mit einer Brille, trägt um den Kopf einen Schal gewikkelt, vielleicht hat er Zahnschmerzen. Und ich denke mir: Warum sollte er nicht Mitleid haben, er ist doch auch eine getaufte Seele. – Er nimmt den Passierschein. – ‚Womit kann ich Ihnen dienen, Bürger?' Und ich sage: ‚Genosse, ich bin heute morgens aus Petersburg gekommen. Am Dienstag hat man meinen Vater hierher gebracht. Ich möchte Sie fragen, aus welchem Grunde er verhaftet worden ist.' Der Kommissär schaut in die Liste. – ‚Nein. Er ist nicht hier.' – ‚Ich bitte Sie, Genosse, sehen Sie nochmals nach.' – Er wird ärgerlich. – ‚Was wollen Sie, in meiner Liste steht er nicht. Kommen Sie morgen, ich bin, wie Sie sehen, beschäftigt. Der Nächste!' – ‚Aber man hat mich hierher geschickt. Der Akt muß bei Ihnen sein.' Er schlägt mit der Faust auf den Tisch: ‚Sie stehlen mir meine Zeit. Entfernen Sie sich! Der Nächste!' Er beginnt zu schreiben, beachtet mich nicht weiter."

Der Rittmeister war aufgestanden und ging unruhig im Zimmer auf und nieder.

Dann nahm er ein Glas Rotwein vom Tisch und trat auf seinen Kameraden zu.

„Trink, Mitja!" sagte er mit seiner heiseren Stimme. „Trink, du wirst sehen, das Herz wird dir leichter."

„Draußen warten Leute, Frauen mit verweinten Augen, aber ich bleibe stehen, muß immer daran denken: Unten ist er im Keller, auf der feuchten Erde liegt er und hungert. – Der Kommissär blickt auf: ‚Sie sind noch immer hier? Scheren Sie sich zum Teufel! Packen Sie sich?' – ‚Genosse', sage ich, ‚ich bitte Sie –' Da, in diesem Augenblick kommt einer ins Zimmer, bringt die Zeitung. Der Kommissär nimmt sie, beginnt zu lesen – auf einmal wird er höflich, winkt mich zu sich, verzieht die Lippen, wie Sirup ist seine Stimme. – ‚Welch ein glücklicher Zufall! Ich freue mich wirklich. Ich bin in der angenehmen Lage, Ihnen Auskunft geben zu können. Da, bitte, lesen Sie.' – Ich nehme die Zeitung, es ist die Iswestija, und da steht es, gleich auf der ersten Seite. – Erschossen heute nacht auf dem Chotynskifeld: General S. I. Nelidow, dann kam ein anderer Name, ein Professor, den ich nicht kannte, und dann – ich hielt mich an der Tischkante fest, vor den Augen weißer Nebel, ich fiel zu Boden, hatte nicht einmal Zeit, mich zu bekreuzigen."

Der Rittmeister hatte sich eine Zigarette gedreht. Er seufzte, während er sein Feuerzeug zum Brennen brachte.

„Ja, traurig ist Gottes Welt", sagte er. „Eine Armee von Henkern herrscht über das große, heilige Rußland. Hab' Geduld, Mitja, wir werden sie zerdrücken wie Eierschalen. Der Tag wird kommen, an dem man mit geweihtem Wasser ihr Blut von der russischen Erde waschen wird."

Den ganzen Tag über war der Rittmeister fortgeblieben. Erst gegen neun Uhr abends kehrte er durchnäßt und durchfroren zurück. Er warf seine Lammfellmütze auf den Tisch und strich sich das Haar aus der Stirne. Dann bückte er sich, um das Feuer im Ofen zu schüren.

„Es ist so, wie ich gesagt habe", berichtete er, ohne sich aufzurichten. „Die Freiwilligen haben Verstärkung und Artilleriemunition bekommen. Es wird Kämpfe geben. Die Front wacht auf."

Vittorin begriff, daß das eine schlimme Nachricht war. Vielleicht bedeutete sie, daß es nun überhaupt unmöglich war, hinüberzukommen. Bestürzt wandte er sich dem Grafen Gagarin zu, versuchte, in seinem Gesicht zu lesen. Minuten vergingen. Draußen heulte der Schneesturm.

Graf Gagarin hielt den Kopf zur Seite geneigt und überlegte.

„Nun, Gott mit uns", sagte er endlich. „Dann also noch heute nacht."

Vittorin stand auf. Wenn die Front lebendig wurde, dann bekam die Sache den Charakter eines tollkühnen Wagnisses, das war klar. Und trotzdem – Graf Gagarin war entschlossen, sein Wort zu halten. Vittorin trat auf ihn zu, er wollte ihm danken, suchte nach Worten – aber der junge russische Offizier wehrte mit einem Lächeln der Verlegenheit ab.

„Wozu denn? Was ist denn da schon darüber zu reden? Zwölf Werst, ein kleiner Spaziergang."

„Zwölf Werst, der Teufel hat sie gezählt", brummte der

Rittmeister. „Es sind mehr als zwanzig. Und dann, Mitja, vergiß nicht: der Schneesturm."

„Nun also, mögen es zwanzig sein. Wir werden schon nicht erfrieren. Willst du mich schamrot machen, Sserjoscha, willst du, daß ich mein Wort nicht halte? Bei uns am Don haben die Kosaken ein Sprichwort: Wirf dein Herz über den Graben, und dein Pferd springt ihm nach."

Der Rittmeister zuckte die Achseln und gab keine Antwort.

Es wurde nicht mehr viel gesprochen an diesem Abend. Graf Gagarin traf seine Vorbereitungen. Das Fernglas, die Karte, den Kompaß. Ein kleines Fläschchen Kognak. Lebensmittel für zwei Tage. Dann prüfte er sorgfältig seinen Smith&Wesson-Revolver und steckte ihn in die Tasche seines grauen Bauernrocks.

Eine Stunde vor Mitternacht brachen sie auf. Bei den letzten Hütten der Vorstadt nahm der Rittmeister Abschied.

„Nun geh', Mitja, und Gott schütze dich."

Nach russischer Sitte küßte er seinen Freund auf beide Wangen. Dann drückte er Vittorin die Hand.

„Ich habe Ihnen zu danken, für Salz und Brot, für Feuer und Dach. Ich werde es nicht vergessen. Leben Sie wohl!"

Sie gingen. Mit Stroh umwickelte Pfähle, die aus dem Schnee ragten, zeigten ihnen den Weg. Zu ihrer Rechten dehnte sich das schimmernde Band des vereisten Flusses. Ein feindseliger und drohender Mond stand am Himmel. Der Wind trieb zerzauste Wolken vor sich her und schüttelte den Schnee von den entlaubten Zweigen der Haselstauden und Weißdornbüsche. Die Fischerhütten verschwanden im Dunkel der Nacht, und die winterliche Einsamkeit legte sich schwer auf Vittorins Seele.

Zwischen den Wolken, die vom Sturm getrieben über den Himmel jagten, trat der Mond hervor. In seinem Schein gewahrte Graf Gagarin rechts vom Wege das dunkle Mauerwerk eines verlassenen Bauernhauses. Es war gegen drei Uhr morgens. Er blieb stehen.

Noch immer fiel der Schnee in dichten Flocken, doch die Kälte hatte ein wenig nachgelassen. Vittorin schien am Ende seiner Kräfte angelangt zu sein. Er taumelte wie ein Betrunkener, zweimal glitt er aus, er fiel und raffte sich wieder auf, mit geschlossenen Augen arbeitete er sich durch den Schnee. Keuchend ging sein Atem, seine Füße waren steif vor Kälte, auf seinen Wangen brannten Frostwunden.

„Haben wir noch weit zu gehen?“ fragte er, als er seinen Führer erreicht hatte, mit einem leisen Stöhnen.

„Acht Werst haben wir zurückgelegt, mehr nicht.“ Der Graf wies auf das Bauernhaus. „Wir werden rasten, ein wenig schlafen, das wird Ihnen gut tun.“

„Ist das Haus bewohnt?“

Graf Gagarin schüttelte den Kopf.

„Hier in dieser Gegend gibt es keine Menschen“, sagte er. „Wir sind zwischen den Fronten. Traurig anzusehen ist solch ein verlassenes Haus. Hier waren einst Bauern, sie lebten nach ihrer Väter Weise, schliefen und tranken und prügelten ihre Weiber, sie beteten zu Gott und pflügten die Erde. Schwarz ist die Erde hier, das Korn gedeiht. Nun sind sie fort, wohin, weiß niemand.“

Er entsicherte seinen Revolver, denn es war immerhin möglich, daß irgendeine Streifpatrouille in der Hütte nächtigte. Sie traten ein. Die Stube war leer, durch die Fugen des Dachwerks fiel das Licht des Mondes.

„Stroh gibt es hier, und dort liegt eine Pferdedecke“, rief Graf Gagarin. „Das ist schon keine Hütte, das ist das reinste Zarenschloß. Sie werden hier schlafen wie hinter Gottes Ofen.“

Vittorin hatte sich todmüde dort, wo er stand, auf die Erde geworfen. Graf Gagarin breitete die Decke über ihn und schob ein Strohbündel unter seinen Kopf. Er selbst setzte sich auf den Tisch und zündete sich eine Zigarette an.

„Sie werden nicht schlafen?“ fragte Vittorin.

„Einer muß wach bleiben“, sagte der Offizier. „Hier habe ich den Kognak, aber es ist besser, wir sparen ihn für morgen.“

„Es ist alles gut gegangen, nicht wahr?“ fragte Vittorin. Das Sprechen machte ihm Mühe. Seine Lippen, die vor Kälte aufgesprungen waren, schmerzten.

Graf Gagarin gab keine Antwort.

„Sie gehen denselben Weg zurück“, fuhr Vittorin fort. „Erwarten Sie den Rittmeister in Nowochlowynsk?“

„Nein. Er hat Befehl erhalten, über polnisches Gebiet nach Tiraspol zu gehen. Dort unten am Dnjestr haben sich versprengte russische Truppenteile zu einer neuen Armee formiert.“

„Und Sie? Was werden Sie beginnen?“

Graf Gagarin schwieg. Er schien vor sich hin zu sinnen. In der Dunkelheit war nichts zu sehen als die Glut seiner Zigarette.

„Ich werde Hund sein oder Hase, wie eben die Jagd ist“, sagte er nach einer Weile. „Wer von uns kann sagen, was die nächste Stunde aus ihm macht! Vielleicht werde ich wieder die blaue Tscherkesska meines Regiments tragen, vielleicht verrecke ich in einem von diesen Tschekakellern wie eine Ratte. Es verlohnt sich nicht, darüber nachzudenken. Wie immer aber es sein wird, meine Seele kommt zu ihrem Ziel.“

„Und Sie glauben, daß das alte Rußland, das Rußland, das Sie lieben, wiederkommen wird?“

„Vielleicht. Vielleicht“, sagte Graf Gagarin, und seine Stimme klang mit einem Male müde und traurig. „Durch Feuer und Schmerz geht Rußland seinen Weg. Wohin er führt, das zu wissen, ist uns nicht gegeben.“

Er machte einen Zug aus seiner Zigarette. Dann sprang er vom Tisch herab und sagte mit einer völlig anderen Stimme:

„Es ist kalt hier. Stört es Sie, wenn ich, um mich zu erwärmen, eine Lesginka tanze?“

Vittorin erwachte. In der Hütte war noch tiefe Dunkelheit, es schien ihm, als hätte er nur wenige Minuten lang geschlafen. Aus der Ferne kam ein dumpfes Dröhnen und Grollen. Vittorin hob den Kopf und horchte.

„Werden wir warten, bis das Gewitter vorüber ist?“ fragte er schlaftrunken.

„Waschen Sie sich das Gesicht mit Schnee, das wird Sie munter machen“, kam von der Tür her die Stimme des Grafen Gagarin. „Die Hölle spricht jetzt, nicht der Himmel. Seit einer halben Stunde schießen die Freiwilligen, bereiten ihren Angriff vor, Sie aber haben nichts gehört, wie von Gott gesegnet haben Sie geschlafen. – Sind Sie fertig? Wir müssen die Richtung ändern, viel Zeit dürfen wir jetzt nicht verlieren.“

Sie verließen die Hütte. Der Schneesturm fuhr ihnen ins Gesicht. Graf Gagarin deutete nach Südosten.

„Dort liegt der Wald, dunkel wie eines fremden Menschen Seele. Halten Sie sich dicht hinter mir, der Weg ist schlimm. Ein wenig Schnee auf einer dünnen Schicht Eis und darunter ist Sumpf.“

Zwei Stunden lang gingen sie durch die nächtliche Finsternis und durch den grauenden Morgen. Wenn der Schneesturm zu heftig wurde, suchten sie hinter den Weidenbüschen Schutz. Einmal warf Graf Gagarin sich zu Boden, der Lichtkegel eines Scheinwerfers glitt über die verschneiten Hügel und Felder. Als der Tag anbrach, hatten sie ein schütteres Birkengehölz erreicht, das sich den Hang eines Hügels hinaufzog. Oben auf der Höhe hielten sie

Rast. Bläulichgraue Wolken zogen über einen kalten, durchsichtigen Himmel. Zwischen den Birkenstämmen hindurch konnte man die neblige Ferne sehen.

„Jetzt wäre es gut, den Tee sich zu kochen“, meinte Graf Gagarin. „Aber es geht nicht. Sehen Sie – dort!“

Er deutete in die Talsenkung. Unten hielten rote Kavalleristen am Ufer eines Tümpels, drei von ihnen waren abgesessen und schlugen mit ihren Gewehrkolben ein Loch in die Eisdecke, um die Pferde tränken zu können. Ihr Kommandant hielt abseits von ihnen, er schien auf das ferne Geschützfeuer zu horchen.

Graf Gagarin mahnte zum Aufbruch. Es ging den Hügel hinab und dann weiter in dem tief eingeschnittenen Bett eines vereisten Baches. Lange Zeit hindurch führte sie der Weg durch flaches, mit dichtem Buschwerk bewachsenes Land. Einmal schien Graf Gagarin irregegangen zu sein. Er zog den Kompaß und die Karte zu Rate, bog scharf nach links ab und fand den richtigen Weg.

Gegen neun Uhr morgens blieb er stehen und wies auf die Telegraphenstangen und auf ein zerschossenes Wärterhäuschen.

„Wir haben die Bahnlinie überschritten“, sagte er. „Eine Viertelstunde noch, und wir sind in Sicherheit.“

Der Nebel war verschwunden, und vor ihren Augen lag das Ziel ihrer Wanderung, der Wald von Berdiczew.

„Eine Viertelstunde noch“, fuhr Graf Gagarin fort. „Aber ich wollte, wir hätten dieses letzte Stück schon hinter uns. Der Wind hat den Nebel vertreiben, das ist nicht gut. Wenn drüben am Waldrand eine Patrouille streift, kann sie uns auf tausend Schritte weit sehen, wir aber sehen sie nicht. Nun, hinüber müssen wir, und da wir nicht fliegen können wie die Dohlen, werden wir laufen wie die Hasen. Vorher aber will ich mich ein wenig umsehen.“

Er steckte das Fernglas in die Tasche und kletterte an dem Stamm einer ein wenig schief gewachsenen Föhre empor, um das Terrain zu rekognoszieren. Vom Norden her hörte man noch immer schwaches Geschützfeuer und aus geringerer Entfernung das Ticken eines Maschinengewehrs. Die Zweige ächzten und schwankten, Schnee rieselte herab, eine Krähe umkreiste schreiend den Baum.

Plötzlich fiel vom Wald her ein Schuß. Erschrocken fuhr Vittorin auf, doch Graf Gagarin blieb oben auf der Föhre in der Haltung eines Spähenden und Horchenden, er hielt das Fernglas an die Augen und rührte sich nicht. Minuten vergingen. Dann ließ sich der russische Offizier hinab, langsam und vorsichtig von Ast zu Ast greifend. Unten angelangt blieb er an den Stamm der Föhre gelehnt stehen.

„Es ist Zeit, Abschied zu nehmen“, sagte er. „Sie müssen nun selbst auf sich achten. Nehmen Sie den Kompaß und die Karte. Wenn Sie drüben auf einen Posten stoßen, so geben Sie ihm irgendein Papierchen zu lesen, und während er liest, schlagen Sie ihn nieder. Sind es aber mehrere –“

„Sie gehen nicht mit mir?“ unterbrach ihn Vittorin.

„Ach nein, wozu denn. Ich will aufrichtig zu Ihnen reden. Es ist eine Schande, ich weiß es, aber es ist nun einmal so: ich habe Furcht.“

Vittorin starrte ihn wortlos an.

„Sie glauben mir nicht“, fuhr Graf Gagarin mit leiser Stimme fort. „Und ich rede doch zu Ihnen aufrichtig wie zu Gott. Wie sollte ich denn nicht Furcht haben, da ich doch das Leben liebe. Sie aber haben eine Pflicht zu erfüllen, eine große Aufgabe wartet Ihrer – so sagten Sie doch. Sie müssen hinüber. Eilen Sie, keine Zeit dürfen Sie verlieren, sonst wird es zu spät.“

„Und Sie bleiben hier?“

„Nein. Ich muß zurück. Schön wäre es, hier zu liegen in der frischen Luft, die Augen zu schließen und den Traum der Erde zu träumen.“

Er glitt zu Boden in den Schnee. Die Mütze war ihm vom Kopf gefallen, sein Haar klebte feucht an der Stirne.

Von einer plötzlichen Angst erfaßt, beugte sich Vittorin über ihn.

„Sie sind verwundet."

Graf Gagarin schüttelte den Kopf.

„Doch, Sie sind verwundet", rief Vittorin. „Lassen Sie mich sehen –"

„Nun gut, so bin ich also verwundet", sagte Graf Gagarin mit einer Bewegung der Ungeduld. „Um des Himmels willen, so gehen Sie jetzt. Wenn Sie in die Vorstadt von Berdiczew kommen, so schicken Sie mir einen Bauern, der mag mich nachts in einem Schlitten holen. – Ein lettischer Scharfschütze, er stand links oben am Waldrand, ich sah ihn, da war es schon zu spät, in das Bein hat er mich getroffen. Und nun eilen Sie, rechts müssen Sie sich halten, sonst laufen Sie der Patrouille in die Arme. Gehen Sie doch, nicht umsonst will ich Sie bisher geführt haben."

„Ich werde selbst mit dem Schlitten kommen, um Sie zu holen", sagte Vittorin. „Wie aber, wenn Sie inzwischen die Patrouille findet?"

„Ach, soviel Fragen, und die Zeit vergeht. Machen Sie sich doch nicht Sorgen. Ich weiß, wie man mit diesen Leuten reden muß, ich werde ihnen schon irgend etwas erzählen. Daß ich von den Freiwilligen desertiert bin, um für das rote Rußland zu kämpfen. Sie werden mir ein Pfund Tee abnehmen und ein paar Stückchen Seife, und dann werden sie mich in irgendein Lazarett bringen, mehr wird schon nicht geschehen. – Nein, keine langen Abschiedszeremonien, Kamerad. Nimm dein Herz in die Hand und lauf' um dein Leben."

Er lief um sein Leben, doch er kam nicht weit. In der Mitte des Weges stieß er auf die rote Patrouille.

Eine Kugel sauste über seinen Kopf hinweg, eine zweite streifte sein Ohr. Er warf sich in den Schnee. Keuchend blieb er liegen, das Blut brauste und pochte an seinen Schläfen. Als er wieder zu Atem kam, rief er, so laut er konnte, in die falsche Richtung schrie er:

„Überläufer! Nicht schießen! Überläufer!“

Hinter einer Schneewächte tauchten vier Rotarmisten auf. Mit schußfertigen Gewehren kamen sie auf ihn zu. Und der Vorderste, der einen Sackleinenmantel und an der Mütze eine rote Kokarde trug, blieb stehen und sagte mit einem spöttischen Ausdruck in seinem Gesicht:

„Ein Überläufer. Trägt einen Bauernrock und will durch die Front. Nun, wir werden sehen, was du für ein Überläufer bist. Wo ist der andere?“

Vittorin hatte sich aufgerichtet.

„Ich bin allein.“

„Lüge nicht, Hundesohn!“ brüllte der Anführer der Patrouille. „Der andere, der auf den Baum gestiegen ist. Wo hast du ihn gelassen?“

Vittorin wischte sich die Schweißtropfen von der Stirne.

„Dort bei dem Wärterhäuschen“, sagte er. „Vielleicht ist er zurückgegangen.“

„Nun, weit wird er nicht gekommen sein. Vorwärts, geh voran! Wenn du versuchst zu entwischen, bekommst du eine Kugel mit auf den Weg.“

Bei dem Wärterhäuschen fanden sie den Grafen Gagarin. Er hatte den Stiefel ausgezogen und mit einem Leinwandfetzen sein zerschossenes Knie verbunden. Als er die roten Soldaten kommen sah, machte er ein paar lange Züge aus seiner Zigarette. Ohne Hast zu zeigen, holte er eine Schleife mit den Farben Rußlands aus der Tasche und befestigte sie sorgfältig an dem Ärmel seines Rockes. Dann griff er nach dem Revolver, der neben ihm im Schnee lag, ließ ihn ein paar Sekunden im Licht der Wintersonne blinken, setzte ihn an die Schläfe und drückte ab.

Mit ein paar Sprüngen war der Anführer der Patrouille bei ihm. Er nahm die Hand des Toten und betrachtete sie.

„Ich dachte mir's", sagte er. „Ein Gutsbesitzerssöhnchen. Ein weißgardistischer Offizier. Nun, er hat sich selbst seinen Teil gegeben, gründlich hat er sich's besorgt. – Durchsucht seine Taschen!"

Niemand achtete auf Vittorin. Er hätte fliehen können, doch er stand wie betäubt und starrte voll Entsetzen auf den jungen russischen Offizier, der dort bleich und mit geschlossenen Augen im Schnee lag und den Traum der Erde träumte.

„Jung ist er, die Milch riecht man noch auf seinen Lippen", sagte einer von den Soldaten. „Hat aber schon eine Liebste gehabt und ihr Bild an der Brust getragen."

Er warf das Bild in den Schnee.

„Und was, Genosse, machen wir mit diesem?" fuhr der Soldat fort. „Auch solch ein Spion. Sollen wir ihn nicht seiner Hochwohlgeboren, diesem Herrn Offizier, als Adjutanten nachschicken?"

Der Anführer der Patrouille trat auf Vittorin zu.

„Darüber mag der Kommandant entscheiden", sagte er. „Fort mit ihm! Zum Verhör."

In einer Scheune eingeschlossen, die unmittelbar hinter der Frontlinie lag, wartete Vittorin vergeblich darauf, zum Verhör gerufen zu werden. Man schien ihn völlig vergessen zu haben. Auf keine seiner Fragen erhielt er von dem Rotarmisten, der ihn bewachte, Antwort. Am Nachmittag wurde der Posten abgelöst. Eine Stunde später brachte man Vittorin nach Berdiczew in das Grigorowsche Gefängnis.

Ein beklemmendes Schweigen lag über den Gassen der Stadt. Es begann zu dunkeln, doch in keinem Fenster zeigte sich ein Lichtschein. Auf dem Trödelmarkt standen

Leute, die das, was ihnen von ihrer Habe entbehrlich schien, verkaufen wollten. Ein junges Mädchen bot mit ängstlichem Gesichtsausdruck einem Händler Küchengeräte und einen gelbseidenen Fenstervorhang an. Ein gebückt gehender alter Mann trug eine chinesische Vase in der einen und ein Paar geflickte Segelleinenschuhe in der anderen Hand. Als sich die Rotarmisten, die Vittorin eskortierten, dem Platze näherten, stoben Käufer und Verkäufer in wilder Flucht auseinander, nur der alte Mann mit der chinesischen Vase blieb stehen und suchte sich hinter einer Bretterbude zu verbergen.

Die hölzernen Gehsteige waren abgebrochen, man hatte sie schon im Herbst als Heizmaterial verwendet. Auf den Stufen der Kirche saß eine Frau in einem zerschlissenen schwarzen Seidenkleid, sie streckte, ohne den Kopf zu heben, stehend die Hände aus, als sie die Schritte der Vorübergehenden hörte. Aus einer dunklen Nische trat plötzlich ein Posten und leuchtete mit einer Taschenlaterne Vittorin und seinen Begleitern ins Gesicht. In einem Hof ordneten sich Bürger, die man ausgehoben hatte, um sie an der Front zu Erdarbeiten zu verwenden, schweigend und mit gesenkten Köpfen zu einem Zug. An den Haustüren, an den Mauern, an den Lattenzäunen hingen Dekrete des örtlichen Sowjets. Sie forderten von jedem Einwohner die Ablieferung dreier Garnituren Wäsche für den Bedarf der Roten Armee.

Im Grigorowschen Gefängnis wurde Vittorins Name in das Register eingetragen. Er entnahm den Reden seiner Begleiter, daß er der Spionage zugunsten der Konterrevolution verdächtig war, doch er vermochte keine Vorstellung mit diesen Worten zu verbinden.

Erst als sich die Tür der Zelle hinter ihm schloß, wich der Druck von ihm, der den ganzen Tag auf ihm gelastet hatte. Bei dem matten Schimmer einer Öllampe, die von der Decke herabhing, gewahrte er Menschen, es waren ihrer mehr als ein Dutzend, einige lagen auf Holzpritschen oder auf dem Fußboden, andere kauerten auf Strohbündeln, einer saß auf einer zerbrochenen Kiste – und dieser Anblick brachte Vittorin eine Art Beruhigung; er war nicht mehr allein, sondern einer von vielen, er hatte Schicksalsgenossen.

Er verspürte Müdigkeit, er hatte das Bedürfnis, zu sitzen und seine Lage in Ruhe zu überdenken, sich klar darüber zu werden, wie das alles gekommen war. Und während er sich langsam, mit den Händen tastend, zu Boden gleiten ließ, hörte er dicht neben sich einen wilden kreischenden Schrei, der in das Fauchen einer gereizten Katze überging, einen Schrei, aus dem Zorn, Angst und Verzweiflung klangen:

„Rühren Sie mich nicht an! Hüten Sie sich, mich anzurühren! Sehen Sie nicht, daß ich tot bin?“

Vittorin fuhr in die Höhe und blickte erschrocken auf eine Gestalt, die mit dem Gesicht zur Wand, in einer unnatürlichen Verkrümmung, steif und unbeweglich auf der Erde lag.

Von der Holzpritsche her kam ein leises Jammern. „Es ist nicht möglich. Es ist nicht möglich. Heiliger und allmächtiger Gott, sie lassen mich nicht schlafen.“

Von seinem Platz beim Fenster erhob sich ein alter Mann. Vorsichtig über die am Boden Liegenden hinwegschreitend, kam er auf Vittorin zu.

„Achten Sie nicht auf jenen dort, er ist krank“, sagte er. „Die dort oben haben ihm den Verstand aus dem Kopf getrieben. Man sollte ihn in ein Lazarett bringen, aber hier in diesem Hause gewährt Krankheit kein Anrecht auf bessere Behandlung. Kommen Sie! Ich bin der Zellenälteste, ich werde Ihnen einen Platz anweisen.“

In der Nähe des Fensters gab es mehr Raum. Die Gefangenen hatten sich in der Mitte des Kerkers zusammengedrängt, um sich vor dem Schneewind zu schützen, der durch die zerbrochenen Scheiben fuhr. Der Zellenälteste ließ sich neben Vittorin nieder.

„Sie sind ein Fremder, nicht aus dieser Stadt?“ sagte er. „Wessen beschuldigt man Sie? Ich, sehen Sie, bin ein Spekulant. Wir hatten noch ein wenig Mehl und Zucker, meine Frau buk Kuchen, und ich verkaufte sie in den Teestuben und an den Straßenecken. Das ist mein Vergehen, deswegen bin ich hier. Damals, als sie nach Artemjew zu suchen begannen, haben sie mich verhaftet. Artemjew – Sie kennen nicht diesen Namen? Artemjew. Ein alter Sozialrevolutionär, ein Terrorist, ein Unterirdischer aus der Zeit des Zarentums – er soll auf dem Weg nach Moskau sein, um im Auftrag des Pariser Exekutivkomitees der Menschewiki mit Sinowjew, mit Lenin, mit Kamenew, seinen alten Freunden, abzurechnen. Diesen Artemjew, sehen Sie, fürchten die Machthaber von heute mehr als alle weißgardistischen Generale, denn er kennt die Kampfmethoden, er arbeitet nicht mit Proklamationen, sondern mit Dynamit, mit Höllenmaschinen –“

Vittorin preßte die Zähne zusammen und unterdrückte ein Stöhnen des Zornes und der Verzweiflung. Auch er hatte abzurechnen, doch ein sinnloser Zufall hielt ihn hier fest, das Schicksal hatte sich schmählich auf die Seite seines Feindes gestellt.

„Ich bin noch nicht verhört“, flüsterte er leise und ingrimmig. „Wann werde ich zum Verhör gerufen werden?“

„Wenn Sie Glück haben, so kann das noch lange dauern“, meinte der Zellenälteste. „Vielleicht vergißt man Sie.“

„Aber ich will verhört werden, verstehen Sie denn nicht?“ rief Vittorin. „Ich verlange mein Recht, nichts anderes. Mein Menschenrecht.“

Der alte Mann hob seine Hand zu einer müden, hoffnungslosen Bewegung.

„Was sind das für Worte!“ sagte er. „Menschenrecht!

Wer in diesem Hause ist, hat sein Menschenrecht verloren. Das Verhör? Es ist besser, Sie erwarten nicht zu viel von diesem Verhör. Es dauert zwei Minuten, man hört Sie nicht an, wenn dem Untersuchungsrichter Ihr Gesicht nicht gefällt, kann er Sie sogleich erschießen lassen. Das ist das Verhör."

Vittorin schwieg und starrte auf das vergitterte Fenster.

„Menschenrecht!" fuhr der alte Mann fort. „Sehen Sie jenen dort, Bobronikow, den ‚Toten', der Sie mit seinem Geschrei erschreckt hat. Vor der Revolution betrieb er einen Juwelenhandel. Man brachte ihn hierher, vielleicht hat er irgendwelche verbotenen Geschäftchen gemacht. Er ließ den Kopf nicht hängen. ‚Oft genug', sagte er, ‚hab' ich die Kommissäre in meinem Haus bewirtet, meine Frau, Iraida Petrowna, wird schon die nötigen Schritte machen.' – In den ersten Tagen verfertigte er Bastschuhe und flocht kleine Körbe aus Weidenruten, die ihm die Schwester vom Roten Kreuz gebracht hatte, daran fand er ein Vergnügen. Da aber kam dem Kommandanten solch ein Einfall. ‚Bürger Bobronikow, zum Verhör' – hieß es eines Tages. Man führte ihn hinunter in den Keller, dort lagen die Leichen zweier Leute, die man ein paar Stunden vorher erschossen hatte. – ‚Nun, Bürger, kommt die Reihe an Sie', sagte der Kommandant. ‚Lang genug ist es Ihnen wohl ergangen, mit Brot und Fischsuppe haben Sie sich bei uns vollgemästet.' – Er ließ ihn niederknien, trat mit dem Revolver hinter ihn und schoß zweimal an seinem Kopf vorbei. ‚Nun gut, für heute ist es genug', sagte er dann. Solche Scherze haben sie sich ausgedacht. Bobronikow aber lag auf der Erde und stöhnte nur und rührte sich nicht, man mußte ihn in die Zelle zurücktragen. Und seit jener Stunde ist er mit seinem Kopf in der anderen Welt, er denkt nicht mehr an seine Menschenrechte, er schreit nach dem Popen und nach den Chorsängern und will begraben sein."

Eine Weile war Stille in der Kerkerzelle. Dann sagte der alte Mann:

„Jetzt schläft er, träumt vielleicht, daß er in der Ewigkeit ist und dort vor Gottes Antlitz Körbchen und Bastschuhe verfertigt. Und auch für uns ist es Zeit geworden. Dort im Winkel steht ein Wasserkrug, Brot werden Sie heute schon nicht mehr bekommen."

Er blies das Lampenlicht aus und tastete sich auf seinen Platz zurück. Und während er sich zum Schlafen ausstreckte, deutete er auf die Decke der Zelle.

„Hören Sie ihn?" flüsterte er. „Das ist der Kommandant. Die ganze Nacht hindurch geht er in seinem Zimmer auf und nieder. Er kann nicht schlafen. Die Toten lassen ihm keine Ruhe."

Gegen sieben Uhr morgens wurde die Türe aufgerissen. Der Gefängniswärter trat in die Zelle, leuchtete mit seiner Azetylenlampe dem ihm zunächst Liegenden ins Gesicht und rief:

„Bürger Bobronikow, machen Sie sich fertig! Mit Gepäck zum Bahnhof."

Bobronikow, der ‚Tote', sprang auf, stieß einen durchdringenden Schrei aus und flüchtete in einen Winkel. Dort warf er sich zu Boden und schlug mit Händen und Füßen um sich. Den Zellenältesten, der ihn beruhigen wollte, biß er in den Finger. Aus der Nachbarzelle, in der man die weiblichen Häftlinge zusammengepfercht hatte, kamen hysterische Angst- und Hilferufe. Zwei Rotarmisten, die auf den Lärm hin herbeigeeilt waren, machten der Szene ein Ende. Sie warfen sich auf den Tobenden und zerrten und schleiften ihn zur Tür hinaus.

An Schlaf dachte niemand mehr. Ein öder, trostloser Tag brach heran. Vittorin fand in seiner Tasche ein wenig Brot und Käse und zwei Zigaretten. Als er zu essen begann, trat ein hochgewachsener Mann auf ihn zu, nannte, höflich sich verbeugend, seinen Namen – Leonid Wassilitsch Awdochin – und seinen Beruf. Er war Rechtsanwalt. Die Intrigen und Denunziationen seines Hausgesindes hatten ihn in das Gefängnis gebracht. Mit leiser und angenehm klingender Stimme machte er Vittorin die Mitteilung, daß der Hausordnung gemäß immer der Letztangekommene den Boden der Zelle aufzuwaschen habe. Mit einem begehrlichen Blick auf Vittorins Zigaretten erbot er sich, ihm diese Arbeit abzunehmen. Seit sieben Tagen, sagte er, habe er nicht geraucht.

Als er die Zigaretten erhalten hatte, bestand er höflich, aber mit Entschiedenheit darauf, die Arbeit für Vittorin auszuführen. Ein wenig Bewegung täte ihm gut. Und während er auf dem Boden kniete und den nassen Fetzen handhabte, pflanzte sich ein kleiner, kahlköpfiger Mensch vor Vittorin auf und schrie:

„Seht einmal den Neuen da an, was der für ein Prinz ist. Eine Schande ist das. Läßt die anderen für sich arbeiten, schämt sich nicht?"

Der Kahlköpfige war ein ehemaliger Sowjetangesteller, der wegen wiederholter Defraudationen und weil er Bestechungsgelder angenommen hatte, in Haft gesetzt worden war. Mit allen Zelleninsassen, die nicht von proletarischer Herkunft waren, lebte er in beständigem Unfrieden.

Der Rechtsanwalt kam Vittorin zu Hilfe.

„Sie sollten in Ihrem Winkel bleiben und schweigen, ganz still sollten Sie sein, Iwan Sergejewitsch", sagte er. „Man kennt Sie hier, man weiß, was Sie für ein Arbeiter waren. Vor Ihnen werde ich schon nicht niederfallen vor Ehrfurcht. Mit der einen Hand haben Sie die Rubelchen genommen, mit der anderen sie eingesteckt. Solch ein werktätiger Arbeiter sind Sie gewesen."

Der ehemalige Sowjetangestellte wurde blaß vor Zorn und überschüttete den Rechtsanwalt mit einer Flut von Beschimpfungen. Er nannte ihn einen gemeinen Wucherer, eine krätzige Ratte und eine Laus, die man zerdrücken müsse. Dann kehrte sich seine Wut gegen einen jungen Menschen mit sorgfältig gescheiteltem Haar, einen Schauspieler aus Kiew, der dem Rechtsanwalt beifällig zugenickt hatte.

Der Streit wurde allgemein. Der Lehrer der städtischen Mädchenschule, Semjon Andrejewitsch, fiel über seinen Nachbarn, einen alten Landstreicher und Klosterbettler, her, versetzte ihm einen Rippenstoß und brüllte:

„Komm mir nicht zu nahe, du Waldgespenst, du alte Cholera! Ich zerbreche dir alle Knochen. Machst dich hier breit, als säßest du auf zwei Hintern. Verkrieche dich, verschwinde! Ich möchte dich hundert Jahre lang nicht sehen."

Der Zellenälteste wandte sich mit einem Achselzucken an Vittorin.

„So geht es alle Tage hier zu. Sie haben es verlernt, wie Menschen miteinander zu leben. Wie die Hunde bellen sie einander an."

Das Erscheinen der Schwester vom Roten Kreuz machte dem Gezänke ein Ende. Von allen Seiten wurde sie mit Fragen bestürmt, denn sie bedeutete für die Insassen der Zelle die einzige Verbindung mit dem Licht, mit dem Leben, mit einer glücklicheren Vergangenheit. Doch es war ihr verboten, sich mit den Gefangenen in Gespräche einzulassen. Schweigend verteilte sie die Brotportionen für den ganzen Tag. Dem ehemaligen Gutsbesitzer Storoschew, der in eine Decke gehüllt, fiebernd und fröstelnd auf der Pritsche lag, gab sie Tropfen aus ihrem Medikamentenkasten. Der Landstreicher, der sich vor den Püffen seines Nachbarn in den dunkelsten Winkel der Zelle zurückgezogen hatte, klagte über Kreuzschmerzen. Er verlangte Moosbeeren, mit deren Saft er sich den Rücken einreiben wollte. Dieses Mittel, bedeutete er der Schwester, helfe unfehlbar, auch gegen Bluthusten und gegen Bienenstiche sei es zu verwenden, er habe es von einem Mönch des Jakowlewschen Klosters, den man Amfilogi, den Gottgefälligen, nannte.

Der Schauspieler machte sich an den Rechtsanwalt heran. Er strich sich den rötlichen Bart, der ihm in der Gefangenschaft gewachsen war, und sagte leise, mit einem Blick auf die Schwester, die die Zelle verließ:

„Haben Sie bemerkt, Leonid Wassiljewitsch, wie sie mich angesehen hat? Sie liebt mich, ich weiß es bereits seit einigen Tagen, Sie kommt nur meinetwegen."

Indessen war der Landstreicher ins Schwätzen geraten.

„Dieser Amfilogi, der Gottgefällige", erzählte er, „lebte im Jakowlewschen Kloster, das die vielen Reliquien hat. Man geht zu ihnen mit Lichtern in den Händen. Früher erhielt ich dort ein Heiligenbrot, Tee, Zucker, gedörrtes Hafermehl und vierzig Kopeken. Als ich in diesem Herbst hinkam, sah ich, daß die Mönche selbst nichts hatten, sie bettelten in den Dörfern herum. Nun gibt es aber in der Nähe ein anderes Kloster, in dem große und heilige Märtyrer sich befinden, viel gibt man dort nicht, aber zwanzig Kopeken erhält dennoch jeder. Ich aber sagte mir: Lange schon warst du nicht im Berdiczewer Kloster. Nun gut, ich gehe, mit meinen Schritten hab' ich den Weg gemessen. Was aber finde ich? Man hat die frommen Mönche vertrieben, irgendwelche Kommissäre befinden sich jetzt dort. Aber die taugen nichts, sie erweisen den Pilgern keine Ehren."

„Verhaftet haben sie dich, die Roten, die Kommunisten, diese Ehre haben sie dir erwiesen", meinte der Schauspieler.

„Ich weiß nicht, Euer Wohlgeboren, ob es die Roten waren oder die Kommunisten", sagte der alte Klosterbettler. „Wie sollte ich das wissen, Euer Wohlgeboren? Gott allein vermag sie zu unterscheiden. Andere Völker haben ihre Gewohnheiten, an denen man sie erkennt. So zum Beispiel war ich bei den Deutschen und bei den Tataren, die man auch Kumüken nennt. Die Deutschen geben Tabak in ihren Selbstgebrannten, daran erkennt man sie. Hingegen die Tataren haben geschorene Köpfe und Triefaugen, auch nähren sie sich von Fischen. Solche Gewohnheiten haben die Tataren."

Er fuhr fort, von den Klöstern zu erzählen, wie er bewirtet worden war und was für Gaben er empfangen hatte. Doch er sprach nur für sich selbst, seine Rede ging in ein schläfriges, eintöniges Gemurmel über, nur hier und da vernahm man abgerissene Worte: Stockfisch, Honiggrütze, Rahmklößchen, Käsefladen, achtzig Werst, Vater Porphyri, der Gesegnete, das Wasserweihfest, der Diakon Aristarch. Man gab es auf, ihm zuzuhören.

Am Abend wurde der ehemalige Sowjetangestelle fortgeholt, „mit Gepäck zum Kommandanten", hieß es. Er wurde bleich, als er seinen Namen rufen hörte, stand aber wortlos auf und machte sich sein Bündel zurecht. Den kleinen Strohsack, den er in das Gefängnis mitgebracht hatte, überließ er seinem Nachbarn, einem Fischhändler aus Schmerinka. Dann nahm er Abschied von seinen Zellengenossen, auch von dem Rechtsanwalt und dem Schauspieler, mit denen er in Feindschaft gelebt hatte.

Der Fischhändler ließ sich mit dem Strohsack neben Vittorin nieder.

„Er sagt, wegen eines Streites mit seinem Vorgesetzten", raunte er ihm zu. „Hat aber Gelderchen genommen. Der kommt nicht wieder, Sie werden sehen. Auch von den anderen hier in der Zelle wird schwerlich einer am Leben bleiben. Mir aber hat der Kommandant versprochen, daß ich freigelassen werde, wenn ich ihm sechs Konterrevolutionäre nenne."

Er blickte Vittorin prüfend ins Gesicht und sagte dann ganz leise:

„Vier habe ich schon."

Am nächsten Tag wurden zwei neue Häftlinge eingeliefert. Ein Rotarmist, der von der Front desertiert war, und ein Ingenieur der Berdiczewer Maschinenfabrik, die ihren Betrieb wegen Mangels an Kohle und Rohstoffen eingestellt hatte. Der Ingenieur, ein noch junger Mann mit glattrasiertem Gesicht und lebhaft blickenden Augen, machte sich sogleich mit den übrigen Gefangenen bekannt und sprach in grimmig-heiterem Ton von der Ursache seiner Verhaftung.

„Ich habe, Genossen, die Autorität der Sowjetmacht unterwühlt, solch ein Teufel bin ich. Ich sagte zu meinem Werkführer: ‚Es gibt nur ein einziges Kännchen Petroleum in ganz Rußland, und das hat Lenin!'"

Dann berichtete er, daß es den Tschekaleuten noch immer nicht gelungen sei, ihres Todfeindes, des alten Terroristen Artemjew, habhaft zu werden. Tag und Nacht fänden in Berdiczew, in Shitomir, in Owrutsch und in Kiew Hausdurchsuchungen statt.

„Man hat die Genossin Wera Sjedojewa verhört, die mit ihm zusammen vor sieben Jahren das Attentat auf den General Fürst Urussow ausgeführt hat. Sie gab zu, nach Kiew gekommen zu sein, um Artemjew zu treffen. Er aber hat sich ihr nicht gezeigt, wird wohl gemerkt haben, daß man sie beobachtet. Es ist aber schon sicher, daß er in Kiew ist. Vor zwei Tagen ist er in einem Massenquartier in der Petschonsker Vorstadt gesehen worden. Als man hinkam, ihn zu verhaften, war er verschwunden. Nun, irgend einmal wird er ihnen dennoch in die Hände fallen."

„Warum sollte er ihnen in die Hände fallen? Es steht ihm doch nicht auf der Stirne geschrieben, daß er Artemjew ist", meinte der Schullehrer.

„Es steht ihm auf der Stirne geschrieben", sagte der Ingenieur. „Leicht ist es, unter hundert Dohlen einen Falken zu erkennen. Ich habe Artemjew vor dem Kriege gesehen, in Moskau, bei dem ‚Prozeß der Siebzehn'. Ich kenne ihn. Man sieht ihm ins Gesicht und weiß, daß er Artemjew ist."

Das Gespräch ging weiter. Plötzlich stieß der Rechtsanwalt, der beim Fenster stand, einen leisen Schrei aus.

„Allmächtiger Gott!" rief er. „Was haben sie mit Bobronikow gemacht! Den ‚Toten' haben sie erschossen."

Er deutete, kreidebleich im Gesicht, auf einen jungen Mann, der mit einem Reitstöckchen in der Hand sporenklirrend über den Gefängnishof schlenderte.

„Dort geht der Gehilfe des Kommandanten, und er trägt Bobronikows Pelzrock und Mütze."

Als der Abend kam, wurden acht Bauern, die man in den Dörfern der Umgebung als Geiseln ausgehoben hatte, in die Zelle gebracht. Einer von ihnen war zweiundachtzig Jahre alt. Die Gefangenen rückten zusammen, saßen dicht aneinander gedrängt, ausgestreckt auf den Pritschen zu liegen, war nicht mehr möglich. Der Gefängniswärter sagte, als er die Zelle verließ:

„Es ist nur für diese Nacht, Bürger. Der Kommandant hat gesagt, daß er morgen schon für Bequemlichkeit sorgen werde."

Der Gutsbesitzer hatte seine Pritsche verlassen müssen, er saß in seine Decke gehüllt in der Nähe der Tür. Alle die Tage hindurch hatte niemand ein Wort von ihm gehört, schweigend hatte er auf sein Ende gewartet, jetzt aber begann er mit hohlklingender Stimme zu sprechen:

„Der Staretz, der große Heilige, der in Zarskoje Selo begraben liegt, hat uns verflucht, und seitdem ist keine Sonne mehr in Rußland, kein Licht und kein Leben. Das Gift warf ihn nicht nieder, die Kugel hat ihn nicht getötet, mit den Händen haben sie ihn erwürgt. In Gottes Reich, wo die

Gerechten ruhen, hat er gegen das russische Land Klage erhoben, und Gott hat ihn gehört."

„Schweigen Sie von Ihrem Heiligen!" rief der Schullehrer. „Ihr Rasputin war ein Betrüger, das weiß jedermann, ein schändliches Leben hat er geführt. Und im übrigen gibt es keinen Gott, wohl aber gibt es Teufel, ganz Rußland ist voll von ihnen."

Der alte Landstreicher schüttelte den Kopf.

„Sie haben, Euer Wohlgeboren, die Bücher studiert, sicherlich sind Sie einer von den gelehrtesten Weisen. Daß es aber keinen Gott gibt, das kann nicht die Wahrheit sein. Es gibt einen Gott, so wahr Christus unser aller Herr ist, ich kann es bezeugen. Urteilen Sie selbst, Euer Wohlgeboren. Ich gehe auf der Landstraße, habe achtzig Kopeken von den Bauern für die Feldarbeit erhalten. Nun sehe ich da eine Schenke und sage mir: ‚Heiß ist es, du gehst hinein, aber nicht an Schnaps, sondern an Tee wirst du dich satt trinken.' Der Wirt aber hatte einen Selbstgebrannten, und ich verließ die Schenke mit nicht einer einzigen Kopeke in der Tasche. ‚Mögen alle Schenken in die Erde versinken', sagte ich zu mir. ‚Hat mich der alte Satan wieder behext. Ich wollte, ich fände einen, der mich dafür prügelt.' Hören Sie, Euer Wohlgeboren, was weiter geschah. Ich sehe schon die Häuser der Stadt, da kommen zwei Burschen des Weges, fangen Streit mit mir an und schlagen mit ihren Knüppeln auf mich ein, als wäre ich ein Postpferd. Nun also, die Prügel hatte ich ... Wer also sollte mich gehört haben, als ich sie verlangte, wenn nicht Gott? Es gibt also, Euer Wohlgeboren, einen Gott, das sehen Sie selbst."

„Ich sehe nur, daß du dumm bist wie eine Rübe, sonst sehe ich nichts", sagte der Schullehrer. „Von Herzen gönne ich dir die Prügel, und ich möchte dich –"

Er verstummte. Von den Straßen her vernahm man Gewehrschüsse und verworrenen Lärm.

Um sechs Uhr morgens trat die Schwester in die Zelle. Hinter ihr erschien ein Offizier, der den Arm in einer weißen Schlinge trug.

„Die Sowjets sind gestürzt. Die Freiwilligen haben die Stadt genommen“, sagte die Schwester. „Wer von Ihnen Verwandte oder sonst Freunde in der Stadt hat, die für ihn bürgen, ist frei.“

Niemand sprach ein Wort, niemand rührte sich. Aus einem Winkel der Ecke vernahm man ein leises Schluchzen. Plötzlich erhob sich der Landstreicher von seinem Platz. Er schob den Schauspieler, der ihm im Weg stand, beiseite und trat auf den Offizier zu.

„Sie sind, wie ich sehe, vom dritten ukrainischen Freiwilligenregiment, Herr Fähnrich“, sagte er. „Rufen Sie mir Ihren Kommandanten. Ich bin Artemjew. Ich übernehme für alle die Bürgschaft.“

Aus den Ämtern, aus den Wohnungen, aus den Teestuben, aus den Kellerlöchern, aus allen Schlupfwinkeln eilten die Menschen auf die Straße. Sie umarmten und beglückwünschten einander, überall bildeten sich debattierende Gruppen, von allen Seiten vernahm man die gleichen jubelnden und begeisterten Rufe:

„Die Sowjets sind gestürzt!“ – „Die Bolschewiken sind fort, in der Nacht haben sie sich davongemacht!“ – „Ich habe es vorhergesagt. Drei Wochen noch werden sie sich halten, länger nicht, habe ich gesagt.“ – „Den Chef des Vollzugskomitees hat man verhaftet!“ – „In der Nacht erwachte ich, hörte die Flintenschüsse – –“

Die Hauptstraße hatte sich in eine Promenade verwandelt. Mit einem Male sah man wieder die längst vergessenen zaristischen Uniformen, seidene Damenhüte, Juwelen, kostbares Pelzwerk – es war, als wollten die Bürger der Stadt einander beweisen, daß der bolschewistische Terror nichts an ihrem Wesen zu ändern vermocht hatte.

An der Ecke der Michailowschen Straße stand in der Pose eines Eroberers der Kommandant der Freiwilligentruppen und grüßte und dankte nach allen Seiten. Die Silberschnüre an seinem blauen Waffenrock glänzten im Licht der Wintersonne. Der ehemalige Dumaabgeordnete Saffianikow, der sich zwei Monate hindurch vor den Bolschewiken in dem Hinterstübchen einer Kutscherkneipe verborgen gehalten hatte, nahm die Glückwünsche seiner Freunde entgegen. Vor der Einfahrt des Passage-Hotels, in dem die Regimentskapelle der Freiwilligenkavallerie konzertierte, standen elegante Schlitten und die Reitpferde der Offiziere. Die Juden hielten sich versteckt. Das städtische Theater kündigte eine Festvorstellung an. Auf dem Marktplatz lagerten Kosaken.

Und während Licht und Leben durch die Straßen fluteten, wurde in der Vorstadt immer noch gekämpft. In einem Packhaus in der Nähe des Güterbahnhofs hatten sich drei Kommunisten verbarrikadiert, sie verteidigten sich gegen eine halbe Sotnie mit Handgranaten und Revolvern. Als zwei von ihnen verwundet waren, ergab sich der dritte. Eine Lehrerin am Rotarmistenkurs wurde in dem Augenblick verhaftet, als sie Männerkleider anlegen wollte. Sie tötete sich durch einen Revolverschuß. Vor dem Verpflegungsmagazin in der Umanschen Straße stand ein roter Wachsoldat. Er hatte seinen Posten nicht verlassen. Die Patronen waren ihm ausgegangen, stumm und riesenhaft wehrte er mit Kolbenschlägen die Menge ab. Er blutete aus einer Stirnwunde. Man bot ihm Pardon an, aber er hörte nicht darauf. Ein vorüberreitender Freiwilligenoffizier schoß ihn mit seinem Dienstrevolver nieder. Über seine Leiche hinweg stürmte die Menge das Verpflegungsmagazin. Sie fand einen Korb Zwiebeln und ein paar Pfund schwarzen, mit gehacktem Stroh vermengten Mehls.

Gegen Mittag setzte ein heftiges Schneegestöber ein, die Straßen leerten sich. Vittorin fand sich plötzlich allein auf dem völlig verödeten Boulevard. Und nun, da er die strahlenden und erregten Gesichter nicht mehr um sich sah, die jubelnden Rufe nicht mehr hörte, kam es ihm zum Bewußtsein, daß er an dem Glück der befreiten Stadt keinen Anteil hatte. Er war einem sinnlosen Tode entgangen, das Gefängnis hielt ihn nicht mehr, doch nun stand er wieder dort, wo er vor vier Tagen gestanden war, außerhalb der Grenzen Sowjetrußlands, fern von seinem Ziel. Vergeblich alle Mühen und Gefahren. Ohne Zweck und Sinn war Graf Gagarin gestorben. Einen Augenblick lang sah Vittorin das Bild des jungen Offiziers, der sein Leben für die Sache Seljukow geopfert hatte. Bleich und mit geschlossenen Augen lag er im Schnee, und ein Rotarmist beugte sich über ihn und durchsuchte seine Taschen.

Jung war er und mußte sterben, und sein Tod hat mich nicht um einen Schritt vorwärts gebracht, sagte sich Vittorin mit einem Stöhnen. Auf sich allein gestellt, verzweifelte er daran, daß es ihm jemals gelingen werde, nach Moskau zu kommen. Und indessen ging Seljukow mit der Reitgerte in der Hand hochmütig durch die Straßen der aus weißem Stein erbauten Stadt, durch die Petrowka und durch die Twerskaja, saß vielleicht in seinem Amt und verhöhnte die demütig wartenden Bittsteller: „Ach, Sie sind es? Welch ein glücklicher Zufall, daß ich Sie sehe, ich freue mich wirklich. Ihren Vater? Heute nacht hat man ihn erschossen. Und nun hinaus mit Ihnen, Sie sehen, ich bin beschäftigt. Pascholl!“

Oder er reitet an der Spitze seiner Requisitionsabteilung in die Dörfer, treibt die Bauern zusammen, schießt sie nieder –

Und während Vittorin an all dies dachte, kam ihm plötzlich das Gesicht Seljukows, das verhaßte Antlitz, das er vergessen hatte, wieder in Erinnerung. Die Augen eines

Raubvogels, ein grausam-spöttisches Lächeln auf den schmalen Lippen, keine menschlichen Züge, die Maske Satans – so sah er jetzt Seljukow.

Der Schnee wirbelte ohne aufzuhören. Vittorin blieb stehen und überlegte. Vor allem mußte er ein Quartier finden, eine Stunde schlafen, auch verspürte er Hunger; den ganzen Tag über hatte er nichts gegessen. Was er noch an Geld besaß, trug er eingenäht in seiner Mütze. Er ging weiter, in der Toreinfahrt des nächsten Hauses wollte er das Futter der Mütze auftrennen, da trat ihm ein junger Mensch in Arbeiterkleidung in den Weg:

„Verzeihen Sie, Genosse. Wollen Sie die Güte haben, mit mir zu kommen. Man wünscht Sie zu sprechen."

„Wer wünscht mich zu sprechen?" fragte Vittorin.

„Seien Sie ganz unbesorgt, ein Freund. Ich bringe Sie zu ihm."

Das Zimmer, in das Vittorin geführt wurde, lag im ersten Stock eines villenartig gebauten Hauses. Es mochte irgendeinem bolschewikischen Kommissar als Amtsraum gedient haben, denn an den Wänden hingen zwischen den Bildern Lenins, Trotzkys und Liebknechts allerlei kommunistische Aufrufe und Plakate: „Es lebe die brüderliche Welt der Arbeitenden!" – „Hoch das Buch in den Händen des Proletariats!" – „Wir schmieden euch Waffen, schafft uns Brot!" – Kalter Tabaksrauch erfüllte den Raum. Um einen runden, mit Zeitungen und Broschüren bedeckten Tisch saßen, lebhaft debattierend, drei Männer, die sich um das, was sonst im Zimmer vorging, nicht zu bekümmern schienen. Ein junges Mädchen im dunklen Kleid der Gymnasiastinnen klopfte wie rasend auf ihrer Schreibmaschine. Auf dem Fußboden lagen Patronenhülsen und leere Konservenbüchsen.

„Genosse Artemjew, hier bringe ich den Gesuchten", meldete Vittorins Begleiter.

Jetzt erst erkannte Vittorin seinen Zellengenossen. Der

alte Revolutionär stand abseits von den anderen beim Fenster, er hatte sich den Bart abnehmen lassen und sah nun, obwohl er noch immer seinen zerrissenen Bauernrock trug, völlig westeuropäisch aus. Er achtete nicht auf Vittorin, seine ganze Aufmerksamkeit galt dem Schullehrer, der in gebückter Haltung und mit ängstlichem Gesichtsausdruck vor ihm stand und auf eine sonderbare Weise die Arme ausgestreckt hielt.

„Genosse Poschar, nehmen Sie zu Protokoll!“ rief Artemjew einem der drei Männer, die am Tische saßen, zu. „In seinen Taschen haben sich gefunden: Zwölftausend Romanowrubel, achtzigtausend Dumarubel, ein Leinwandsäckchen mit Pikrinsäure und ein kleinkalibriger Revolver, System Colt. In allen diesen Dingen erkenne ich mein Eigentum wieder. Es ist also schon kein Zweifel, daß er mich im Gefängnis bestohlen hat.“

„Das ist ein Irrtum, ich schwöre Ihnen, ich bin unschuldig“, schrie der Schullehrer mit kläglicher Stimme. „Ich weiß nicht, wie diese Sachen in meine Taschen gekommen sind. Es ist mir ein Rätsel.“

„Ach, schweigen Sie, Semjon Andrejewitsch, wie soll ich Ihnen glauben!“ sagte Artemjew, und sein Gesicht drückte Entrüstung und Betrübnis aus. „Sie haben gestohlen aus Habgier, aus Bosheit oder aus alter Gewohnheit. Öffnen Sie Ihr Bündel, lassen Sie sehen! – Nun also, da haben wir es. Sowjetrubel, viel sind sie nicht wert, aber auch diese haben Sie nicht verschmäht. Nun, sagen Sie selbst, was soll ich mit Ihnen beginnen?“

Der Schullehrer wischte sich die Schweißtropfen von der Stirne.

„Ich begreife nicht, im Schlafe muß ich das getan haben“, stöhnte er. „Um Christi willen, haben Sie Mitleid, lassen Sie mich gehen. Mein ganzes Leben hindurch bin ich ein ehrlicher Mann gewesen, und jetzt erst in diesen verfluchten Tagen –“

Artemjew hob die Hand und ließ sie wieder fallen.

„Nun meinetwegen, gehen Sie und hole Sie der Teufel“, sagte er voll Verachtung. „Halt! Nicht so rasch, vergessen Sie Ihr Bündel nicht. Und keine weiteren Experimente dieser Art, sonst wird man Sie doch noch einmal an die Wand stellen. Folgen Sie mir und lassen Sie von Ihren Gewohnheiten –“

Vittorins Begleiter warf plötzlich seine Mütze auf die Erde und stieß ein lautes, lärmendes Lachen aus, in das die drei Männer, die am Tische saßen, einfielen. Das Mädchen an der Schreibmaschine prustete in ihr Taschentuch. Der Schullehrer blieb an der Türe stehen, warf der Gymnasiastin einen wütenden Blick zu, spie aus und war in der nächsten Sekunde verschwunden.

„Endlich hat er begriffen“, sagte noch immer lachend die Gymnasiastin.

Artemjew schüttelte den Kopf.

„Nichts hat er begriffen. Ein Meer von Dummheit ist in seiner Seele.“

Er wandte sich an Vittorin.

„Da sind Sie ja, Genosse. Wollen Sie, bitte, nachsehen, ob Ihnen nicht das gleiche widerfahren ist?“

Vittorin schnürte seinen Rucksack auf. Noch immer lag das rote Heft mit den russischen Vokabeln zuoberst, doch darunter gewahrte er zu seiner Verwunderung zwischen den Wäschestücken ein braunes Ledersäckchen, das nicht sein Eigentum war.

„Nun, ja, geben Sie es nur her“, sagte Artemjew. „Es sind nicht Rubel, aber was tut es, ich nehme auch das. Eine jede Gabe kommt von Gott.“

Eine Blutwelle stieg in Vittorins Gesicht.

„Wollen Sie behaupten, daß ich Sie bestohlen habe?“ rief er empört.

Artemjew hob abwehrend beide Hände.

„Ach nein, was denken Sie denn, warum sollte ich mir

mit Ihnen einen Scherz erlauben. Ich will Ihnen für einen kleinen Dienst danken und mein Eigentum an mich nehmen, sonst nichts. Vergegenwärtigen Sie sich doch die Lage, in der ich mich befand, und Sie werden verstehen. – Lydia! Lydotschka! Genossin! Lassen Sie die Arbeit, man kann nicht sprechen und nicht hören."

Das Geklapper der Schreibmaschine brach ab. Artemjew nahm das Ledersäckchen aus Vittorins Händen und legte es auf den Tisch.

„Sehen Sie", fuhr er fort, „ich trug allerlei Sachen bei mir, ich war im Begriff, die Stadt zu verlassen, als man mich verhaftete. Man durchsuchte nicht meine Kleider. Wie hätten die beiden Milizsoldaten auch auf den Gedanken kommen können, daß in den Taschen eines Landstreichers Explosivpräparate und Zündröhrchen zu finden seien. Ich saß also in der Zelle. Für einen solchen, wie ich es war, ist das Gefängnis ein sicherer Ort, in der Stadt suchten sie Artemjew, im Gefängnis aber kümmerte sich niemand um mich. Nun hören Sie weiter: Ich erfuhr den Namen des Gefängniskommandanten. Vor sechzehn Jahren, als ich in Charkow in der Artilleriekaserne agitierte, war dieser Mensch bei der Geheimpolizei. Später kam er zu uns, wurde Revolutionär, in den Moskauer Kämpfen hat er neben mir auf der Barrikade gestanden. Seitdem ist er seinen Weg gegangen, und ich ging den meinen, er ist heute Bolschewik, ich aber bin wiederum ein Unterirdischer, ein Namenloser. Wenn er in die Zelle gekommen wäre, – erkannt hätte er mich sicherlich nicht, aber dennoch, Sie verstehen, ein solcher Mensch hat Erfahrung: – ‚He du, Bursche, komm näher, verdächtig sind deine Augen. Laß einmal sehen, was du in deinen Taschen hast.' – In dieser Lage befand ich mich. Was hätte ich tun sollen? Ich verteilte also meine Sachen, deponierte sie in fremden Taschen."

Vittorin wurde bleich.

„Dieses Ledersäckchen enthält ein Explosivpräparat?" fragte er.

„Knallquecksilber", gab Artemjew zur Antwort. „Aber Sie müssen nicht erschrecken. Es ist feucht geworden, die Explosionsgefahr war nicht groß."

„Und wenn man das Knallquecksilber bei mir gefunden, wenn man mich erschossen hätte?" rief Vittorin voll Erbitterung. „Hätten Sie dann noch ein Recht gehabt, weiterzuleben?"

„Ich stehe dem Staat mit seinem ganzen Machtapparat gegenüber", sagte Artemjew. „Schlecht verstehen Sie die Revolution. Als Stromfeld im Jahre 1902 den Versuch machte, das Moskauer Gouvernementsgebäude in die Luft zu sprengen, verloren vierzig unbeteiligte Menschen ihr Leben."

„Stromfelds Attentat war falsch berechnet und ungenügend vorbereitet. Es mußte mißglücken", bemerkte einer der drei Männer, die am Tische saßen.

„Ach, davon ist jetzt nicht die Rede", meinte Artemjew. „Nun, Genosse, wenn ich Sie bitten darf, – suchen Sie weiter in Ihren Sachen. Ein weißes Pappschächtelchen, – hier ist es schon. Und nun in Ihrer linken Tasche: ein Päckchen mit Ausweiskarten und das Dienstsiegel des Militärkommissariats. Sie finden es nicht? Teufel, ich erinnere mich, nicht Sie haben es, sondern dieser Mensch, der Ingenieur, der von Lenins Petroleumkännchen sprach. Vorwärts, Aljoschka! – Nein, bleib, es hat nicht Eile, er ist hier in der Maschinenfabrik, ich werde ihn finden. – Das ist alles Genosse. Vielleicht wünschen Sie zu rauchen? Sie sind aus Deutschland? Kriegsgefangener? Wohin gedenken Sie zu gehen?"

„Nach Moskau", sagte Vittorin.

Artemjew pfiff eine Melodie vor sich hin. Zum erstenmal vernahm Vittorin das Lied, das ganz Rußland sang, das Lied vom Äpfelchen.

„Wohin rollst du, Äpfelchen, wirst ins Wasser fallen – – Nach Moskau? Den Wölfen sind Sie entlaufen und wollen zurück in den Wald?“

„Ich habe mit einem von den Wölfen ein Wort zu reden“, gab Vittorin zur Antwort.

Artemjew sah ihm aufmerksam ins Gesicht. Dann sagte er mit einem kaum bemerkbaren Kopfnicken:

„Ich dachte es mir. Ich habe mich also nicht getäuscht. Als man Sie in die Zelle brachte, sagte ich mir: Dieser da hat die Augen eines Fanatikers. Aber trotzdem, – ich bin mir noch nicht völlig im klaren über Sie: Welcher Partei gehören Sie an?“

Im Zimmer war es still geworden. Vittorin wurde sich dessen bewußt, daß alle gespannt auf seine Antwort warteten, daß diese Minute eine Entscheidung in sich barg.

„Ich gehöre keiner Partei an“, erklärte er, entschlossen, bei der Wahrheit zu bleiben, denn es war ihm klar, daß er einen Menschen wie Artemjew nicht betrügen konnte. „Ich stehe allein und habe meine eigenen Ziele.“

Und nach einer Pause setzte er hinzu: „Für mich besteht nur die eine Frage, ob es möglich ist, nach Moskau zu kommen.“

„Nun, aufrechtgehend wahrscheinlich nicht, eher schon auf allen Vieren“, sagte Artemjew mit einem leisen Lachen. „Gut. Mag das Äpfelchen rollen. Genosse Dolguschin verläßt heute noch die Stadt. Er wird Sie bis zur Eisenbahnstation Petscherka-Slava mitnehmen, und von dort –“

Im Hintergrund des Zimmers schnellte ein dunkelbärtiger Mann wie eine Feder von seinem Stuhl.

„Erlauben Sie, Genosse Artemjew, was soll das heißen? Wir kennen diesen Deutschen nicht –“

Artemjew unterbrach ihn mit einer Handbewegung.

„Er mißtraut den Intellektuellen“, sagte er zu Vittorin. „In diesem Punkt ist er schon ein halber Bolschewik. – Genosse Dolguschin! Als im Jahre 1911 der Leutnant Gromow zu uns kam, da waren Sie es, der sagte: ‚Wir wissen nichts von Ihnen. Zeigen Sie uns, was Sie können.' – Er fuhr am nächsten Tag nach Rostow und schoß den Chef des Gendarmeriekorps auf offener Straße nieder. Damals sagten Sie –"

„Damals waren terroristische Akte, die der persönlichen Initiative entsprangen, für uns von Nutzen", rief Dolguschin. „Heute aber bringen sie der Partei nur Schaden. Sie geben unseren Aktionen den Anschein der Zerfahrenheit und rauben uns die Sympathien Europas."

„Die Sympathien Europas!" rief Artemjew mit einem dröhnenden Lachen. „Sie hoffen also noch immer auf Hilfe von Europa? Von wo soll sie kommen? Etwa von den Zeitungsleuten, die man in Trotzkys Salonwagen durch Rußland fahren läßt und mit Kaviar füttert? – Genug!"

Er wandte sich an Vittorin.

„Sie werden heute um neun Uhr abends Dolguschin in der Ssucharowgasse vor dem Hause des Fuhrmanns Jankel Hornstein erwarten. Heute bin ich es, der sagt: Zeigen Sie uns, was Sie können. – Wieviel Zeit brauchen Sie? Wann höre ich von Ihnen?"

Vittorin richtete sich auf. Er stand vor Artemjew wie jener in den Bergwerken Sibiriens verschollene Leutnant Gromow, der nach Rostow gefahren war, um den Chef des Gendarmeriekorps niederzuschießen. Nun, da es sicher war, daß er nach Moskau gelangen werde, schien ihm der übrige Teil seiner Aufgabe leicht zu erledigen.

„In acht Tagen hören Sie von mir", sagte er und griff nach seinem Rucksack.

Moskau, Arsenal und Heerlager der Weltrevolution, erlebte in diesen Tagen seinen Messidor des Jahres dreiundneunzig.

Ein blutiger Nebel lag über der russischen Erde. An allen Fronten wurde verzweifelt gekämpft, an allen Fronten waren die weißen Armeen, die „Söldlinge der fremden Kuponbesitzer und ihrer Lakaien", im Vormarsch. Orenburg und Ufa waren an die Kosakenregimenter Koltschaks verlorengegangen, die Tschechoslowaken rückten bis an die Wolga vor und bedrohten Kasan. Im Süden stand die Sache der Sowjetregierung nicht besser. General Denikin, der von Frankreich unterstützt wurde, hatte in seiner Proklamation erklärt, er werde „den eidbrüchigen Wachtmeister Budjenny" zugleich mit Trotzky, – den er den „Juden Leiba" nannte, – hängen lassen. Bei Nikopol zurückgedrängt, bei Krementschug geschlagen, hatten die roten Truppen das Donezgebiet aufgegeben, Poltawa geräumt, Charkow dem Gegner überlassen. Die „schwarzen Banden" des Bauernanarchisten Machno, die bis dahin Verbündete der Sowjets gewesen waren, schlossen sich der Konterrevolution an. In Tula meuterte das 4. rote Infanterieregiment, die Soldaten ermordeten ihren Kommandanten und verbündeten sich mit den aufständischen Bauern des Wjewschen Kreises. Im Norden bereitete die Armee des Generals Judenitsch unter dem Schutz der englischen Flotte ihren Angriff auf Leningrad vor.

In dieser Not griffen die Männer des Kreml zu heroischen Maßnahmen. Ein Dekret erklärte die Sowjetrepublik als im Zustand der höchsten Gefahr befindlich und rief alle waffenfähigen Arbeiter in die Rote Armee. Aus den Fabrikhöfen wurden Exerzierplätze gemacht. Die

Holzarbeiter, die Textilarbeiter, die Arbeiter der Papierfabriken stellten je ein Regiment auf. Nach sechstägiger Ausbildung gingen diese Abteilungen unter dem frenetischen Jubel der Straße an die Front ab. Bleichsüchtige und unterernährte Sowjetschreiber, die noch niemals eine Waffe in den Händen gehalten hatten, wurden mobilisiert und dem Feinde entgegengeworfen. Man rief die Ostsee-Zerstörerflottille zu Hilfe. Ihr gelang, was niemand für möglich gehalten hätte: sie fuhr die Newa aufwärts, passierte die Marinskykanäle, lief in die Wolga ein und eröffnete ein ebenso unerwartetes wie mörderisches Bombardement auf die Frontlinie der Tschechoslowaken.

Von seinem Stab ehemals zaristischer Offiziere begleitet, reiste Trotzky im Eilzugtempo von einer Front zur andern. Es gab ihrer elf, und man kolportierte ein Wort des Letten Vatsetis, der Trotzkys militärischer Berater war: „Wir werden bald eine neue Front bekommen, den Hunger." Es fehlte an Lebensmitteln und an Brennstoff. Trotzdem feierten die Munitionswerkstätten nicht. „Wenn wir keine Kohlen bekommen, werden wir die Kessel mit den Klavieren der Bourgeoisie heizen", erklärte Kamenew in einer Versammlung der Metallarbeiter. – Zweitägige Bahnfarten machte man, um einen Sack Kartoffeln zu erhalten; die fliegenden Händler, die in den Straßen Moskaus Knoblauchbündel, dürren Stockfisch und Preiselbeeren feilgeboten hatten, waren über Nacht verschwunden. Nur noch Knöpfe, Schuhpasta und Notizbücher bekam man zu kaufen.

Ein Dekret forderte die Ablieferung aller im privaten Besitz befindlichen Fahrräder, Feldstecher und elektrischen Taschenlampen. Ein anderes verfügte die Mobilisierung der Bourgeoisie zur Reinigung der Straßen und Kasernen. Gleichzeitig öffnete die Kommunistische Partei allen, die ihr beizutreten wünschten, ihre Reihen. Innerhalb dreier Tage schrieben sich in Moskau allein zwanzigtausend Personen in ihre Listen ein. Man sah Arbeiter in unendlich langen Reihen angestellt auf der Straße, sie warteten stundenlang vor einem geschlossenen Schalter, nicht um Lebensmittel zu erhalten, sondern um Spenden, die für die Bewaffnung der Roten Armee bestimmt waren, abzuliefern. Die Belegschaft einer Zündholzfabrik faßte den Beschluß, „durch Steigerung der Arbeitsintensität den Klassenfeind niederzuringen". Auf dem Kasaner Bahnhof wurde längere Zeit hindurch ein Mann beobachtet, der unter die ins Feld gehenden Truppen Pelzwerk, Schuhe, Taschenuhren, Meerschaumspitzen und Benzinfeuerzeuge verteilte. Als man ihn verhaftete, stellte es sich heraus, daß er Nacht für Nacht Passanten ausgeplündert hatte, um, wie er sagte, „mit den der Bourgeoisie entrissenen Reichtümern den tapferen Rotarmisten eine Freude zu bereiten".

Unaufhörlich rasten Transportautos, die mit Soldaten, Maschinengewehren und Munitionskisten beladen waren, durch die Stadt. Zwei Batterien schwerer Geschütze, die zum Jaroslawer Bahnhof geführt wurden, trugen die Aufschrift: „Bis nach Paris wird man uns hören." Von dem Dach seines Waggons hielt der Batteriekommandant eine Ansprache an die Menge, die ihm das Geleit gegeben hatte: „Hier ist die wahre Front", rief er. „Hier bei euch in Moskau. Wir draußen decken euch nur den Rücken."

Das Volk verstand ihn. Noch war in Moskau die Konterrevolution nicht endgültig besiegt. Man sprach davon, daß das Gebäude des Moskauer Stadtkommandos von weißen Verschwörern unterminiert sei, daß in einem Hause auf dem Smolensky-Boulevard der geheime Generalstab aller weißgardistischen Organisationen seinen Sitz habe, daß anläßlich eines bevorstehenden Kirchenfestes ein Putsch geplant sei. Die Massenverhaftungen und Exekutionen, die täglich erfolgten, gaben diesen Gerüchten immer neue Nahrung.

Da man nicht aller Verschwörer habhaft werden konnte,

richtete sich der revolutionäre Zorn der Massen gegen die steinernen Sinnbilder der alten Zeit. Man riß die Zarendenkmäler von ihren Postamenten. Als man in den Sokolniki-Anlagen das Denkmal Alexanders II. in Stücke schlug, erhoben die Parkwächter und zwei Kleinbürgerfrauen schreiend Protest: Nicht weil es das Bildnis des „Zarbefreiers“ war, sondern weil sich in seiner metallenen Krone ein Amselpaar sein Nest gebaut hatte.

Allenthalben wuchsen Denkmäler und Büsten der großen Revolutionäre vergangener Zeiten aus dem Boden. Manche von ihnen verschwanden so rasch, wie sie entstanden waren. Eine Büste Bakunins, die ein futuristischer Künstler unter Verzicht auf die „reaktionären Darstellungsmittel der Bourgeoisie“ aus Flaschenhülsen, Streichholzschachteln, Glühbirnen, Kistendeckeln, Telegraphendraht und Bastschuhen errichtet hatte, warf ein gegenrevolutionärer Windstoß in die Gosse. Auf dem Roten Platz hingegen, nicht weit von der iberischen Madonna, konnte man ein Revolutionsdenkmal sehen, das primitiv und dennoch eindrucksvoll war: Eine riesenhafte Axt war in einen gigantischen weißen Block getrieben, und auf dem Block stand in großen roten Lettern: „Die weiße Garde.“ – Auf den Stufen, die zu diesem Denkmal führten, fand man eines Morgens den alten Fürsten Kotschubey mit durchschossenen Schläfen. Seine drei Söhne waren im Bürgerkrieg gefallen, einer als Rotarmist, zwei als Denikinsche Offiziere. In den letzten Tagen seines Lebens hatte sich der alte Mann als Zettelankleber fortgebracht. – –

Das war Moskau im März des Jahres 1919. Und durch die Straßen der toll gewordenen Stadt ging Vittorin, krank, müde, hungrig, in abgerissenen Kleidern, und suchte Seljukow.

Er suchte ihn in den Straßen, die das Stadtzentrum durchquerten, in den Sowjetspeisehäusern, in den Tanzlokalen, in denen sich Matrosen und Tschekisten vergnügten, und in den Barackenlagern außerhalb der Stadt. Er stand vor dem Gebäude des Kriegskommissariats und blickte in die Gesichter der Menschen, die an ihm vorüberfluteten. Das Geld war ihm ausgegangen, noch ehe er Moskau erreicht hatte. Er lebte „auf illegalem Fuß", nächtigte in leeren Scheunen und Holzschuppen außerhalb der Stadt oder unter einem Brückenbogen. Als sein Hunger unerträglich wurde, unterbrach er seine Nachforschungen, um sich ein paar Rubelscheine zu verdienen. In einer Sowjetdruckerei, in die ihn die Arbeitsvermittlungsstelle gewiesen hatte, entwarf er Propagandaplakate, zwei Tage hindurch zeichnete er unaufhörlich dickbäuchige Bourgeois, die ihre Geldsäcke über die Grenze schleppten, und weiße Generale, die vor dem Bajonett eines Rotarmisten die Flucht ergriffen. Am dritten Tag ließ er die Arbeit im Stich, um Seljukow im Parteiklub der revolutionären Offiziere zu suchen. Als er zurückkehrte, wurde er verwarnt. Für Saumselige, Arbeitsunwillige und Saboteure, bedeutete man ihm, gäbe es Konzentrationslager.

Er suchte sich eine Arbeit, die ihm mehr Freiheit ließ. Für ein halbes Pfund Brot und einen Teller Suppe half er als Taglöhner beim Holzverladen aus. Am Nachmittag stand er im Menschengewühl der Kusnetzkybrücke, auf dem Ssucharowplatze oder dem Strastny-Boulevard, und suchte Seljukow.

Durch die Reihe von Mutmaßungen, die er für unanfechtbar logische Schlüsse hielt, war er zur Überzeugung gelangt, daß Seljukow in Moskau sein müsse, und er hielt an dieser Überzeugung auch nach drei Wochen vergeblichen Suchens fest. Nur änderte er jetzt das System seiner Nachforschungen. Er hatte in Erfahrung gebracht, daß einige Monate zuvor durch ein Sowjetdekret die Registrierung aller Offiziere der alten Armee angeordnet worden war. Und statt auf der Kusnetzkybrücke stand er jetzt stundenlang in den Auskunftsbüros der Sowjetämter. Mit der

Gelassenheit eines Mannes, der sein Ziel in nächster Nähe sieht, wartete er, bis man ihn vorließ. Er wurde mißtrauisch, ungeduldig oder mit stumpfer Gleichgültigkeit angehört, nach seinem Personalausweis und nach seinem Gewerkschaftsbuch gefragt, einem Verhör unterzogen und dann fortgeschickt, für den nächsten Tag bestellt oder an ein anderes Amt gewiesen.

Schließlich gelangte er an die richtige Stelle. Man hieß ihn, den Namen und die Personaldaten des gesuchten Offiziers auf eine mit Vordruck versehene, gelblich-weiße Karte schreiben. Ein griesgrämig blickender Beamter warf die Karte zu zwei anderen auf einen Teller, der mit Brotresten und Zigarettenstummeln bis an den Rand gefüllt war, und bedeutete Vittorin, er möge warten oder in einer Stunde wiederkommen. Dann wandte er sich wütend an zwei alte Frauen, die den Boden scheuerten.

„Beeilt euch! Macht rasch. Immer müßt ihr französisch miteinander schwätzen!"

Eine Stunde später hielt Vittorin die Karte in seinen Händen. Michael Michajlowitsch Seljukow, ehemals Stabskapitän im Semjenowschen Regiment, wohnte, da stand es schwarz auf weiß, auf dem Taganskyplatz, Haus Nr. 15, dritte Etage, und die Richtigkeit dieser Angaben war bekräftigt durch die Unterschrift der Registratur und durch den Abdruck eines fettigen Daumens.

In der Nacht stand Vittorin zwei Stunden lang vor dem Haus Nr. 15 auf dem Taganskyplatz. Aus den Fenstern der dritten Etage kam ein Lichtschimmer, Seljukow war noch wach. Ruhelos, mit blutunterlaufenen Augen, Mordgedanken hinter der Stirne wälzend, ging dieser Feind der Menschheit in seinen Zimmern auf und nieder, die Toten ließen ihn nicht schlafen. Oder ahnte er die Gefahr, die ihn umlauerte? Nein. Wen hatte er denn zu fürchten? Er war auf die Seite der Revolution getreten. – „Die alten Offiziere der kaiserlichen Armee sind unsere besten Mitarbeiter“, – hatte am Tag zuvor ein bolschewistischer Redner in einer Versammlung auf dem Arbatplatz gesagt. – „Sie haben uns im vorigen Jahr geholfen, den Aufstand der Sozialrevolutionäre zu unterdrücken. Was haben wir ihnen denn genommen? Die goldenen Achselstücke, sonst nichts.“ – Nein, die goldenen Achselstücke und den Wladimirorden trägt Seljukow nicht mehr. Dafür rast er in seinem von einem betrunkenen Matrosen gelenkten Auto durch die Straßen Moskaus, oben in seinem Amt wirft er einem Rotarmisten den Mantel hin, erteilt Befehle, unterzeichnet ein Todesurteil, treibt wehrlose Bourgeois in den Kasernen zusammen, weist verhärmte Bittsteller aus seinem Zimmer. Schickt betrunkene Soldaten mit Maschinengewehren in die Dörfer, um den Bauern ihre Pferde oder ihre Weiber zu nehmen, – das ist Seljukow, der jetzt dort oben, im Haus Nr. 15, ruhelos, die Reitgerte in den Händen, auf und nieder geht.

Daß es Wahnsinn gewesen wäre, ohne Waffen, ohne Machtmittel, ohne Zeugen bei Seljukow einzudringen, darüber war sich Vittorin im klaren. Allzu leicht hätte er es damit seinem Feind gemacht, ihn zum zweitenmal zu demütigen. Pascholl? Nein, diesmal nicht. Die Sache mußte anders eingeleitet und mit Sorgfalt vorbereitet werden. Vittorins Plan stand fest, und schon am nächsten Morgen ging er daran, ihn auszuführen.

Zum zweitenmal meldete er sich in der Arbeitsbörse. Es gab Stellen für Ingenieure und für ungelernte Arbeiter, für Leute, die lesen und schreiben konnten, und für Personen mit besonderen Sprach- und Wirtschaftskenntnissen. Eine Stelle als Buchhalter in einer Holzniederlage wies Vittorin zurück. Er verlangte den Leiter der Arbeitsbörse selbst zu sprechen, und mit einer Bürgschaftserklärung von der Hand dieses Beamten ausgestattet, begab er sich in die metallurgische Sektion des Volksgesundheits-Kommissariats, die einen „Spezialisten für westeuropäische Sprachen" angefordert hatte

Der Chef dieser Sektion war ein schöner alter Mann, dessen scharfgeschnittene Züge auf einen Gelehrten und dessen zigeunerhaft wirre Locken auf einen Künstler hätten schließen lassen können. Er prüfte Vittorins Papiere, fand sie in Ordnung und verwickelte ihn in ein Gespräch, das vom Ernährungsdefizit der Balkanstaaten zu den Ziffern der schwedischen Roheisenausfuhr führte und, nachdem es mancherlei andere Gebiete gestreift hatte, in einer Erörterung der geschichtsphilosophischen Ideen Taines seinen Abschluß fand. Dann gab er seiner Genugtuung darüber Ausdruck, daß Vittorin ein Deutscher sei und also nicht zu den Leuten gehöre, die nichts mehr täten, sobald es ihnen gelungen sei, ein Amt zu erhalten. Er kenne die Deutschen, fügte er hinzu; er sei drei Jahre hindurch Arbeiter in den Hamburger Docks gewesen.

Vittorin hatte Auszüge aus den Wirtschaftsbeilagen der großen englischen, amerikanischen und deutschen Zeitungen herzustellen. Täglich kam er um acht Uhr morgens ins Amt und trug seinen Namen in die Kontrolliste ein. Er blieb bis spät in die Nacht.

Man war mit seiner Arbeit zufrieden. Als eine Woche vorüber war, erhielt er: die erhöhte Verpflegungsration, eine Bescheinigung darüber, daß er im Dienste der Sowjets stand, eine Anweisung auf zwei Hemden und etliche andere Wäschestücke, zwölfhundert Sowjetrubel in zerknüllten Scheinen und, da er ohne legale Unterkunft war, eine Ordre, die ihn berechtigte, in einer Bourgeoiswohnung ein Zimmer für sich zu requirieren.

Das war es, was er hatte erreichen wollen. Um dieser Ordre willen hatte er Tag für Tag bis spät in die Nacht am Arbeitstisch gesessen. Es war möglich, nein, es war sicher, daß Seljukow einen Schutzbrief gegen Einquartierung besaß. Gleichgültig. Nicht um das Zimmer, nicht um die „legale Unterkunft“ war es Vittorin zu tun. Die Ordre, dieses wunderbare kleine Stück Papier, gab ihm das Recht und die Macht, in Seljukows Wohnung einzudringen, auf den Stabskapitän zuzutreten: „Sehe ich recht? Sie sind es, Michael Michajlowitsch? Welch ein Zufall! Nun, das trifft sich gut, wir haben, denk' ich, miteinander zu reden –“

Die Stunde war gekommen, der Traum, der ewige Traum sollte zur Wirklichkeit werden. Von zwei Rotarmisten begleitet, die die Mauserpistole in der Tasche und Handgranaten im Gürtel trugen, machte sich Vittorin auf den Weg in die Wohnung Seljukows.

Als er vor der Tür stand, in der dritten Etage des Hauses Nr. 15, und auf dem Messingschild den Namen Seljukows las, M. M. Seljukow, Michael Michajlowitsch –, holte er Atem, sein Herz klopfte, als wollte es in Stücke gehen, er zog die Türglocke noch nicht, er ließ sich Zeit, er wartete, das Herz sollte ruhig werden. – Geigentöne! Wer, zum Teufel, spielt in Seljukows Wohnung eine Gavotte von Bach? Noch immer das Herzklopfen, zu dumm! Ganz einfach ist das alles gewesen: Eine Anfrage in der Registratur, Taganskyplatz 15, und nun drei Treppen hinauf, M. M. Seljukow –, ganz einfach! Zu einfach beinahe. Und jetzt –, die Glocke ziehen, so, geschehen. – Hinter dieser Türe ist Seljukow.

Hinter dieser Türe ist Seljukow! Und plötzlich erschien es Vittorin sonderbar, beinahe unglaubhaft, daß hinter dieser Türe Seljukow sein sollte. Zu einfach war das alles gewesen. Ohne Schwierigkeiten, kein Hindernis in den letzten Minuten. Drei Treppen hinauf und eine Tür wie jede andere. War es denn möglich, daß der große Augenblick solch ein nüchternes Gesicht zeigte? M. M. Seljukow, da stand es, auf der Messingtafel. Seljukow, Stabskapitän im Semjenowschen Regiment, es gibt nur diesen einen. Noch immer die Geigentöne!

Vittorin zog ein zweites Mal die Türglocke. Diesmal ruhig, ohne Erregung, mit der Hand, die nicht mehr zitterte. – Und nun, in diesem Augenblick, da das Spiel der Geige verstummte und schlürfende Tritte sich der Türe näherten, wußte Vittorin, er wußte es, ohne sich Rechenschaft darüber geben zu können, woher ihm dieses Wissen kam, er wußte es mit voller Bestimmtheit, daß er hinter dieser Tür Seljukow nicht finden werde.

Der lange, hagere Mensch, der auf der Türschwelle stand, sah in seinem kirschroten Schlafrock und mit den gestickten Pantoffeln an den Füßen ein wenig lächerlich aus. Er trat erschrocken einen Schritt zurück, als er im Halbdunkel die Gestalten der beiden Rotarmisten gewahrte. Einen Augenblick stand er reglos und wie erstarrt. Gleich darauf aber gewann er seine Selbstbeherrschung wieder. Er fuhr sich mit der Hand über die eingefallenen Wangen, und nur die Tatsache, daß er sich unrasiert fand, schien ihm noch Verdruß zu bereiten. In höflich fragendem Tone wandte er sich an Vittorin:

„Womit, bitte, kann ich Ihnen dienen?“

„Ich habe Befehl, in Ihrer Wohnung ein Zimmer zu requirieren“, sagte Vittorin einigermaßen verwirrt. „Hier ist meine Ordre.“

Der Mann nahm das Papier, behielt es, ohne einen Blick darauf zu werfen, in der Hand und sagte mit einem höflichen Lächeln in seinem verfallenen Gesicht:

„Das Zimmer steht zu Ihrer Verfügung. Haben Sie die Güte, einzutreten.“

„Sie heißen Seljukow?“ fragte Vittorin.

„Ich bin Seljukow, jawohl. Michael Michajlowitsch Seljukow.“

„Aus wieviel Zimmern besteht Ihre Wohnung?" fragte einer der beiden Rotarmisten im strengen Ton.

„Drei Zimmer sind da. Zwei größere und ein kleines, eigentlich eher ein Ankleideraum."

„Leisten Sie irgendeine Arbeit, die Ihnen das Recht auf eine solche Wohnung mit Ankleideraum gibt?" fuhr der Rotarmist fort.

„Nein, ich leiste keine Arbeit, ich lebe in den Tag hinein", sagte der Mann im Schlafrock. Und nach einer Pause fügte er hinzu:

„Wir waren hier zu dritt, jetzt aber bin ich allein."

„Wanjka! Gib das Licht!" rief plötzlich der andere Rotarmist, der bis dahin schweigend auf der obersten Stufe der Treppe gestanden hatte.

Er nahm die Taschenlampe aus der Hand seines Kameraden und ließ den Lichtkegel in das Gesicht des Besitzers der Wohnung fallen. Dann sagte er mit einem heiser klingenden, häßlichen Lachen:

„Wünsche Gesundheit, Euer Wohlgeboren."

Das Licht der Taschenlampe erlosch.

„Du bist es, Kolja?" fragte der Mann im kirschroten Schlafrock, und aus seiner Stimme klang weder Überraschung noch Erregung. „Und, wie ich sehe, gar nicht einmal betrunken. – Nun ja, du bist am rechten Ort, hast dich diesmal nicht in der Tür geirrt."

„Ich grüße Euer Hochwohlgeboren bis zur Erde", rief der Rotarmist noch immer lachend. „Ich habe Euer Hochwohlgeboren sogleich erkannt."

„Du kommst ein wenig spät, Kolja", fuhr der Mann im Schlafrock fort. „Natalja Alexejewna und die kleine Lußja findest du nicht mehr. Aber ich bin noch da. Nun also, spuck' dir in die Hände und lauf', was du kannst. Sie werden für mich den vollen Preis bezahlen, werden dir nichts schuldig bleiben."

Der Rotarmist trat in militärisch strammer Haltung vor Vittorin:

„Genosse Vorgesetzter! Haben Sie in der Angelegenheit Ihres Zimmers noch irgendwelche Wünsche? Wenn nicht, dann werde ich jetzt gehen. – Vorwärts, Wanjka! Wünsche Gesundheit, Euer Hochwohlgeboren."

„Sie waren soeben Zeuge eines sonderbaren Wiedersehens", sagte der Mann im Schlafrock, als er mit Vittorin allein war. „Dieser Kolja war einmal mein Diener, und ich habe ihn aus meinem Hause gejagt, weil er nicht aufhörte zu stehlen. Nun ja, in gutem Angedenken hat er mich nicht behalten, er wird sich an mir rächen, gut, mag er es tun. – Nein, ich heiße nicht Seljukow, ich bin Baron Pistolkors, ehemaliger Kammerherr. Die Bolschewiken haben mir die Ehre erwiesen, auf meinen Kopf einen Preis zu setzen, und sie taten recht daran, denn ich war Mitglied des ‚Komitees zur Rettung des Vaterlandes' und habe den Sowjets einige Schwierigkeiten bereitet. – Sie sind fremd hier. Sind Sie gekommen, um sich unsere Revolution anzusehen? Einen Danton, einen Robespierre zu finden? Glauben Sie mir, unsere Dantons und Robespierres sehen, aus der Nähe betrachtet, gar nicht erhaben aus. Die Wohnung? Ich habe sie von einem Offizier des Semjenowschen Regiments zugleich mit seinen Papieren gekauft. – Ganz richtig, er hieß Seljukow. In Petersburg kannte mich ein jeder, hier aber konnte ich hoffen, in der Menge zu verschwinden, darum kaufte ich die Papiere. Damals nämlich lebte Natalja Alexejewna noch."

Sein Gesicht wurde noch grauer, noch verfallener. Eine Minute lang starrte er wortlos vor sich hin.

„Diphtheritis, sagten die Ärzte", fuhr er fort. „Und unsre kleine Lußja hat sie mit sich genommen. Vielleicht ist es besser so. Meine Seele war zu arm für sie. – Der Offizier?

Jawohl, er ist mit seinem Regiment zur Front gegangen. Er hat Moskau verlassen. Vielleicht ist er auch nicht an die Front gegangen, wie kann ich wissen, wohin das Äpfelchen gerollt ist."

Er bat Vittorin, sich mit dem kleineren der beiden Zimmer zufrieden zu geben. In wenigen Tagen werde er die ganze Wohnung zur Verfügung haben.

„Man wird mich verhaften", sagte er. „Dieser Kolja war immer eine Ratte. Er wird zur Tscheka laufen und mich angeben, das ist schon sicher."

„Und Sie wollen sich verhaften lassen?" rief Vittorin. „Sie werden sich nicht zur Wehr setzen, Ihr Leben verteidigen? Sie müssen fort, heut noch, hier können Sie nicht bleiben. Vielleicht haben Sie einen Freund, der Sie für diese Nacht bei sich aufnimmt, und morgen werden Sie die Stadt verlassen, sich in Sicherheit bringen –"

Der ehemalige Kammerherr hörte ihm mit höflicher Aufmerksamkeit zu, nur eine leichte Handbewegung ließ erkennen, wie wenig Wert er diesen Ratschlägen beilegte.

„Ich danke Ihnen, Gott erhalte Sie", sagte er. „Aber warum sollte ich dieses leere Leben noch verteidigen? Seit ich an jenem Morgen das Körperchen der kleinen Lußja auf einem Handschlitten ... Nun ja, ich bin ein wenig einsam geworden, von Gott vergessen und mir selbst zur Last. – Rauchen Sie? Hier, bitte, nehmen Sie, es ist noch alter Vorrat. Und erlauben Sie auch mir."

Er zündete sich eine Zigarette an. Dann gab er dem Gespräch eine andere Wendung.

Die Revolution? Er sah in ihr nichts als einen geglückten Sklavenaufstand. Mit Abscheu sprach er von den bolschewistischen Führern, die er die „Expropriateure der Menschenwürde" nannte. Lenin vor allem galt sein Haß. Er trat an das offene Fenster und wies auf die Türme des Kreml, die golden und purpurn im Schein der untergehenden Sonne erglühten.

„Dort oben sitzt Wladimir Iljitsch und wetzt die eiserne Sichel", sagte er. „Unter den Bauern gab es eine alte Prophezeiung: ‚Ein Pope und ein Zigeuner werden sitzen auf des Zaren goldenem Thron.' – Nun, ein Zigeuner ist Wladimir Iljitsch nicht, eher schon ein Pope, einer ohne Meßgewand, aber mit viel Weihrauch. Er hat Rußland betört mit schönen Worten, die Jugend vergiftet mit dem Gift der Zeit – ‚Freiheit, Gerechtigkeit, die schöpferische Kraft der Massen, das namenlose Volk tritt aus dem Dunkel der Jahrhunderte in die neue Zeit' –, wenn dies aber alles nur Dummheit und Lüge ist, was dann? Was dann?"

Schweigend rauchte der Mann, dem Vittorins große Mission zum Schicksal geworden war, seine Zigarette zu Ende.

„Kennen Sie unseren Baratynskij?" fragte er sodann. „Sie kennen nicht Jewgenij Baratynskij? Seine Elegien?

‚Einst warst du, stolze Stadt, Beherrscherin der Erde.
Vor deiner Trümmer Pracht
macht nun der Pilger Halt mit klagender Gebärde.
Verließen dich des Sieges tapfere Wächter?
Stumm ragst du in die Zeit
Als Sarkophag verblichener Geschlechter.'

‚Rom' nannte Baratynskij seine Elegie, heute aber sollte sie ‚Petersburg' heißen. Ich besitze dieses Gedicht im Original, von Baratynskijs eigener Hand geschrieben."

Er holte aus einem Schreibtisch eine Ebenholzkassette hervor. Sie enthielt – so drückte er sich aus – „Strandgut der Jahrhunderte", das er auf seinen Reisen „aufgelesen" hatte, „Kuriositäten und Kostbarkeiten aus allen Zeiten und Ländern". Mit andachtsvoller Liebe breitete er seine Schätze auf dem Schreibtisch aus. Es waren Dinge von ungleichem Wert: Englische Farbstiche, japanische Holzschnitte, persische Miniaturen; ein Dürerblatt, eine Handzeichnung Rembrandts. Ein Selbstporträt E. T. A. Hoffmanns aus seiner Bamberger Zeit. Ein Brief Talleyrands, der an den König von Neapel, und ein Brief Balzacs, der an eine polnische Aristokratin gerichtet war. Zwei Armeebefehle des Generals Skobelew. Eine Gasthofrechnung, aus der hervorging, daß Stendhal in Tilsit für ein Nachtlager, eine Tasse Schokolade und die Bestellung eines Wagens zwei Taler und acht Silbergroschen bezahlt hatte. Ein handgeschriebenes Notenblatt, das einem verschollenen Jugendwerk Mussorgskis entstammte, und schließlich ein Konvolut von Briefen, Bittgesuchen, Tagebuchblättern und Versen russischer Dichter samt einem Namensverzeichnis.

Als der Besitzer dieser Sammlung bemerkte, daß Vittorin seinen Erklärungen nur geringe Aufmerksamkeit schenkte und immer wieder den Versuch erneuerte, das Gespräch auf einen Offizier namens Seljukow zu bringen, schloß er seine „Kuriositäten und Kostbarkeiten“ in die Kassette und diese in den Schreibtisch ein. Dann zog er sich in das Zimmer zurück, das ihm verblieben war.

Diesen Verlauf nahm Vittorins Gespräch mit dem Baron Pistolkors, einem starren Verfechter der alten Ordnung, der dem Zaren im Januar 1917 den verhängnisvollen Rat gegeben hatte, die Deputation der liberalen Dumamitglieder nicht zu empfangen.

In den Tagen, die nun folgten, blieb der Baron eingeschlossen in seinem Zimmer und spielte Geige, Bach zumeist und die schwermütigen und leidenschaftlichen Melodien der alten Italiener. Nicht ein einziges Mal mehr bekam ihn Vittorin zu sehen. Vielleicht bereute Baron Pistolkors, daß er, des Umgangs mit Menschen entwöhnt, sich an jenem Abend einem Fremden so völlig anvertraut hatte. Vielleicht auch wollte er nicht zeigen, daß der kirschrote Schlafrock das einzige Kleidungsstück war, das er besaß.

Von morgens bis spät in die Nacht hinein spielte er Geige. Er spielte die Sonate „La Furiosa“ von Tartini, als die Leute von der Tscheka kamen, um ihn zu holen.

Ein Pope, der tags zuvor aus dem Lubjankagefängnis entlassen worden war, überbrachte Vittorin ein Billett des Barons Pistolkors. Neben dem Datum trug es als Herkunftsbezeichnung den Vermerk „aus dem Hinterhof des Lebens“. Der ehemalige Kammerherr bat um seine Geige, um ein paar Bücher und um eine braune wollene Decke, die er zum Verhängen des Fensters verwendet habe. Die Welt der Menschen, schrieb er, sei dumm und grausam. Bosheit, Rachsucht und niedrige Gesinnung, das sei die heilige Dreieinigkeit der Zeit. Er verlangte auch Zigaretten, damit er sich mit seinen Mitgefangenen „auf erträglichen Fuß“ stellen könne.

Die wollene Decke fand sich unter den Habseligkeiten des Barons nicht vor. Vittorin entschloß sich, ihm seinen eigenen Pelzrock zu überlassen. Doch als er am Morgen des nächsten Tages mit seinem Bündel im Lubjankagefängnis erschien, erfuhr er, daß der Mann, für den diese Sachen bestimmt waren, zwei Stunden zuvor im Hofe der Alexanderschule erschossen worden war.

Auf dem Trödelmarkt verkaufte Vittorin die Geige. Er ging nicht mehr in sein Amt zurück. Tag für Tag strich er in den Gassen umher und spähte nach Soldaten aus, die von der Front kamen. Er war nun in Moskau völlig zu Hause. Er kannte die Tage, an denen man in den Bretterbuden des Sucharewkaplatzes Wäsche und Schuhe zu kaufen bekam. Er wußte die Geldscheine der Donregierung, der lettischen und grusinischen Republik von den Sowjet- und Kerenskirubeln zu unterscheiden. Er trug eine russische Hemdbluse. Er wußte, wo man sich anzustellen hatte, um Lebensmittel zu erhalten, und wann sie ausgegeben wurden, und er verstand es, mit den Frontsoldaten in ihrer Sprache zu sprechen und auch die Schweigsamsten unter ihnen zum Reden zu bringen.

In der Sache Seljukow aber kam er nicht vorwärts. Die Berichte, die er erhielt, ließen sich miteinander nicht in

Einklang bringen. Hatte es gestern geheißen, daß das Semjenowsche Regiment sich bei der Einnahme von Orsk mit Ruhm bedeckt habe, so mußte Vittorin heute erfahren, daß es schon vor Monaten wegen gegenrevolutionärer Gesinnung aufgelöst worden sei. An einem und demselben Tage tauchte es siegreich vordringend an der sibirischen und völlig kampfunfähig, vom Skorbut dezimiert, an der Nordfront auf. Seljukow selbst war in Charkow zum Divisionskommandanten ernannt worden, in Kupjansk als Artillerieaufklärer gefallen, bei Jurjew mit der Regimentskasse zum Gegner übergelaufen, und dies alles innerhalb einer einzigen Woche. Nur darin waren sich die Soldaten, die Vittorin befragte, einig, daß sie dem Stabskapitän Seljukow an der Front begegnet waren. Sie vermochten ihn mühelos in der Beschreibung, die Vittorin von ihm gab, zu erkennen.

Trotz dieser Mißerfolge gab er seine Nachforschungen nicht auf. Er sah keinen anderen Weg, der zum Ziele führte. Immer wieder sprach er in der Nähe der Bahnhöfe Soldaten an, die für eine Nacht Quartier suchten. Er lud sie ein, bei ihm zu übernachten, bewirtete sie mit Tee und mit Zigaretten und kaufte ihnen Feuerzeuge ab, die aus Patronen gearbeitet waren. Wenn sie dann nach stundenlangen Gesprächen und kurzem Schlaf ihres Weges gingen, hinterließen sie in der Wohnung des Barons einen Geruch von Machorka, von nassen Schafpelzen, von Lederjacken, Pferdemist, Anisöl, Zwiebeln, Kohlsuppe und von regenfeuchtem Gras.

Dieses Leben führte Vittorin, bis er eines Abends an einen Mann geriet, der von einer anderen Kampffront kam.

Als Vittorin in der Nähe des Frachtenbahnhofs auf ihn zutrat, war der Mann gerade dabei, die Reste seiner Mahlzeit, die er im Stehen verzehrt hatte, ein Stück schwarzen Brotes und eine Salzgurke, in seinen Rucksack zu verpacken. Von den anderen Frontsoldaten unterschied er sich nur dadurch, daß er eine Brille trug. Der Knopf seiner alten Artilleriemütze war mit roter Tinte gefärbt. Der Brille wegen hielt ihn Vittorin für einen Schreiber in irgendeiner Bataillonskanzlei, der von der einen Front zur anderen reiste.

Es erwies sich, daß der Mann kein Quartier hatte. Auf dem Weg zum Taganskyplatz gab er auf Vittorins Fragen nur einsilbige Antworten, er schien von einer langen Bahnfahrt ermüdet zu sein. Im Vorzimmer der Wohnung legte er seinen zerrissenen grauen Mantel ab, – dies fiel Vittorin auf als ein Zeichen unproletarischer Lebensgewohnheiten, das er an keinem seiner früheren Besucher beobachtet hatte.

Sie traten in das Arbeitszimmer des Barons, nun änderte der Mann auf eine eigentümliche und überraschende Art sein Benehmen. Von Scheu und von Müdigkeit war nichts mehr an ihm zu bemerken. Er sah sich, während Vittorin das Teewasser wärmte, im Zimmer um, besonders dem Schreibtisch und dem Bücherschrank schien sein Interesse zu gelten. Dann ging er, als wäre er hier nicht Gast, sondern Herr im Hause, durch den Ankleideraum in das Schlafzimmer, wobei er leise vor sich hinpfiff ... Nachdem er die ganze Wohnung in Augenschein genommen hatte, trat er an das Fenster und warf einen prüfenden Blick hinunter auf die Gasse.

„Wie spät ist es, Genosse?“ fragte er, ohne Vittorin anzusehen.

„Es ist sieben Uhr.“

„Sieben Uhr“, murmelte der Mann am Fenster. „Diese räudigen Teufel! Sie sind die gleichen geblieben. Das alte Rußland ist verschwunden, hinweggespült vom Strom der Zeit, diese Popensöhne aber sind noch da, haben sich nicht geändert. Nur daß sie heute im Namen der Sowjets hinter mir her sind, während sie damals, als ich auf den Barrikaden stand, noch ‚Gott schütze den Zaren' sangen. Feig sind sie, fürchten sich sogar vor einer Gans."

„Wer fürchtet sich?" fragte Vittorin, der, mit dem Samowar beschäftigt, nur die letzten Worte gehört hatte.

„Feig und dumm. Dumm sind sie auch. Wie die Stiefelsohlen."

„Von wem sprechen Sie, Genosse?"

„Von den Tschekapolizisten, von wem denn sonst? Jetzt eben, um diese Stunde, durchsuchen diese Kürbisfresser die Wohnung, in der ich mich bis heute morgen aufgehalten habe."

„Sie haben eine Wohnung?" rief Vittorin. „Sie kommen also nicht von der Front?"

Der Fremde wendete sich langsam Vittorin zu.

„Warum verstellen Sie sich, Genosse? Sollten Sie es nicht bemerkt haben, daß ich Sie seit sieben Tagen beobachte? Wenn Sie es aber nicht bemerkt haben, was sind Sie dann für ein Illegaler?"

Vittorin tastete nach seinem Revolver, fand ihn aber nicht in seiner Tasche.

„Bleiben Sie, wo Sie sind", stieß er hervor. „Kommen Sie mir nicht zu nahe. Ich weiß nicht, was Sie von mir wollen."

„Lassen Sie den Genossen Mauser ruhig in Ihrer Tasche", sagte der Fremde. „Ich will wissen, welcher Organisation Sie angehören, wer Sie auf diesen Posten gestellt hat, sonst nichts. Sie arbeiten gut, Sie suchen Verbindung mit der Armee herzustellen. Sie arbeiten nach einem konkreten Plan, das ist schon sicher. In den letzten Tagen haben Sie hier in diesem Zimmer Besprechungen mit Angehörigen von sieben Regimentern abgehalten."

„Nun gut, so waren es also sieben Regimenter. Was kümmert Sie das?" rief Vittorin verstört.

Der Fremde zuckte die Achseln.

„Vielleicht hat Artemjew recht, wenn er Sie für ein Mitglied einer rechtsgerichteten Offiziersorganisation hält", meinte er. „Es gibt hier irgendeinen ‚Bund der Wiedergeburt', aber es ist uns nicht gelungen, mit ihm in Fühlung zu kommen."

Nun, da er einen Namen hörte, den er kannte, fand Vittorin sich endlich in der Situation zurecht.

„Sie sind also einer von den Leuten Artemjews", sagte er. „Sie hätten das gleich sagen sollen. Ich kenne Artemjew, ich habe mit ihm zu tun gehabt. Wo befindet er sich? Ist er in Moskau?"

„Er ist in Moskau. Haben Sie nicht von dem Überfall auf den Geldtransport der Lederverteilungszentrale gelesen? Das war Artemjew. Sie sind, wie ich sehe, schon etwas weniger beunruhigt. Wir werden uns verständigen. Vielleicht werden Sie mir sogar eine Tasse Tee anbieten."

„Worüber, Genosse, sollen wir uns verständigen?" fragte Vittorin, dessen Mißtrauen von neuem erwachte.

Der Mann lud Vittorin mit einer Handbewegung ein, sich zu setzen. Dann nahm er ihm gegenüber Platz.

„Wenn wir die Lage betrachten", begann er, „so bietet sich uns, Genosse, folgendes Bild: Die antibolschewistischen Kräfte sind zersplittert. Was ihnen fehlt, das sind genaue Richtlinien, eine einheitliche Führung. Nehmen wir zum Beispiel Ihre Organisation. Sie arbeitet in der Armee, sucht da und dort Verbindung anzuknüpfen. Nun sehen Sie, auch wir haben ein Interesse daran, Parteizellen in den roten Regimentern zu bilden, unsere Angehörigen in führende Stellungen zu bringen. Also zwei Büchsen mit gleichem Pfeffer, um den Fisch zu würzen. Warum aber zwei Büchsen? Weil Ihre Organisation, statt parallel mit uns zu arbeiten – –"

„Ich gehöre keiner Organisation an", warf Vittorin ein.

„Ihre Freunde also, wenn Sie diese Bezeichnung lieber hören – –"

„Ich habe keine Freunde in Moskau."

„Um Worte wollen wir uns nicht streiten. Ihre vorgesetzten Genossen – –“

„Es gibt in dieser Sache keine vorgesetzten Genossen“, erklärte Vittorin mit Nachdruck.

„Wollen Sie damit sagen, daß hinter Ihren Aktionen keine treibende Kraft, keine Partei, keine Bewegung steht?“

Einen Augenblick lang sah Vittorin das dicke, gerötete, ewig schwitzende Gesicht seines alten Kameraden Feuerstein.

„Ich mache alles allein“, sagte er von einer plötzlichen Niedergeschlagenheit befallen. „Ich habe keinen Menschen, der mir hilft. Eine Organisation war da, aber die ist zerfallen.“

„Ich kann nicht erwarten, daß Sie mir sogleich Vertrauen schenken“, sagte der Fremde nach einer Pause. „Sie müssen sich vor jedermann in acht nehmen, auch vor mir, das ist klar.“

„Es ist so, wie ich sage“, beteuerte Vittorin. „Meinen besten Mann haben sie verhaftet. Und der letzte, der mit mir war, hat sich erschossen. Graf Gagarin. Kennen Sie den Namen?“

„Nein. Er ist mir unbekannt. Vielleicht, Genosse, sprechen Sie die Wahrheit. Wenn sich aber Ihre Organisation aufgelöst hat – –, erwägen Sie die Lage, welchen Sinn hat denn Ihre isolierte Arbeit? Sie werden sich, Genosse, sehr bald vor die Wahl gestellt sehen, entweder in unsere Reihen zu treten, oder Ihre Tätigkeit einzustellen. Schütteln Sie nicht den Kopf, es wird dennoch so sein. Sie können sich in Moskau nicht auf die Dauer – –“

„Ich bleibe nicht in Moskau“, fiel ihm Vittorin ins Wort. „Ich habe hier nichts mehr zu suchen. Ich gehe an die Front.“

„Sie gehen fort?“ rief der Mann mit der Brille, und eine Sekunde lang zeigte sich Überraschung in seinem Gesicht. „Ist das schon völlig sicher? Ich bedaure Ihren Entschluß,

Genosse, vielleicht hätten wir Sie vor wichtigere Aufgaben gestellt. Wann gedenken Sie Moskau zu verlassen?"

„Das kann ich heute noch nicht sagen. Ich will an die Front, aber zu einem ganz bestimmten Regiment. Sie verstehen, darin liegt die Schwierigkeit."

„Wo, Genosse, liegt die Schwierigkeit?"

„Ich glaube nicht, daß die Bezirkskommission auf persönliche Wünsche Rücksicht nimmt."

„Merkwürdige Anschauungen haben Sie", sagte der Mann mit der Brille. „Wozu brauchen Sie die Bezirkskommission? Wir haben die Stempel aller Regimenter, die Stempel der Kanzleien, der Regimentskomitees, der Divisionsstäbe, der Militärschulen und des Kriegskommissariats, wir haben Blankoformulare jeder Art, Passierscheine, Ernennungsdekrete, sogar der Vollzugsrat des Moskauer Sowjets hat uns sein Dienstsiegel überlassen müssen. Wir werden Ihnen schon ein Papierchen mitgeben. – – Einen zweiten Ausgang hat die Wohnung nicht? Das ist schade."

Zwei Stunden später erhielt Artemjew, der diese Nacht in einem Massenquartier des Presnjaviertels verbrachte, den folgenden, auf den Rand eines Zeitungsblattes gekritzelten Bericht:

„Was das Lokal betrifft, so würde sich die Wohnung des Deutschen, mit dessen Beobachtung ich betraut war, vorzüglich dazu eignen, um in ihr Bomben herzustellen und zu verstecken. Auch kann man von ihren Fenstern den Taganskyplatz überblicken, wo sich das Zentralamt für den Handel mit Wolle und die Auszahlungsstelle für Krankenunterstützung befindet. Dies erscheint mir wichtig, mit Rücksicht auf die materielle Lage unserer Organisation, da uns dieser Umstand gestattet, Beobachtungen anzustellen und den günstigen Zeitpunkt für eine Expropriation wahrzunehmen. Der Vorstand des Hauskomitees ist mir bekannt. Er nimmt Geld, von seiner Seite sind Schwierigkeiten nicht zu erwarten. Mit dem Deutschen hatte ich eine Unterredung. Obwohl er es vermied, darüber eine Erklärung abzugeben, konnte ich feststellen, daß es sich um eine rechtsgerichtete Gruppe handelt, die die Bildung einer bürgerlichen Regierung anstrebt. Bezeichnend hierfür ist, daß sich in einem der Zimmer Bilder des ehemaligen Ministers Goremykin, des Generals Efimowitsch und anderer Repräsentanten des kaiserlichen Regimes befinden. Die Frage des operativen Zusammenwirkens mit dieser Gruppe ist zu verneinen. Sie ist in voller Auflösung begriffen, ihre besten Leuten sind im Gefängnis. Der Deutsche ist entschlossen, seine konspirative Tätigkeit aufzugeben und Moskau zu verlassen. Im übrigen wäre er meiner Meinung nach höchstens für den Beobachtungsdienst zu verwenden gewesen.“

In einer Speisewirtschaft, die im Keller des gegenüber dem Spaßkitor gelegenen, einstmals Fürst Kudaschewschen Hauses eingerichtet worden war, traf Vittorin mit Artemjew zusammen. Man bekam hier Fischsuppe, gekochte Rüben und an manchen Tagen auch einen dünnen, ungezuckerten Kaffee, der den Gästen in irdenen Töpfchen vorgesetzt wurde. In den Nachmittagsstunden war dieses Lokal fast immer voll von Menschen, die aus den Amtsstuben der Umgebung kamen und eilig ihre Mahlzeit verzehrten, um dann anderen, die wartend auf der gewundenen Holztreppe standen, Platz zu machen. Jetzt aber, um zwölf Uhr mittags, waren Artemjew und Vittorin die einzigen Gäste.

Der alte Revolutionär saß, die Mütze im Nacken, die Zigarette im Mundwinkel, rittlings auf der Bank und betrachtete Vittorin, ohne dabei den Kellereingang aus den Augen zu lassen. Er schien hier bekannt zu sein, denn auf seinen Wink verschwand der blatternarbige Kellner in den Verschlag, der als Küche diente.

„Moskau ist groß, aber dennoch habe ich Sie ausfindig gemacht“, begann Artemjew die Unterhaltung. „Ich freue mich des lebendigen Wiedersehens. Sie haben gearbeitet, sich nicht geschont, sorgfältig alle Nachrichten über die roten Truppen und Stäbe gesammelt. Das ist, Genosse, eine nützliche Tätigkeit. Aber hatten Sie nicht, als ich in Berdiczew mit Ihnen sprach, den Plan eines aktiven Vorgehens gegen irgendeinen von diesen Sowjetmachthabern?“

Vittorin starrte auf die Tischplatte.

„Diesen Plan habe ich noch immer“, sagte er. „Ich habe ihn niemals aufgegeben.“

„Dolguschin“, fuhr Artemjew fort, „Sie erinnern sich, der Mann, der Sie zur Bahnstation gebracht hat, – Dolguschin sagte mir, als er zurückkam: Genosse, ich weiß, was Terror ist. Dieser Deutsche wird weder Lenin noch Rakowski töten. Er wird nach Moskau gehen und allerlei unternehmen, und es wird zu nichts führen. Er hat nicht diese Kraft in sich. – Dolguschin ist, sehen Sie, Eisendreher, seit dreißig Jahren in der Kampforganisation, Spezialist im Sprengen von Eisenbahnbrücken. Er liebt die Intellektuellen nicht, hat kein Vertrauen zu ihnen. Damals, als er das sagte, lag im Schnee begraben die russische Erde, heute aber wird das Gras geschnitten –“

„Ich habe viel Zeit verloren“, sagte Vittorin in tiefer Niedergeschlagenheit. „Und meine Arbeit hier war vollkommen zwecklos.“

„Und was sind, Genosse, Ihre weiteren Absichten?“

Vittorin starrte auf die Tischplatte und zuckte die Achseln. Sein Gesicht bekam einen müden und stumpfen Ausdruck.

„Ich kenne die Stunde der Bitternis“, sagte Artemjew. „Auch ich habe solche Tage, an denen mir ist, als wäre ich mit Grabtüchern an Händen und Füßen gebunden. –

Nichts will gelingen, – sage ich mir, – das Glück ist bei den anderen. Ich werde fallen, und keiner ist da, um an meine Stelle zu treten. Und wenn sie mich im Sand verscharren, was bleibt von mir? Wird das große russische Volk, das Volk der Steppendörfer und der Fabriken, wird dieses Volk, das ich liebe, mein Leben und meinen Kampf verstehen? – Todesleere ist in mir in solchen Stunden. Dann aber kommt ein neuer Tag, bringt frischen Mut. – Noch lebe ich, – sage ich zu mir, – noch verteilt der Pope nicht die Kerzen, noch ist mir die Stirn nicht mit Öl begossen und noch die Brust nicht mit Erde bestreut."

Vittorin hob den Kopf.

„Sie haben recht. Ich werde von Moskau fortgehen und die Arbeit von neuem beginnen."

„Sie verlassen also Moskau. Wären Sie vielleicht bereit, aufs Dorf zu gehen, in der grünen Bewegung sich zu betätigen?"

Vittorin schüttelte den Kopf. „Ich will an die Front."

„Warum gerade an die Front?" fragte Artemjew. „Glauben Sie, daß man Sie dort mit Honigkuchen erwartet? Die Arbeit auf dem Dorf ist wichtig. Immer lag in den Bauernbrüderschaften unsere Stärke."

„Ich muß an die Front", erklärte Vittorin mit Nachdruck.

„Sie müssen! – Auch ich sagte einmal: Ich muß, ich muß. Wenn ich mich aber heute frage, warum ich mußte, finde ich keine Antwort. Sie wollen an die Front. Gut. Ich werde das Bäumchen nicht hindern, zu wachsen. Meinetwegen also an die Front. Ich habe Formulare und Siegel bei mir wie ein Kommissärchen. Die Reiseordre. Das Kriegskommissariat bestätigt –! Wie ist Ihr Name und Ihr Vatersname?"

„Georg Vittorin. Mein Vater heißt Karl."

„Georg Karlowitsch Vittorin. – Das Kriegskommissariat bestätigt dem Genossen G. K. Vittorin, geboren –"

„1889."

„– geboren 1889, von proletarischer Herkunft, daß er zur Dienstleistung – in welchem Regiment?“

„Im Semjenowschen Regiment.“

„Dieses Regiment“, sagte Artemjew, „heißt heute Rotes Regiment ‚Liebknecht‘ und gehört zur zweiten Moskauer Schützendivision, die die Linie Charkow-Bjelgorad hält. Und in welcher Eigenschaft, Genosse, wollen Sie zum Regiment? Soll ich Sie zur Verfügung des Wagenparkkommandos stellen? Können Sie chauffieren, reiten, mit Pferden umgehen?“

„Ich kann weder reiten noch chauffieren“, gab Vittorin kleinlaut zur Antwort.

„Nun, man kann nicht alles verstehen“, meinte Artemjew. „Wenn der Wolf fliegen könnte, hätte Gott nicht den Adler erschaffen. Also vielleicht als Spezialist für Handgranatenkurse, – wären Sie damit einverstanden?“

„Ich habe aber nicht die Fachkenntnisse“, meinte Vittorin.

„Mit Handgranaten werden Sie doch umzugehen wissen!“ rief Artemjew. „Und dann, diese Frontspezialisten! Nehmen Sie, zum Beispiel, das Sanitätswesen: Da hat einer irgendeinmal in einer Apotheke den Boden gefegt, und jetzt nennt er sich schon Arzt. – Hier ist die Reiseordre. Hier der Militärfahrschein. Hier die Bescheinigung des Moskauer Militärbezirks. Auf Grund dieser Bescheinigung erhalten Sie in der Stadtkommandantur eine dreitägige Ration Brot und Zucker für die Reise. – Und noch eines, Genosse: Kehren Sie in Ihre Wohnung nicht mehr zurück.“

„Sie ist mir ordnungsgemäß zugewiesen. Ich habe das Recht –“

Artemjew warf einen Blick auf den Kellner, der aus dem Verschlag hervorgekommen war.

„Ihre Wohnung steht seit gestern abend unter Beobachtung“, sagte er mit gedämpfter Stimme. „Ich habe die

Pflicht, Sie darauf aufmerksam zu machen, daß auf dem Taganskyplatz drei Tschekapolizisten postiert sind. Man will Sie verhaften."

„Warum, Genosse, sollte man mich verhaften?"

„Sonderbare Frage! Die Tschekapolizei ist auf Ihre Tätigkeit aufmerksam geworden. Besondere Vorsicht haben Sie nie geübt."

„Aber ich habe meine Kleider, meine Wäsche, – alle meine Sachen habe ich oben."

„Und wegen dieser Dinge wollen Sie Ihr Leben aufs Spiel setzen? Sie bekommen von uns alles, was Sie brauchen. Am besten ist, Sie reisen noch heute ab. Auf keinen Fall zeigen Sie sich noch irgendeinmal in der Nähe Ihrer Wohnung. Versprechen Sie mir das! Gut. Ich habe Ihr Wort. – Nehmen Sie Ihre Papiere."

Vittorin steckte die Papiere zu sich und war zum Soldaten der Roten Armee geworden.

Er hatte alles, was er brauchte, um an die Front zu gehen, die Ausrüstung, die Papiere, die Verpflegung für die Reise und in der Tasche den Revolver für die große Stunde der Abrechnung mit Seljukow. Dennoch schob er den entscheidenden Schritt hinaus als etwas Letztes und Endgültiges, das, voreilig unternommen, sich nicht wieder ungeschehen machen ließ. Zweimal war er auf dem Wege zum Kursker Bahnhof gewesen, zweimal war er umgekehrt. Immer die gleichen Erwägungen stellten sich der Ausführung seines Entschlusses entgegen. War es denn sicher, daß Seljukow auch heute noch bei dem Regiment stand, mit dem er einst in den Bürgerkrieg gezogen war? Konnte der ehemalige Stabskapitän nicht den Dienst quittiert, konnte er nicht eine Stelle in der Etappe erhalten, einen Kommandoposten bei einem der neuaufgestellten Regimenter oder bei einem höheren Stabe übernommen haben? Darüber wollte sich Vittorin Gewißheit verschaffen, ehe er Moskau für immer verließ.

Zwei Tage hindurch war er auf der Suche nach Urlaubern, nach Verwundeten und Invaliden, die dem Regiment „Karl Liebknecht“ angehörten. Aber keiner von den Rotarmisten, denen er begegnete, trug das Zeichen des Regiments, die Initialen K. L. auf den Schulterstreifen. In seine Wohnung kehrte Vittorin nicht zurück, er übernachtete in einer Kaserne auf der Leningrader Chaussee. Am Morgen des dritten Tages schloß er sich einem Zug vorstädtischer Fabrikarbeiter an, die, revolutionäre Lieder singend, zum Kreml marschierten, um an einem Meeting teilzunehmen.

An diesem Tag wurde in den Fabriken gefeiert. Vittorin erfuhr, daß in Mailand die Arbeiter alle Gewalt an sich gerissen hatten und daß es in Elberfeld zu Straßenkämpfen gekommen war. Diese Nachrichten ließen in der Gleichzeitigkeit ihres Eintreffens erkennen, daß der Ausbruch der Weltrevolution unmittelbar bevorstand. Dem kämpfenden Proletariat Westeuropas zu Ehren sollte dieser Tag mit Meetings, mit revolutionären Kundgebungen, mit Umzügen und öffentlichen Belustigungen und mit einer Parade der roten Truppen begangen werden.

Die meisten Sowjetämter waren geschlossen, nur in den Zentralbehörden wurde der Dienst bis in die Mittagsstunde aufrechterhalten. Auf dem Roten Platz, der einstmals der Platz des kaiserlichen Theaters gewesen war, trennte sich Vittorin von seinen Begleitern. Es gelang ihm ohne Schwierigkeiten, im Kriegskommissariat Einlaß zu finden.

In der Abteilung für Personalevidenz waren um diese Stunde nur zwei der dort beschäftigten Beamten anwesend, ein älterer Mann mit schütterem Spitzbart und kahlem Schädel, augenscheinlich der Chef der Abteilung, denn er las die ‚Prawda‘, und ein übermüdet aussehendes, blutjunges Mädchen, das irgendwelche Schriftstücke mit Dienstnummern versah.

An dieses junge Mädchen wandte sich Vittorin.

„Genossin, ich brauche eine Auskunft. Ich interessiere mich für die Namen der Zugs-, der Rotten- und der Bataillonskommandeure eines bestimmten Frontregiments.“

„Es tut mir leid, Genosse“, sagte das junge Mädchen mit einer leisen und wohlklingenden Stimme. „Derartige Auskünfte werden nicht erteilt.“

Vittorin war entschlossen, sich nicht abweisen zu lassen. Einen Augenblick lang dachte er daran, seine Papiere hervorzuziehen, dem jungen Mädchen begreiflich zu machen, daß er, im Begriff an die Front zu gehen, die Namen seiner künftigen Vorgesetzten erfahren wolle. Doch er kam von diesem Gedanken ab, aus Furcht, daß die Papiere als gefälscht erkannt werden könnten. Er wählte einen anderen Weg, der ihm weniger gefährlich erschien.

„Vielleicht, Genossin, gestatten Ihnen Ihre Instruktionen, in diesem Falle eine Ausnahme zu machen“, sagte er eindringlich und in bittendem Ton. „Es handelt sich um eine Angelegenheit, die wahrhaftig Berücksichtigung verdient. Die Familie, bei der ich ein Zimmer requiriert habe, – die Frau ist krank, drei Kinder sind da, der Mann ist an der Front. Seit zwei Monaten ist keine Nachricht von ihm gekommen. Versetzen Sie sich, Genossin, in die Lage dieser Frau.“

Vittorin sah, daß seine Erzählung Eindruck gemacht hatte. Das junge Mädchen schien zu schwanken, zu überlegen, sie warf einen fragenden Blick auf ihren Vorgesetzten, der sich in der Lektüre der Zeitung nicht stören ließ.

„Für die Eltern ihres Mannes hat die Frau auch zu sorgen“, fuhr Vittorin fort. „Und seit zwei Monaten keine Nachricht von ihm! Sie bat mich, Erkundigungen einzuziehen. Er stand zuletzt als Zugskommandeur beim Roten Regiment ‚Liebknecht‘. Er heißt – –“

„Nein, es ist völlig zwecklos“, fiel ihm das junge Mädchen ins Wort. „Wir können Ihnen keine Auskunft geben.“

In diesem Augenblick legte der Chef der Abteilung die Zeitung aus der Hand.

„Warum denn keine Auskunft!“ meinte er, zu Vittorin gewendet. „Bei welchem Regiment, sagten Sie, steht jener Kommandeur?“

„Beim Roten Regiment ‚Liebknecht‘, dem ehemaligen Semjenowschen Regiment.“

„Gedulden Sie sich. Sie werden die gewünschte Auskunft erhalten. Warten Sie hier. Ich werde gleich das Nötige veranlassen.“

Er verließ das Zimmer. Das junge Mädchen warf einen scheuen Blick auf die Tür und überzeugte sich, daß sie nur angelehnt war. In der nächsten Sekunde stand sie bei Vittorin.

„Gehen Sie, um des Himmels willen!“ flüsterte sie ihm zu. „Sie bringen Unglück über unschuldige Menschen. Den Gang rechts, dann die zweite Treppe hinunter, und Sie sind auf der Straße. Gehen Sie sofort! – – Zu spät.“

Mit dem Chef der Abteilung zugleich trat ein vierschrötiger, untersetzter Mensch mit breitem Gesicht, vorspringenden Backenknochen und kleinen, glanzlosen Fischaugen ins Zimmer. Er trug eine flache, grüne Mütze und an seinem Uniformrock rote Litzen und den goldenen Sowjetstern.

Das junge Mädchen beugte sich über ihren Schreibtisch und schrieb mit völlig unbewegter Miene Dienstnummern an den Rand der Aktenstücke. Der Chef winkte Vittorin zu sich heran.

„Wie heißt der Kommandeur, von dem Sie sprechen?“

„Michael Michajlowitsch Seljukow.“

„Seine Wohnung?“

„Taganskyplatz 15. – – Er ist aber an der Front.“

„Das weiß ich“, sagte der Chef. Dann wandte er sich an den Mann mit den roten Litzen:

„Nehmen Sie drei von Ihren Leuten. Folgen Sie dem

Genossen in die von ihm soeben bezeichnete Wohnung. Verhaften Sie alle Personen, die Sie in dieser Wohnung antreffen. Bringen Sie sie zum Verhör in die ‚außerordentliche Kommission'. Es handelt sich um die Angehörigen eines Deserteurs."

Und mit einem Blick auf Vittorins bestürztes Gesicht fügte er hinzu:

„Das ehemalige Semjenowsche Regiment ist vor vier Tagen mit allen seinen Offizieren zum Feind übergelaufen."

Vor der Wohnungstür, auf deren Schild in Messingbuchstaben der Name Seljukow stand, machte Vittorin noch einmal den Versuch, die Folgen seines Abenteuers von sich abzuwenden.

„Ich wiederhole Ihnen, Genossen, es ist ganz umsonst", sagte er. „Sie werden keinen Menschen in der Wohnung finden. Man hat mich mißverstanden."

Die drei Rotarmisten standen auf ihre Gewehre gestützt und warteten auf irgendeinen Befehl. In ihren breiten, bärtigen Bauerngesichtern war völlige Gleichgültigkeit. Einer von ihnen hatte seine Mütze abgenommen und wischte sich den Schweiß von der Stirn.

Der Kommandeur heftete seine runden, glanzlosen Augen auf Vittorin.

„Wir werden sehen", sagte er in barschem Ton. „Geben Sie den Schlüssel. Sie haben ihn nicht? Wenn die Wohnung leer ist, werden Sie der Lubjanka einen Besuch abstatten. Sie werden dann schon sagen, wo die Leute zu finden sind."

Er zog die Türglocke.

Ein schrilles Läuten, das in ein klägliches Wimmern überging. Ein einziges Mal hatte Vittorin das Läuten dieser Glocke gehört. Damals als er mit der Requisitionsorder in der Tasche klopfenden Herzens vor der Tür stand, drinnen spielte der Baron Pistolkors eine Gavotte von Bach, – – – wo waren diese Klänge? Vom Wind verweht. Verödet die Zimmer, kein Atemzug eines Menschen war in ihnen. Irgendwo auf dem Trödelmarkt lag die Geige. Irgendwo in einem Gefängnishof hatten sie die Leiche des alten Kammerherrn verscharrt, der mit den schwermütigen und leidenschaftlichen Melodien der ‚La Furiosa' Abschied von der Welt, Abschied von seinen Erinnerungen genommen hatte.

Plötzlich fuhr Vittorin zusammen. Aus der verlassenen Wohnung kam das Geräusch von Schritten.

Schritte näherten sich der Türe, und durch Vittorins Hirn zuckte ein irrsinniger Gedanke, – – – der tote Kammerherr war gekommen, um seine Geige zu holen, nein, er sucht die braune, wollene Decke, ihn friert unter der Erde – – – Wahnsinn! Es ist Seljukow. Seljukow ist in Moskau, in seiner Wohnung, von der Front zurück – – –

„Wer ist da?"

Eine fremde, eine unbekannte, eine nie vorher gehörte Stimme.

Der Kommandant schlug mit dem Kolben seiner Mauserpistole an die Tür.

„Öffnen Sie sofort! Hausdurchsuchung."

Die Türe wurde nicht geöffnet. Statt der Antwort kam ein Fluch und dann ein Alarmsignal: zwei kurze, schrille, durchdringende Pfiffe.

„Los! Schlagt zu! Brecht die Tür auf!" rief der Kommandant.

Unter den Kolbenhieben der Soldaten ging die Tür in Trümmer. Ein Schuß fiel, die Kugel streifte Vittorins Schulter, ihm war sie zugedacht gewesen. Die Rotgardisten drangen in den Vorraum, warfen sich auf einen Menschen, der sich wütend zur Wehr setzte, und rissen ihn zu Boden. An ihnen vorbei eilte der Kommandant mit der Schußwaffe in der Hand in das Zimmer.

Er fand es leer. Das erste, was ihm in die Augen fiel, war eine Handpresse. Neben ihr lag ein Stoß noch druckfeuchter Flugschriften. Auf dem Schreibtisch war ein gelbliches Pulver zum Trocknen ausgebreitet, auf den Stühlen lagen Blechbüchsen, metallene Hülsen, Bleistücke und Glasröhren.

Der Tschekist trat an den Schreibtisch, nahm von dem Pulver und roch daran. Ein Geräusch ließ ihn aufblicken. In der offenen Tür, die zum Nachbarzimmer führte, stand Artemjew.

Der Mann von der Tscheka erkannte ihn nicht. Er sah in ihm einen Menschen, der in seine Hände geraten war, den er seine Macht fühlen lassen konnte. Er blies das Pulver von seinen Fingerspitzen. Dann begann er das Verhör:

„Sind Sie der Inhaber dieser Wohnung? Kommen Sie näher! Eine Handpresse, Flugschriften, Sie haben hier also eine geheime Druckerei eingerichtet."

Artemjew betrachtete mit Aufmerksamkeit das Gesicht des Tschekabeamten.

„Bist du ein Russe?" fragte er. „Eher scheinst du mir ein Kalmücke zu sein oder ein Burjate – he?"

„Ich frage, Sie haben zu antworten", herrschte ihn der Tschekamann an. „Was ist das hier für ein Pulver?"

„Das ist Grütze", erklärte Artemjew. „Von der nähre ich mich."

„Sie scheinen zu Späßen gelaunt zu sein. Diese Laune wird Ihnen aber vergehen. Sie sind verhaftet."

„Du sagst: Verhaftet. Das ist ein leeres Wort. Mit Worten aber kannst du nicht einmal ein Hühnchen fangen. Du wirst dich zu irgendeiner Aktion entschließen müssen. Ich bin Fjodor Artemjew."

Der Mann von der Tscheka wurde bleich. Seine Hand, die die Mauserpistole umklammert hielt, zitterte, die Stirn wurde ihm feucht. Er wußte, daß er dieses Zimmer lebend nicht verlassen werde. Er starrte auf Artemjews geschlossene Hand. Mit heiserer Stimme begann er auf ihn einzusprechen:

„Ergeben Sie sich, das Haus ist umstellt, Sie begreifen die völlige Aussichtslosigkeit Ihrer Lage. Die Sowjetregierung wünscht kein Blutvergießen, sie wird vielleicht eine mildere Strafe in Erwägung ziehen, wenn Sie erklären, daß Sie bereit sind, im Dienst der proletarischen Massen – – ich kenne Dsershinsky, ich kenne auch Steklow, mit beiden bin ich bekannt, ich werde mit ihnen reden, mich für Sie verwenden. – – Bleiben Sie, wo Sie stehen, rühren Sie die Hand nicht! Erschossen werden ist kein guter Tod – –"

„Wenn du wenigstens schweigen wolltest, aber du schwätzt unaufhörlich", sagte Artemjew.

Die Rotarmisten waren mit schußbereiten Gewehren ins Zimmer getreten. Und plötzlich kam über Artemjew eine wilde Begierde, seinen Feinden noch einmal zu entkommen, in der Menge unterzutauchen, sein Werk von neuem zu beginnen. Schlaue, verwegene und unsinnige Pläne kreuzten sich sekundenlang in seinem überwachen Hirn.

Er verwarf sie alle.

„Seid gegrüßt!" sagte er zu den roten Soldaten. „Zu schlechter Stunde, Brüder, seid ihr gekommen."

Er trat einen Schritt vor und schleuderte einen kleinen, rötlich glänzenden Metallzylinder, den er in der Hand verborgen gehalten hatte, in die Mitte des Zimmers.

In dem Augenblick, da die Detonation erfolgte, hatte Vittorin das Haus bereits verlassen. Er wurde plötzlich gegen eine Gaslaterne geschleudert, richtete sich auf, sah eine Frau, die schreiend und mit erhobenen Armen in ein Haustor flüchtete, sah in der Mitte des Taganskyplatzes einen Kutscher, der wie rasend auf seine Pferde einhieb, und hörte das Klirren zersprungener Fensterscheiben.

Er lief, ohne sich umzusehen, er mußte fort, einen anderen Gedanken hatte er nicht. Er geriet in ein Gewirr ihm unbekannter Gassen, mit gesenktem Kopf eilte er an den Leuten, die ihm entgegenkamen, vorbei, er hielt sie alle für Geheimpolizisten, Spione und verkleidete Milizsoldaten.

Er fand sich, ohne zu wissen, wie er dahin gekommen war, vor einer Kirche. Da er vor Müdigkeit nicht weiter konnte, trat er ein. In einer Nische des Seitenschiffs, unter einem Bild des wundertätigen Nikolaus, kauerte er sich nieder und schloß die Augen.

Es war vier Uhr nachmittags, als er die Kirche verließ. Er war ruhiger geworden, die Gefahr, daß er erkannt und verhaftet werden könnte, schien ihm jetzt weniger groß. Er trat auf eine junge Frau zu, die an einer Straßenecke Streichhölzer, die Schachtel zu 60 Rubeln, verkaufte, und fragte sie nach dem Weg zum Bahnhof.

Um diese Stunde hatte das Sowjetfest seinen Höhepunkt erreicht. Durch die Ssadowaja bewegte sich unter den Klängen einer bizarren Trauermusik ein Leichenzug: der Parlamentarismus wurde zu Grabe getragen. Hinter seinem Sarge schritten, von der Menge ausgepfiffen und verhöhnt, Schauspieler, die als Generale, Popen, Schnapsbrenner und Finanzmagnaten verkleidet waren. Amerika, symbolisiert durch einen ungeheuren Geldsack, wurde über den Smolenksy-Boulevard geschleift. Von den Stufen der Paulskirche herab rezitierte ein proletarischer Dichter seine revolutionären Verse, Lieder des Kampfes gegen die alte Zeit, gegen das Bürgertum, gegen die Armeen des toten Zaren. Auf dem Arbatplatz hatte man einen Zirkus improvisiert: die europäischen Staatsmänner und Monarchen wurden als Hyänen, Wölfe, Alligatoren, Raubkatzen und als wedelnde Äffchen vorgeführt, Wilson, Vandervelde und Lloyd George spielten die Rolle der Clowns.

Vor dem Kursker Bahnhof vernahm Vittorin zum letztenmal die Stimmen Moskaus. Megaphone luden zur Mitwirkung an den Massenszenen eines Revolutionsstückes,

„Der Sturm auf das Winterpalais", ein und verkündeten anschließend daran die letzten Nachrichten. Die Stadt Perm war von Sowjettruppen genommen worden. Im Rükken der Koltschakarmee hatten rote Partisanenabteilungen einen Munitionszug zum Entgleisen gebracht. Der Gegenrevolutionär Artemjew, ein erbitterter Feind der Sowjets und Söldling des Auslandskaptials, hatte bei dem Versuch, sich der Verhaftung und der gerechten Strafe zu entziehen, den Tod gefunden.

Die Nachricht vom Ende des großen Rebellen, mit Donnerstimme über Platz und Straße getragen, ließ Vittorin stillstehen. Er ahnte den Zusammenhang der Dinge nicht, er wußte nicht, daß er selbst Artemjew den Händen seiner Feinde überliefert hatte. Es erschien ihm nur sonderbar, daß das Schicksal Artemjew gerade noch Zeit gelassen hatte, ihm, Vittorin, zur Fahrt an die Front zu verhelfen, als wäre das der Sinn dieses abenteuerlichen Lebens gewesen.

Er hatte nicht Zeit, darüber nachzudenken. Aus dem Schaft seines Stiefels holte er die Reiseorder und den Militärfahrschein, und mit den Papieren in der Hand trat er in die Halle des Bahnhofs.

BEFEHL ZUM STÜRMEN

Das dritte rote Schützenregiment der Pensaer Division war in den letzten Junitagen des Jahres 1919 unmittelbar an der Front, unter dem feindlichen Geschützfeuer, organisiert und aufgebaut worden. Es hatte im Verlauf des Sommerfeldzuges an sechs Gefechten und an der Verteidigung Charkows teilgenommen, hatte bei Walki den Hauptstoß der feindlichen Armee aufgefangen und war in den Berichten des allrussischen Büros der Kriegskommissäre zweimal ehrenvoll erwähnt worden. Zu Beginn des Novembers, als der endlose Regen niederging, lag das Regiment mit stark gelichteten Beständen südöstlich von Miropol einer weißen Brigade gegenüber.

Der Regimentskommandeur war ein alter Fronthauptmann, der sich beim Unterzeichnen seiner Befehle der linken Hand bediente, – den rechten Arm hatte er in den Karpatenkämpfen verloren. An der Spitze des ersten Bataillons stand der Matrose Stassik, das zweite Bataillon führte Genosse Storoschew, von Beruf Ofensetzer. Beide hatten in Moskau einen Kommandokurs absolviert, beide besaßen den Orden der roten Fahne.

Das dritte Bataillon stand auf dem Papier.

Dem Regimentskommando unterstellt war eine leichte Batterie und eine Rekognoszierungsabteilung, die aus besonders ausgebildeten Leuten bestand. Der Kommandant dieser Abteilung war ein Moskauer Universitätsstudent, der sich freiwillig an die Front gemeldet hatte. Er hieß Beresin. In Moskau hatte er eine alte Mutter und seine Braut.

An einem naßkalten Novembermorgen kam er von seinem Patrouillengang in das Quartier zurück, das er mit dem stellvertretenden Führer der ersten Rotte teilte.

Das Quartier war eine Scheune, die durch einen wurmstichigen Tisch und ein paar Stühle notdürftig in eine menschliche Behausung verwandelt worden war. Eine Kerze, die in dem Hals einer zerbrochenen Flasche steckte, erhellte mit ihrem flackernden Licht einen Teil des Raumes. Vor dem kleinen, gußeisernen Ofen kauerte der Rotarmist Jefimow und schob feuchte Bretter, die von einer zertrümmerten Holzkiste stammten, in die Glut.

Beresin hängte seinen zerknüllten und mit Lehm bespritzten Mantel zum Trocknen auf. Dann trat er an den Ofen und wärmte sich die Hände.

„Wo ist der Deutsche?“ fragte er. „Ist er fort?“

„Er schläft. Dorthin hat er sich gelegt.“ – Jefimow deutete über seine Schulter hinweg in die Dunkelheit.

„Noch immer Fieber?“ erkundigte sich Beresin.

Jefimow zuckte die Achseln.

„Vielleicht ist es Fieber, vielleicht eine andere Krankheit“, meinte er. „Er friert, immer ist ihm kalt. Der Sanitätsgehilfe war da, wollte ihm Tropfen zu schlucken geben, er aber hat ihn fortgeschickt.“

Beresin begann sich die Stiefel auszuziehen. Jefimow stellte das Teewasser auf das eiserne Öfchen und fuhr mit seinem Berichte fort:

„Was das Essen betrifft, Genosse, Brot ist heute keines ausgegeben, dafür Konserven, für zwei Mann eine, mehr haben sie nicht. Diese aber bleibt Ihnen, der Deutsche wird nicht essen. Nur Durst hat er, die ganze Nacht hindurch verlangte er zu trinken. – Wie steht es, Genosse, drüben bei den Weißen? Gestern schickten sie Schrapnells, auch Gewehrfeuer hörte ich. Sind ihnen wieder die Wolfszähne gewachsen?“

„Sie lassen sich's gut gehen, die verfluchten Teufel, essen Grütze mit Milch“, sagte Beresin. „Nach dem Abendappell kann man sie beten und singen hören. Es gibt bei ihnen Regimentspopen, wie in der Zeit des Zaren, sogar Psalmensänger haben sie.“

In seinem Winkel erwachte Vittorin. Er rieb sich die entzündeten Augen, warf den Mantel und die Decke von sich und richtete sich auf.

„Sie sind es Beresin? Warum ist die Tür geschlossen? Nicht zu ertragen ist die Hitze. Laßt doch Luft herein! Nun – haben Sie ihn gesehen?“

Beresin kniete auf der Erde. Aus seinem Rucksack hatte er eine Tasse hervorgeholt, deren Henkel abgebrochen war. Mit dem Zipfel seines Rockes wischte er sie sorgfältig aus. Dann goß er sich Tee ein.

„Wollen Sie die Tür nicht öffnen? Nicht frische Luft hereinlassen?“ rief Vittorin.

„Weil Sie Fieber haben, glauben Sie schon, daß draußen Sommer ist“, sagte Beresin. „Ohnehin bläst der Wind durch die Spalten, es wird nicht warm.“

„Ich bin gesund, mir fehlt gar nichts. – Sie haben ihn also nicht gesehen?“

„Wen?“

„Den weißen Offizier. Den Ihre Leute den ‚Pfeifer‘ nennen.“

„Nein. Diesem bin ich nicht begegnet. Hinter dem Bahndamm, zwischen den Weidenbüschen, ging eine Patrouille auf zwanzig Schritt Entfernung an uns vorbei. Später, beim Morgengrauen, traf ich auf eine zweite, stieß beinahe mit ihr zusammen, so dicht war der Nebel.“

Vittorin schloß die Augen. Wann hatte er zum erstenmal von dem weißen Offizier gehört, der seine Leute pfeifend, mit der Reitgerte in der Hand, zum Angriff führte? Der pfeifend die Reihen der Gefangenen abschritt, die roten Offiziere vortreten ließ und niederschoß? Unter dem Gewicht eines dumpfen Hasses hatte Vittorin ihn gesucht, jeden Überläufer hatte er verhört, aber jetzt erst, da er fiebernd, den unaufhörlich bohrenden Gedanken preisgegeben, in der Scheune lag, war es ihm zur Gewißheit geworden, daß dieser Offizier Seljukow war. Seljukow, der mit der Reitpeitsche in der Hand durchs Leben ging, soigniert und blutbespritzt, der parfümierte Mörder – –

„Beresin!" stöhnte er. „Wie war es damals, als Sie ihm das Pferd – –"

„Sie wissen ja", gab Beresin zur Antwort. „Vor zehn Tagen. Wir hatten ihm das Pferd unter dem Leib erschossen, wollten ihn lebendig haben. Er aber steht mit seinem hochmütigen Gesicht, raucht eine Zigarette, schießt dabei unaufhörlich aus seinem Revolver. Neben mir fällt Maruschin."

Das hochmütige Gesicht! Er raucht, während er schießt, seine Zigarette. – – Wer hat je Seljukow ohne die Zigarette gesehen?

„Weiter! Was geschah weiter?"

„Nichts. Sie wissen, wir bekamen Flankenfeuer und mußten zurück."

Mit einem Ächzen ließ sich Vittorin auf das Stroh niederfallen, seine Augen schmerzten, voll von rotem Nebel war die Scheune. – Mußten zurück. Wenn er damals dabei gewesen wäre, ihm wäre Seljukow nicht entkommen. Er wäre nicht zurückgegangen. Flankenfeuer. Man nimmt Deckung und kämpft weiter!

Ein Frostschauer lief über seinen Rücken. Er stand auf, warf sich den Mantel um und begann, von Unruhe gejagt, wie ein gefangenes Tier in der Scheune auf und ab zu gehen.

Er war krank, er fühlte es. Das Fieber war gestiegen. In der Nacht Gliederschmerzen. Morgen oder irgendwann werden sie mich ins Lazarett schicken. Und wenn ich zurückkomme – wo ist dann das Regiment? Das Regiment wird abgezogen, hat der Bataillonskommandeur Storoschew gesagt, an eine andere Front geworfen, in Miropol stehen schon die Lastautos bereit. Wohin rollt das Äpfelchen? Von Front zu Front wirft die Revolution ihre Truppen, hat Storoschew gesagt, mit Blut und mit Benzin gewinnt die Revolution ihre Schlachten.

Und drüben, hinter der zerschossenen Zuckerfabrik, ist

Seljukow. Morgen bin ich vielleicht schon im Lazarett. Man muß handeln, eine Entscheidung erzwingen.

„Beresin!"

Er hörte nicht. Er liegt auf der Erde, hat die Kerze vor sich hingestellt und liest die Zeitung, den „Roten Frontsoldaten".

„Beresin! Gehen Sie heute nochmals hinaus?"

„Nachmittags mit vier Leuten auf einen Patrouillengang", gab Beresin zur Antwort. „Man will doch sehen, wie sich der Nachbar drüben die Zeit vertreibt. Abends stelle ich nur Horchposten auf. – Da lesen Sie, was diese Zeitungsschreiber alles wissen. Da schreibt einer: ‚Die Armee fühlt sich als die Resultante der uns beherrschenden ökonomischen, sozialen und politischen Kräfte.' Nun, er schreibt, wie er's in den Meetings gelernt hat, an der Front wird er wenig Beifall damit finden. – Genosse Jefimow, lassen Sie das Feuer nicht ausgehen! Gilt als Befehl. – Ich spreche zu meinen Leuten nicht von ökonomischen Kräften, ich sage Ihnen: Ihr seid Helden, ihr seid unüberwindlich – und sie gehen mit mir."

„Den Patrouillengang nehme ich Ihnen ab, Beresin, ich gehe heute statt Ihrer. Sie sind müde, haben nicht geschlafen."

„Sie aber, Genosse, sind krank", meinte Beresin. „Ich kann die Verantwortung nicht auf mich nehmen."

„Ich bin nicht krank", schrie Vittorin, vom Fieber geschüttelt. „Ich brauche Wind, Regen, frische Luft, Bewegung, das ist alles. Ich verfaule hier in der Scheune, die Läuse fressen mich, das ist meine Krankheit. Lassen Sie mich statt Ihrer gehen, Genosse!"

„Nun gut, hol's der Teufel, gehen Sie", sagte Beresin.

Er gähnte, sah aus halbgeschlossenen Augen noch einmal nach dem Feuer, und dann streckte er sich zum Schlafen aus.

Erst nach Einbruch der Dunkelheit kam Vittorin von seinem Patrouillengang zurück. Seine Leute schickte er sogleich in ihr Quartier, er selbst ging den Fußweg weiter, der an einem Zaun und an einem Erlengehölz vorbei in die Talmulde führte.

Von den Baumkronen fielen schwere Tropfen, es roch nach Erde und nach stehendem Wasser. Durch die Dunkelheit schimmerte das weißgetünchte Bauernhaus, in dem das Regimentskommando untergebracht war.

„Stoj! Kto takoj!" kam halblaut und in singendem Ton der Ruf des Postens.

Vittorin blieb stehen.

„Swoj. – Von euch einer."

„Parole?"

„Komintern."

Vor der Tür des Stabszimmers traf Vittorin den Regimentskommissär, einen jungen Menschen von athletischem Wuchs, dem das Haar in braunen Locken auf Stirn und Nacken fiel.

„Ich habe eine Meldung zu machen, Genosse", sagte Vittorin, die Finger steif am Schirm seiner Mütze. „Drüben bei den Weißen befindet sich heute nacht ein höherer Stab."

Der Kommissär, der zwei Feldzüge und den großen Straßenkampf in Kiew mitgemacht hatte, sah Vittorin aufmerksam und mit einem forschenden Blick ins Gesicht.

„Was für Beobachtungen haben sie gemacht, Genosse?"

„Ich habe Offiziere in französischen Uniformen gesehen", berichtete Vittorin. „Dann Pferde mit englischer Sattelung. Ich habe ferner einen Kavallerietelegraphenzug beobachtet, der vor dem Schulgebäude eine Telephonleitung legte."

„Um welche Zeit war das?"

„Um fünf Uhr nachmittags."

„Sonst haben Sie nichts Außergewöhnliches gesehen?"

„Nichts. – Ja, doch: Ordonnanzen, die in das Schulgebäude – –“

„Sie haben nicht Truppenbewegungen wahrgenommen?“

„Nein.“

War nicht ein böser und spöttischer Glanz in den Augen des Kommissärs? Der Boden schaukelte unter Vittorins Füßen, die hölzernen Dachsparren schienen sich auf ihn herabzusenken, doch er preßte die Zähne zusammen, er behielt Gewalt über sich selbst, er rührte sich nicht und hielt dem Blick stand, sein Wille war stärker als das Fieber.

„Vielleicht also ein höheres Kommando, das die weiße Front inspiziert“, sagte der Kommissär nach kurzem Schweigen. „Von welcher Stelle aus haben Sie beobachtet?“

„Von dem Dachboden jenes Gehöfts aus, das wir in der vorigen Woche mit Artilleriefeuer belegt haben.“

„Es ist Ihnen also gelungen, zwischen den feindlichen Stützpunkten hindurchzukommen?“

„Es ist mir gelungen.“

„Verluste?“

„Keine. Ich ließ meine Leute zurück und ging allein.“

Der Kommissär schwieg. Endlos lang schwieg er. Noch eine Frage? Eine neue Falle? Das Blut brauste in Vittorins Schläfen, seine Zähne schlugen aneinander, in den Knien und in den Gelenken saß ein dumpfer Schmerz. Lange konnte er nicht mehr aufrecht stehen, das fühlte er, vielleicht ein paar Sekunden noch, und dann – – –

„Es ist gut. Ich werde Ihre Meldung weitergeben“, sagte der Kommissär.

Es ist elf Uhr nachts. Im Zimmer des Regimentskommandeurs brennt eine Petroleumlampe, über ihr steht eine dicke Wolke von grauem Tabaksqualm. An der Wand hängen Mäntel, Mützen, ein Patronengurt, ein Karabiner. Auf dem Tisch ist eine Karte ausgebreitet, quer über die Karte zieht sich eine doppelte Kette von roten und blauen Fähnchen. Jenseits der Fähnchen, auf dem von konterrevolutionären Truppen besetzten Gebiet, liegt ein Taschenmesser und die silberne Repetieruhr des Regimentskommandeurs.

Drei Männer sitzen um den Tisch und blicken auf die Karte.

Der Regimentskommandeur steht beim Fenster, sein rechter Ärmel hängt schlaff herunter. Das Feuer im Ofen knistert leise und ist am Erlöschen. Der Matrose Stassik, Chef des ersten Bataillons, deutet mit seiner erkalteten Zigarette auf den Telephonapparat und läßt seinem Groll gegen die Offiziere des Divisionsstabs freien Lauf.

„Noch immer sind sie nicht einig, müssen erst die strategisch-operative Lage der Gesamtfront diskutieren“, sagte er mit einem spöttischen Auflachen. „Vielleicht hat einer schon sogar einen Vorschlag gemacht, aber die anderen sind über ihn hergefallen und haben ihm aus den Büchern bewiesen, daß sein Plan nichts taugt. Eine einfache militärische Aufgabe, aber mit der Brille auf der Nase sehen sie überall Schwierigkeiten: Die Jahreszeit ist nicht günstig, die Wiesen sind versumpft, das Regiment zählt nur elfhundert Gewehre, die Truppen sind ungenügend ausgerüstet – – –“

„Wenn Sie noch hinzufügen“, sagt der Regimentskommandeur, daß die Weißen drüben Drahtverhaue und Maschinengewehre haben und daß ihre Artillerie der unseren überlegen ist, dann haben Sie die Einwände aufgezählt, die ich vor einer Stunde dem Stabschef der Division zur Kenntnis gebracht habe.“

Der schweigsame Storoschew, der das zweite Bataillon führt, deutet mit einem Kopfnicken an, daß er die Bedenken des Kommandeurs teilt. Er liebt waghalsige Unternehmungen nicht, er ist für den wohlvorbereiteten und sicheren Schlag, der den Feind vernichtet, sein Mut hat nichts von Ungestüm. Der Matrose Stassik ist von anderer Art. Überall, im Feld, im Spiel, bei den Frauen und im Streit, sucht er die raschen Entscheidungen. Er legt seine breite, rote Hand auf den Tisch und beugt sich vor.

„Vielleicht haben Sie, Genosse Kommandeur, auch gemeldet", schreit er, „daß eine kameradschaftliche Disziplin nicht vorhanden ist, daß die Rotarmisten sich weigern, vorwärts zu gehen?"

„Die Disziplin ist gut", gibt der Regimentskommandeur ruhig zur Antwort. „Aber die kameradschaftliche Disziplin allein genügt nicht, um die Stellung des Gegners sturmreif zu machen."

„Es sieht beinahe so aus, als ob es sein Wille wäre, daß sich die weiße Exzellenz drüben davonmacht", sagt Stassik über den Tisch hinweg halblaut zu Storoschew.

Der einarmige Hauptmann hat es gehört. Sein Gesicht verfärbt sich, er macht zwei Schritte auf den Matrosen zu. Doch der Regimentskommissär kommt ihm zuvor.

„Genosse!" sagt er in scharfem Ton zu Stassik. „Sie haben dem Regimentskommandanten mit Achtung zu begegnen. Ich bin für alle seine Handlungen mitverantwortlich. Wenn Sie Ihre Beschuldigung nicht sogleich zurückziehen, werde ich über den Vorfall auf dienstlichem Wege Bericht erstatten."

Der Matrose Stassik, der bei Walki im dichtesten Kugelregen zwei feindliche Geschütze genommen hat, steht vor dem Kommissär mit dem unglücklichen Gesicht eines gescholtenen Schuljungen. Er will sprechen, aber der Hauptmann macht eine gleichgültig abwehrende Bewegung und geht auf seinen Platz am Fenster zurück. In diesem Augenblick läutet das Telephon. Der Hauptmann nimmt den Hörer und meldet sich:

„Drittes rotes Schützenregiment der Pensaer Division. – Der Kommandeur."

Er steht mit dem Hörer am Ohr und rührt sich nicht, seine Augen sind auf die Mäntel und Mützen an der Wand gerichtet, als käme von dorther die Stimme, die zu ihm spricht. Eine Minute vergeht. Er richtet sich auf und wiederholt den Befehl, den er erhalten hat:

„Die zwischen Zirky und Iwaniwka stehende weiße Brigade Markow wird um sechs Uhr morgens von neu herangeführten Truppen aus der Richtung Jamnoje-Sobolewsk flankierend angegriffen. Das dritte rote Schützenregiment macht um fünf Uhr vierzig Minuten einen Scheinangriff, um die Aufmerksamkeit des Feindes auf sich zu lenken."

Der Hauptmann legt den Hörer hin und wendet sich dem Regimentskommissär und den beiden Unterkommandanten zu:

„Sie haben gehört. Es sind jetzt die entsprechenden Maßnahmen zu treffen. Ihr Bataillon, Genosse Stassik –"

Die drei Männer beugen sich schweigend über die Karte.

Aus dem Schatten der Nacht lösen sich Bäume und Büsche. Langsam färbt sich der Himmel, über den fahlen Hügeln dämmert der Morgen. Die Rotarmisten kauern hinter den flüchtig aufgeworfenen Deckungen, ihre Mäntel triefen, in den Erdlöchern hat sich trübes, gelbes Regenwasser angesammelt. Über ihren Köpfen singen die Gewehrkugeln; wenn sie gegen Steine oder in Baumstämme fahren, klingt es wie Peitschenknall. Die Artillerie tastet das Gelände ab. Ein fernes Grollen und Donnern, dann kommt es heulend durch die Luft geritten, eng an die Deckung schmiegt sich der Körper, und irgendwo zwischen den Akkerfurchen steigt eine braune Erdsäule in die Höhe.

Vittorin hat sich hinter dem niedrigen Erdwall ein wenig aufgerichtet, er hält das Spateneisen, an dem die feuchte

Ackererde klebt, schützend über seinen Kopf. Drüben im Westen tobt der Artilleriekampf, ohne Unterlaß brüllen die schweren Geschütze des Feindes. Schwarze und schwefelgelbe Wolkenfetzen hängen über den Höhenrücken. Eisen und Feuer fährt aus ihnen nieder. Dennoch arbeitet sich die Schützenlinie vor. Man sieht nicht viel, nur eine unendliche Kette weißer Wattewölkchen, die der Wind zerstreut, und manchmal sind winzige Gestalten zu erkennen, – sie sausen den Hang hinunter, werfen sich nieder und sind im Erdboden verschwunden.

Dort drüben wird die Entscheidung fallen, das weiß Vittorin. Er schließt die Augen, und sogleich kommt Traumverworrenheit in seine Gedanken. Die dort laufen und schießen, sind alle mit ihm im Bund, seine Sache haben sie auf sich genommen, er darf liegen und ausruhen. Ein Telegramm aus Moskau mit dem Siegel des Kremls, heute mittag eingetroffen, sofort an allen Fronten zu verlautbaren „– – ist zu verhaften." Vorwärts, dort steht er in Reithosen und hohen Lackstiefeln, die Reitpeitsche in der Hand, ganz allein steht er, aber sein Gesicht ist nicht zu sehen, eine ungeheure schwefelgelbe Wolke ist über seinen Schultern aufgetürmt, niemand weiß, daß es Seljukow ist. – Ist zu verhaften! Da sind sie schon, die Rotarmisten, aus der Erde sind sie gewachsen, sie erkennen ihn, von allen Seiten kommen sie heran, sie haben ihn eingekreist. Er aber steht, er geht nicht zurück, sein Atem ist Feuer, und aus der Wolke über seinen Schultern dröhnt und donnert es ihnen entgegen:

„Pasch°ll!"

Das Dunstgespinst des Traumes zerreißt, Vittorin fuhr auf. Ein Sprengstück sauste über seinen Kopf hinweg, zehn Schritte vor der Deckung hatte eine Granate eingeschlagen. Eine wütende Gewehrsalve peitschte den Erdwall. Und nun, da das Feuer sekundenlang schwieg, tauchte drüben bei den Wacholderbüschen eine Gestalt aus dem

Boden. Sie lief, warf sich nieder, war in einer Ackerfurche verschwunden, kam wieder zum Vorschein, jetzt konnte man das Gesicht erkennen, es war Beresin, er lief, setzte mit einem Sprung über den Erdwall und lag ausgestreckt neben Vittorin.

Er kam aus dem Vorfeld, er kannte das Gelände. In wilden Stößen holte er Atem. Und dann begann er im Lärm der Schlacht Vittorin die Lage zu erklären.

„Es steht nicht gut. Der rechte Flügel ist zurückgenommen, die Weißen gehen zum Gegenstoß vor. Sehen Sie die Leuchtkugeln? Die Unseren fordern Artilleriefeuer an."

Er holte seinen Notizblock aus der Tasche und schrieb eine Meldung nieder. Mit ein paar flüchtigen Strichen zeichnete er den Situationsplan, er hatte die Stellung zweier feindlicher Maschinengewehre erkundet. Den Zettel übergab er Vittorin. Dann verließ er die Deckung, denn drüben in einem Granatloch warteten seine Leute auf ihn. Vorsichtig pirschte er sich durch das von Kugeln zerwühlte Gelände, zwischen den Wacholderbüschen verschwand er so plötzlich, wie er aufgetaucht war.

Ein paar Schritte hinter der Stelle, an der die Schützenlinie einen stumpfen Winkel bildete, hatte sich der Rottenführer eingegraben. Er war jung und hatte flachsblondes Haar, und man nannte ihn im Regiment wegen seines mädchenhaft zarten Teints Ssonjetschka. Er war seit sieben Monaten an der Front, vom Hornisten hatte er es zum roten Offizier gebracht.

Ihm übergab Vittorin die Meldung Beresins. Ssonjetschka las sie und faltete das Papier zusammen. Dann suchte er durch sein Fernglas das vom Feinde besetzte Gelände ab.

„Wir müssen vorgehen und die Maschinengewehre beseitigen. Keine Zeit ist zu verlieren", sprach Vittorin mit heiserer Stimme auf ihn ein.

Ssonjetschka legte das Fernglas neben sich auf die Erde und schüttelte den Kopf.

„Das ist Sache der Artillerie", meinte er. „Sie sehen aus, Genosse, wie der Teufel am Wasserweihtag. Sind Sie krank?"

„Fieber. Aber der Feldscher und ich, wir haben kollektiv beschlossen, daß es nichts ist", sagte Vittorin mit einem schwachen Versuch zu lächeln. Doch schon im nächsten Augenblick bekamen seine Züge wieder ihren gespannten und fanatischen Ausdruck. In seinem fieberkranken Hirn hatte sich der Gedanke festgesetzt, daß er mit seiner Rotte in das Dorf gelangen und Seljukow die Rückzugslinie verlegen müsse. „Wir dürfen nicht länger hier liegen bleiben", fuhr er fort. „Es scheint, daß unsere Offensive zum Stillstand gekommen ist. Werden wir nicht endlich losgehen und in den Kampf eingreifen?"

„Ich habe keinen solchen Befehl erhalten", gab Ssonjetschka zur Antwort. „Das Terrain ist nicht gut. Dreihundert Schritte ohne Deckung in steigendem Gelände. Wir werden nicht vorgehen. Wir bleiben liegen, bis uns der Regen fortschwemmt, das ist schon sicher. – He, du, Genosse!"

Er winkte einen Rotarmisten aus der Schützenlinie zu sich heran.

„Nimm das Papierchen. Spring' wie ein Hase und bring' es zum Bataillonsstab!"

Er erhob sich und reichte dem Rotarmisten das Papier. Auch Vittorin richtete sich auf. Und hinter zusammengepreßten Zähnen zischte er:

„Sie wollen also nicht vorgehen? Sie haben Furcht. Mit Recht hat man Ihnen einen Weibernamen gegeben."

Aber Ssonjetschka hörte ihn nicht. Ein Querschläger hatte ihn in die Hüfte getroffen. Seine Züge wurden schlaff, seine Hände tasteten nach dem Boden, und er sank in sich zusammen.

„Zum Bataillonsstab", wiederholte er flüsternd. „Ich bin fertig, Genosse. Übernehmen Sie die Führung. Mit Munition sparen. Feuer nur erwidern, wenn mit Angriff verbunden. Die gegenwärtige Linie – –“

Er begann zu röcheln und versuchte, mit beiden Händen seinen Mantel aufzureißen. Dann fiel sein Kopf zurück, und er rührte sich nicht mehr.

„Sanität!“ schrie Vittorin. Aber weder der Feldscher noch sein Gehilfe waren zu sehen.

Der Rotarmist beugte sich über Ssonjetschka und öffnete ihm den Mantel und die Hemdbluse.

„Der braucht den Sanitäter nicht, Genosse“, sagte er. „Der wird bei keiner Hochzeit mehr tanzen. Sein Tag ist zu Ende.“

Und er machte sich daran, dem Toten die Stiefel auszuziehen. Die Kugel, die Ssonjetschka getroffen hatte, entschied das Schicksal der ganzen Rotte. Vittorin sprang vor die Front.

„Ich übernehme das Kommando“, rief er. „Genossen! Wir gehen vorwärts. Wir werden die Verräter drüben vernichten. Das proletarische Vaterland verlangt es, das proletarische Vaterland ist in Gefahr. Genossen! Rettet Rußland!“

Keine Stimme antwortete dem Ruf. Die felderfahrenen roten Soldaten sahen das deckungslose Gelände vor sich, auf dem der Feind jede, auch die geringste Bewegung wahrzunehmen vermochte. Dennoch gehorchten sie. Schweigend machten sie sich zum Sprung bereit.

„Bajonett auf!“ kommandierte Vittorin.

Ein leises Klirren lief durch die Schützenlinie. Dann war Stille, nur die Kugeln sangen. Plötzlich aber kam aus der Reihe der Todgeweihten eine Melodie. Ein einzelner summte sie leise vor sich hin, andere fielen ein, sie wurde stärker, stieg empor wie ein Choral, und mit einemmal sangen es alle:

„Wohin rollst du, Äpfelchen,
kommst nicht mehr zurück.
Morgen in die Totenlisten
schreibt man hundert Rotarmisten ...“

„Vorwärts!“ schrie Vittorin, und das Lied ging unter im Brausen und Bersten der Sperrfeuergranaten.

Nur einem kleinen Teil der Vorwärtsstürmenden gelang es, durch das Vernichtungsfeuer hindurchzukommen. Auf dem halben Weg zum Dorf brach der wahnwitzige Angriff zusammen. Von beiden Seiten umfaßt, verteidigten sich die Rotarmisten eine Zeitlang hinter den Hecken und Bäumen eines kleinen Obstgartens. Als ihnen die Patronen ausgingen, zogen sie sich in ein zerschossenes Bauernhaus zurück, vor dessen Tür der Kadaver eines großen struppigen Hundes lag. Hier wiesen sie mit Handgranaten und Gewehrkolben noch einmal den Gegner ab. Einige Minuten später, als der Dachfirst des Hauses zu brennen begann, beschlossen sie, sich zu ergeben.

Unter den Gefangenen, die halb betäubt vom Qualm des glimmenden Schuttes aus dem Hause traten, befand sich Vittorin.

Jetzt lag er im Hof der zerstörten Zuckerfabrik, deren rauchgeschwärzte Mauern ihm, wenn sie morgens aus dem Nebel tauchten, als etwas unerreichbar Fernes und Geheimnisvolles erschienen waren, als begänne dort, wo sie standen, eine andere Welt. Hier lag er nun, und längs der Mauern kauerten mit müden, mit verzweifelten und mit stumpfen Gesichtern die anderen Gefangenen dieses Kampfes. Zwei Wächter in der Uniform der Kubankosaken standen, auf ihre Karabiner gestützt, in der Mitte des

Hofes, und ein dritter saß auf der Deichsel eines Leiterwagens und spielte Ziehharmonika.

Nun kam das Ende seines Abenteuers. Mit erhobener Stirn, als freier Mensch, hatte er Seljukow entgegentreten wollen. – Das gilt nicht! hatte das Schicksal gesagt und ihn zurück in das Lager von Tschernawjensk geschleudert. Da lag er nun und war im Kreis gegangen, wieder war er nur ein Gefangener, und wieder war Seljukow der Herr. Das muß so sein, es war vorbestimmt. Krank, gefangen, niedergeworfen, wehrlos – so wollte ihn das Schicksal in der Stunde der Abrechnung.

Nein. Er war nicht wehrlos. Damals, ja, in Tschernawjensk, damals hatte er an die Heimat und an das Vaterhaus gedacht und an das Wiedersehen, – das lag nun hinter ihm und war nichts gewesen. Durch das Grauen der Zeit war er gegangen, und sein Leben galt ihm nichts mehr. Wenn jetzt Seljukow kam, war er bereit.

Er sah sich Seljukow gegenüber. – Er ist es, an seiner Brust den Wladimirorden und das Georgskreuz – Michael Michajlowitsch! Erkennen Sie mich? Ja! Seljukow erkannte ihn, er wußte, was ihn erwartete, und wurde bleich. Ein Schlag in dieses hochmütige Gesicht, aus dem alle Laster der Welt starrten und alle Schlechtigkeit einer verruchten Zeit. Ein Schlag und noch einer. Seljukow taumelte zurück und zog den Säbel, – aber er, Vittorin, war nicht mehr da, das Lager von Tschernawjensk war ja schon lange aufgelöst – wo war er? Er stand in einem Bauernhaus, auf den hölzernen Fensterläden waren Sonnenblumen und weiße Rosen gemalt, und vor der Tür lag ein struppiger Hund, der ließ keinen ein, „ein Toter ist er, und Tote bewacht er", sagte eine Stimme, die klang wie Ziehharmonika. Woher kam nur dieser Schmerz, unaufhörlich bohrte es an seinen Schläfen und in seiner Brust. Die Kugeln pfiffen, Vittorin kniete hinter seinem Holzstoß und schoß, und plötzlich war Beresin neben ihm, Beresin mit verzerrtem Gesicht –

„Wer hat diesen Befehl gegeben? Sie? Warum taten Sie das?" – „Warum? Es mußte so sein. Es war vorherbestimmt. Sehen Sie denn nicht? Alle Laster der Welt starren aus diesem Gesicht –"

Schwer wie Eisen waren Vittorins Lider, die Augen fielen ihm zu, Träume kamen und rissen ihn mit sich fort. Durch Ströme von Eis rissen sie ihn und durch den glühenden Sand der Wüste, in Wirbelstürme und hinunter in dämmernde Tiefen. Dann wurden sie seiner müde und gaben ihn frei, und er tauchte empor in das Licht des Tages.

Von der Mitte des Hofes her kam in singendem Ton ein Kommandoruf:

„Auf! Sammelt euch!"

Schlaf und Schmerz fielen von Vittorin ab wie Blutegel, die sich sattgetrunken haben. Die Stunde war gekommen. Er richtete sich auf, stand kerzengerade. Rechts und links von ihm ordneten sich die Gefangenen in einer Reihe.

„Kommissäre, rote Offiziere, organisierte Kommunisten – tretet aus!" befahl der Unteroffizier.

Mit vier anderen trat Vittorin aus der Front der Gefangenen. Ein fünfter folgte nach einem Augenblick des Zögerns. Hinter ihnen schloß sich die Reihe.

„Halt!"

Sie blieben stehen. Der Mann neben Vittorin sagte leise:

„Uns werden sie erschießen, uns sechs, das ist sicher. Gut. Mögen sie über mir die Erde pflügen. – Da ist er schon, der Pfeifer."

„Wo?" rief Vittorin.

„Dort geht er, der Verfluchte. Sehen Sie ihn nicht?"

„Euer Hochwohlgeboren, siebenundzwanzig Gefangene", hörte man die Stimme des Unteroffiziers. „Sechs von ihnen sind Organisierte."

Durch einen Schleier von rotem Nebel, der sich vor seinen Augen senkte, sah Vittorin das Gesicht des Dämons, den er verfolgte, er sah Seljukow und stieß einen Schrei aus und stürzte vor:

„Michael Michajlowitsch! Erkennen Sie mich?“

Der Offizier wendete den Kopf und erblickte einen Menschen, der taumelnd wie ein Betrunkener auf ihn zukam. Er hob den Revolver und ließ ihn wieder sinken.

„Sie sind es? Um des Himmels willen, wie kommen Sie unter diese hier?“ rief er bewegt. „Sind Sie denn Bolschewik geworden?“

„Bolschewik geworden“, wiederholte Vittorin. Er begriff nicht, wohin Seljukow verschwunden war und daß jetzt ein anderer an dieser Stelle stand, einer, den er kannte, jener Rittmeister, der in Nowochlowynsk den Boden gefegt hatte, – was wollte er hier und wo war Seljukow?

„Sagen Sie mir um Gottes willen die Wahrheit!“ rief der Rittmeister. „Hat man Sie gezwungen, an die Front zu gehen? Warum kämpfen Sie gegen Rußland?“

„Freiwillig an die Front gegangen“, stammelte Vittorin. Er starrte an dem Rittmeister vorbei ins Leere und suchte Seljukow und fand ihn nicht. – Fort. Verschwunden.

„Es ist gut“, sagte der Rittmeister. „Sie können gehen. Auch solchen, wie Sie einer sind, hält ein russischer Offizier sein Wort. Sie können gehen, ich habe nicht vergessen. Verstehen Sie nicht? Sie sind frei, Sie können gehen.“

Vittorin verstand. Er machte einen Schritt, doch die Kraft, die ihn bis zu dieser Sekunde geführt und aufrecht erhalten hatte, war in ihm erloschen. Er taumelte und fiel zu Boden, und Nacht und Stille schlugen über ihm zusammen.

Der Unteroffizier riß ihm Mantel und Jacke auf.

„Ich habe es mir, Euer Hochwohlgeboren, gedacht“, meldete er. „Fleckfieber schicken sie uns von drüben. Er hat schon auf der Brust den Ausschlag.“

Mit einer Gebärde des Abscheus wandte sich der Rittmeister ab.

„Vergiftet von außen und von innen", sagte er. „Fleckfieber und Bolschewismus, das ist schon das gleiche. Schaffen Sie ihn fort!"

Doch im nächsten Augenblick kam es ihm wieder ins Bewußtsein, daß das Menschenwrack, das vor ihm auf der Erde lag, in vergangenen Tagen sein Freund gewesen war.

„In die Kalkgrube, Euer Hochwohlgeboren?" fragte der Unteroffizier.

„Nach Lebjedin, ins Lazarett", sagte der Rittmeister Stackelberg, mit einem harten und zornigen Klang in seiner Stimme, wie einer, der sich eines Wortes, eines Gedankens oder einer Träne schämt.

Von seinem Bette aus konnte Vittorin die kahlen Zweige einer Akazie sehen und ein Stückchen des von Schneewolken bedeckten Himmels. Er hatte eine undeutliche Erinnerung an schreckhafte, verworrene Träume, an Durst, an den Tod Ssonjetschkas, an quälende Angstgefühle, an die Melodie einer Ziehharmonika, an roten Nebel, an ein sausendes Geräusch im Ohr und an siedend heißes Badewasser. Seine Begegnung mit dem Rittmeister aus Nowochlowynsk war ihm völlig aus dem Gedächtnis geschwunden.

Von der Schwester hatte er erfahren, daß er sich seit drei Wochen in der Isolierbaracke befand. Daß zwei Kubankosaken ihn eines Nachts um vier gebracht hatten und daß ein geschlossener Briefumschlag für ihn hinterlegt worden sei. Daß die Ärzte das rapide Sinken der Fieberkurve auf den Tag genau vorausgesagt hätten, daß die braunen Flekken an seinen Händen nichts Beunruhigendes seien und daß er seine Papiere und seine Kleider bestimmt zurückbekommen werde.

Das war alles, was die Schwester ihm sagen konnte. Auch der Briefumschlag gab ihm keine Aufklärung über die Ereignisse, die ihn in das Lazarett gebracht hatten. Der Umschlag enthielt zweihundert französische Franken in kleinen Scheinen und sonst nichts.

Während der Tage, die nun folgten, hatte Vittorin Zeit, sich über seine künftigen Schritte schlüssig zu werden. Die Sache Seljukow war nicht aufgegeben. Es war ihm klar, daß er einen Irrweg gegangen war. Er hatte eine falsche Spur verfolgt, und nun hieß es, von vorne beginnen.

Er war nicht entmutigt, er wußte genau, was er zu tun hatte. Voll Ungeduld sah er seiner Entlassung aus dem Spital entgegen. Sie kam früher, als er erwartet hatte.

In den letzten Dezembertagen war die Entscheidung über das Schicksal Rußlands gefallen. Die roten Truppen hatten im Osten Nowotscherkask, im Westen Balta und Tiraspol genommen. Noch hielt sich zwischen Poltawa und Charkow die weiße Front. Aber im Hauptquartier des Generals Denikin bereitete man den Rückzug vor.

In den ersten Januartagen wurde das Lazarett evakuiert. Und während die weißen Regimenter nach Süden, in die Krim und in den Kaukasus fluteten, um dort noch einmal, zum letztenmal, den Kampf für die verlorene Sache aufzunehmen, fuhr Vittorin in das Dorf Staromjena, das südlich des Flusses Donez im Charkower Gouvernement lag.

In seinem Notizbuch standen die Worte:

‚Grischa, Seljukows Ordonnanz. Grigorij Ossypowitsch Kedrin (Kadrin?) aus dem Dorf Staromjena, Bahnstation Slawjansk, Charkower Gouvernement.‘

Spät am Nachmittag kam Vittorin an das Ziel seiner Reise. Endlos zog sich das Dorf Staromjena zu beiden Seiten der Landstraße hin, die breit wie ein Fluß war. Saatkrähen flogen schreiend über die verschneiten Gemüsegärten. Hinter den Häusern sah man den Schlot und den Ringofen der Ziegelbrennerei, in der Seljukows Diener Grischa vor dem Krieg gearbeitet hatte. Der Dorfälteste, ein baumlanger, bärtiger Bauer, gab Vittorin Auskunft.

„Grigorij Ossypowitsch Kedrin, jawohl, den kenne ich“, sagte er. „Er ist nicht hier, er dient einem Offizier. Im vorigen Jahr, am Tag der zehn heiligen Märtyrer auf Kreta, kam er aus dem großen vaterländischen Krieg und schlug Lärm, weil Assja Timofejewna mit dem Schmied verheiratet war. Er prügelte sie und ging auch auf den Schmied los. Der Hauptgrund aber war der Schnaps. Er kam im betrunkenen Zustand zu mir, und ich steckte ihn in den Gemeindearrest, dort blieb er, bis ihn seine Mutter holte. Was aber den Schnaps betrifft, so ist es besser, darüber nicht zu reden. Sie saufen hier alle, wie die Bären sind sie."

Er erging sich in bitteren Worten über die Bewohner von Staromjena. Sie hatten sich heimlich eine Dorfexekutive gewählt und warteten nur auf die Ankunft der ersten Bolschewiken, um ihn, den Dorfältesten, davonzujagen.

„Heute bekreuzigen sie sich, morgen aber werden sie vor den Heiligenbildern ausspucken. Gott hat zehn Maß Schlechtheit über die Welt geschüttet, und neun davon haben die Bauern hier in Staromjena aufgelesen. Dieser Grischa ist schon der gleiche Taugenichts. Jawohl, seine Mutter lebt hier bei uns. Er hat ihr einen Brief geschrieben, vielleicht weiß sie, wo er sich befindet. Ich werde Sie, Euer Wohlgeboren, führen."

Die alte Bäuerin stand vor der Tür ihres Häuschens und fütterte die Hühner. Da es Sonntag war, trug sie ein Kopftuch. Als sie hörte, daß ein Herr aus der Stadt gekommen sei, der ihren Sohn Grischa zu sehen wünsche, verklärte sich ihr Gesicht.

„Er ist mein Sohn", sagte sie zu Vittorin. „Zur Ehre Gottes habe ich ihn erzogen. Treten Sie, Euer Wohlgeboren, ein, erweisen Sie mir die Gnade."

In der Stube roch es nach Milch, nach feuchtem Brennholz, nach Hering und nach gekochten Kartoffeln. Ein aus seiner Ruhe gestörter Gänserich kam hinter dem Tisch hervor und ging zischend, mit gestrecktem Hals, auf Vittorin los. Oben auf dem Ofen lag ein steinalter Bauer, er hatte sich die Hasenfellmütze über die Ohren gezogen und schlief. Vor einem altersschwachen Bild des heiligen Sergius brannte Öl in einem Lämpchen aus blauem Glas.

„Er hat mir geschrieben, aber das ist lange her", berichtete die alte Frau. „Ich sah den Briefboten mit seiner Ledertasche, schon von weitem rief er: ‚Agrafena Matwejewna! Es ist ein Brief für Sie gekommen.' – – Ich nahm den Brief, die Beine wurden mir schwach. Und ich dachte mir:

Wo mag er sein, vielleicht hat er nicht einmal ein Plätzchen, um zu schlafen und zu beten. Dann ging ich und holte Pantelej, den Sohn des Küsters, er kann sowohl Bücher wie Schriften lesen. Des Nachts ist er Wächter in der Ziegelbrennerei."

Sie bückte sich und brachte ihren roten, baumwollenen Strumpf, der hinuntergeglitten war, in Ordnung. Dann fuhr sie fort:

„In dem Brief schrieb mir mein Sohn Grigorij Ossypowitsch, daß ich das Pferd und den Schlitten verkaufen solle. Das Pferdchen aber haben mir die Offiziere genommen und den Hafer auch. Mit schlechten Rubeln haben sie bezahlt. Früher hatte alles seinen Preis, heute aber muß man nehmen, was sie einem geben. Weiter schrieb mir mein Sohn: Sorgen Sie sich nicht, ich werde zurückkommen. Wann ich aber zurückkomme, das ist mir selbst noch unbekannt. Hüten Sie, liebe Mutter, das Haus, verschleudern Sie nichts. Er schrieb auch über den Regen und die Kälte und daß in der Stadt, in der er seinem Herrn dient, sowohl Rechtgläubige wie auch Türken sich befinden, und daß diese Stadt an einem Hafen liegt, und ob ich seine Uhr gefunden habe, fragte er."

An den Namen der Stadt vermochte sich die alte Frau nicht zu erinnern. Sie begann in der Tischlade nach dem Brief zu suchen. Es kamen getrocknete Äpfel zum Vorschein, ein Büschel Hahnenfedern, eine verblichene Photographie von Grischas Vater, die Scherben eines Spiegels, eine auf Holz gemalte ‚Flucht aus Ägypten', Kupfermünzen, zwei Tabakspfeifen, ein Papiersäckchen, aus dem eine Wolke von Gips aufstieg, ein Ledergürtel und eine zerbeulte Bratpfanne.

„Heilige Mutter Gottes, Fürbitterin!" jammerte die Alte. „Er ist nicht da. Verzeihen Sie mir, Euer Wohlgeboren, ich bin vor Ihnen schuldig, ich finde den Brief nicht. Ich weiß nicht, wohin er sich verkrochen hat."

Schließlich fand sich der Brief in ein Kopftuch eingeschlagen auf dem Boden einer Kiste, in der die Bäuerin Tee, Zucker und Wachskerzen aufbewahrte. Ein Blick auf die Rückseite des Briefumschlages sagte Vittorin alles, was er zu wissen wünschte. Seljukow und sein Diener Grischa befanden sich in Batum und wohnten in der Kutaiskaja, im Hause des Kaufmanns Karabadjian.

„Nun sieh einer, wohin der Teufel ihn gebracht hat", meinte kopfschüttelnd der Dorfälteste. „Batum! Von dieser Stadt habe ich noch nie gehört. Sie können aber, Euer Wohlgeboren, den Popen fragen, er hat ein Buch, in dem die Weltgegenden beschrieben sind."

Vittorin erklärte, daß er über Batum Bescheid wisse und daß er hoffe, in drei Tagen dort zu sein. In seiner Vorstellung befand er sich bereits auf der Heimreise. Rußland lag hinter ihm. Batum, das war ein kleiner Umweg, weiter nichts. Das Schicksal hatte es diesmal gut mit ihm gemeint.

Die alte Frau holte unter dem Kopfpolster ihres Bettes eine Tombakuhr hervor.

„Euer Wohlgeboren, gnädiger Herr", bat sie, „wenn Sie Grischa sehen, geben Sie ihm diese Uhr. Sie gehört ihm. Als er von hier fortging, war er zornig, weil er sie nicht fand. Sie werden sie ihm geben, ich habe, Euer Wohlgeboren, dieses Vertrauen zu Ihnen. Und sagen Sie ihm, daß ich mit dem Heu und mit dem Brot bis zum März komme, dann aber werde ich ein Schaf verkaufen. Dem Schmied ist seine Frau davongegangen. Sagen Sie Grischa, ich sitze hier und weine Tränen um ihn. Ein neues Sieb habe ich gekauft. Und ich habe niemanden, der mir im Garten den Boden umgräbt, sagen Sie ihm das."

Sie ging mit Vittorin bis zur Kirche, wo sein Schlitten wartete. Die Glocke läutete zum Abendsegen, die Weiber standen vor den Türen und bekreuzigten sich. Vittorin stieg ein und hüllte sich in seine Decke. Bis zur Bahnstation hatte er zwölf Werst zu fahren. Der Gemeindeälteste, der ein

Geldgeschenk erwartet hatte, schwieg und kratzte sich am Nacken. Und die alte Frau rief dem Schlitten nach:

„Sein Taufpate, Gawrila Iwanytsch Schikulin, ist gestorben. Ich habe jetzt niemanden, der mir im Garten die Erde umgräbt. Den Schmied haben sie in die Kreisstadt gebracht, weil er gestohlene Pferde verkauft hat. Sagen Sie Grischa, ich verschleudere nichts – – –"

Es ist Mittag, die Hitze beginnt unerträglich zu werden, das Geschrei der Händler, die den Vorübereilenden Obst, Sorbet, Honigwaffeln und Pistazienkuchen anbieten, läßt ein wenig nach. Vittorin steht auf der Sultan-Walidé-Brükke, die Galata mit Stambul verbindet, er hat jetzt endlich den Dampfer ‚Aurora' gefunden. Dort das Schiff mit der griechischen Flagge, – weißes Kreuz und weiße Streifen auf blauem Grund. Morgen früh um sieben geht die ‚Aurora' nach Triest, in Brindisi legt sie an, das hat Vittorin in der Schiffsagentur erfahren. Der Platz auf dem Zwischendeck kostet ohne Verpflegung sechzig Lire, auf den griechischen Dampfern haben sich die Zwischendeckpassagiere selbst zu verköstigen.

Vittorin hat weder Geld noch Paß. Sein Geld hat er in der vergangenen Nacht verspielt, siebzehn Franken und ein halbes türkisches Pfund, – es hätte ohnehin nicht gereicht. Dafür wird er heute gewinnen, das weiß er bestimmt. Sechzig Lire, – mehr braucht er nicht. Man kann ganz gut vier Tage hindurch von Brot und von Zigaretten leben, es geht, er hat es schon erprobt.

Wie er sich bis morgen um sieben die Reisedokumente beschaffen soll, das macht ihm mehr Sorge. Er hat zwei Pässe, von der Ententekommission in Batum hat er einen russischen Flüchtlingsausweis erhalten. Aber alle seine Papiere hat Lucette in Verwahrung, und sie weigert sich, sie ihm auszufolgen. Gestern hat er davon zu sprechen begonnen, daß er vielleicht werde verreisen müssen, auf zwei Tage nur, und sicher sei es keineswegs, – da hat Lucette ihm eine Szene gemacht, – daß es abscheulich von ihm wär', jetzt auszurücken, und was Gemeineres gäb's in der Welt nicht, – Tränen, Vorwürfe, – alle Kellner in diesem verdammten Hotel sind auf dem Gang zusammengelaufen.

Sie ist jung und hübsch und Tänzerin, sie fände hundert Liebhaber für einen. Aber sie mag die Griechen mit ihrem „Zwölf-Sous-Parfüm" nicht, und sie verabscheut „alle diese Levantiner, die sich niemals waschen". Freiwillig läßt sie ihn nicht gehen, das ist sicher.

Heute morgen, während sie schlief, hat Vittorin das Zimmer durchsucht. Im Wäscheschrank hat er die Nußholzkassette gefunden und dann vorsichtig, wie ein Dieb, unter Lucettes Kopfpolster den Schlüssel hervorgeholt. Aber die Kassette enthielt nur die Geschäftskorrespondenz der drei ‚Toledian-Dancing-Girls': die Briefe ihres Mailänder Agenten; Briefe von Tingel-Tangel-Besitzern aus Galatz, Smyrna, Athen, Alexandrien und Port-Said; Zeitungsausschnitte mit den Bildern der Toledo-Girls; zerdrückte Schleifen, Reste verwelkter Blumen und einen ganzen Stoß Briefe, die mit ‚Pancrace' unterzeichnet waren. Pancrace, – von einem Herrn dieses Namens haben Ethel und Adele, die Tanzpartnerinnen Lucettes, wiederholt gesprochen. Wer dieser Pancrace ist und welche Rolle er in Lucettes Leben spielt, das weiß Vittorin nicht. Er weiß nur, daß er diesen Namen schon gehört hat.

Seine Pässe hat Vittorin in der Kassette nicht gefunden. Lucette muß noch ein zweites Versteck im Zimmer haben. Dort, wo sie ihren Schmuck aufbewahrt, dort sind auch seine Papiere.

Es ist halb eins, Lucette ist gewöhnt, daß er ihr beim Frühstück Gesellschaft leistet. Wenn er sich nicht beeilt, kommt er zu spät. Hinauf nach Pera geht eine Drahtseilbahn, in zehn Minuten könnte er oben sein, aber er hat die zwanzig Para nicht. Alles in der Nacht verspielt. Gegen ein Uhr steht Lucette auf, nach dem Frühstück raucht sie eine Abrazigarette, dann badet sie, dann legt sie Patience oder spielt mit Ethels Papagei, – so vergeht ihr Tag. Wenn der Rumäne kommt, der Besitzer des Café Elisée, in dem die Toledian-Girls tanzen, dann empfängt ihn Lucette in einem Morgenkleid, das bis an den Hals geschlossen ist. Er bekommt nicht viel zu sehen, der arme Herr Lupescu.

In Batum hat Vittorin sie kennengelernt. Er hatte an diesem Tag als Gepäckträger im Hafen genau so viel verdient, daß er sich in einem Café auf dem Mariinskijprospekt eine Mahlzeit gönnen konnte. Der Regen hatte die drei Toledian-Girls in das armselige Lokal getrieben. Das war sein erstes Zusammentreffen mit Lucette. Jetzt geht es ihm gut, die Zeit des Hungerns ist vorüber. Er spielt Geige im Café Elisée. Lucette weiß es überall, wo sie auftritt, durchzudrücken, daß er fürs Orchester engagiert wird. Wenn die Toledian-Girls am Abend tanzen, – als Spanierinnen, als exotische Schmetterlinge, als Priesterinnen des Gottes Shiwa oder als Dandys mit weißer Hemdbrust und Monokel, – dann blickt er über seine Notenblätter hinweg auf Lucette, er folgt mit den Augen jeder ihrer Bewegungen und ist, nach soviel Wochen Zusammenseins, noch immer voll Staunen darüber, daß diese Frau ihm gehört und sonst keinem. Wenn er mit ihr allein ist und ihren geschmeidigen und beweglichen Körper an sich preßt, muß er sich immer wieder sagen, daß das die Tänzerin Lucie d'Aubry ist, auf die am Abend im Café Elisée hundert begehrliche Blicke gerichtet sind. Wenn sie mit geschlossenen Augen und halbgeöffnetem Mund in stummer Ermattung in seinen Armen liegt, dann träumt er von ihrer Stimme und von ihrem Lachen.

Er muß fort. Es ist ihm nicht leicht gefallen, diesen Entschluß zu fassen. Er kann es sich nicht vorstellen, wie es ihm möglich sein wird, ohne sie zu leben. Aber die Pflicht, die ihm auferlegt ist, verlangt ein letztes Opfer von ihm. Wenn die Sache Seljukow erledigt ist, kehrt er zu Lucette zurück, er wird sie finden, ob sie nun in Konstantinopel ist oder in Rustschuk oder in Smyrna. Er läßt nicht mehr von ihr.

Er hat Seljukow in Batum nicht getroffen. Vor fünf Monaten schon ist Seljukow nach Konstantinopel gereist. Vittorin ist hinter ihm her, in allen Hotels der Stadt hat er nach ihm gefragt, in den Luxusrestaurants, in den Speisehäusern, in den Bars, in den Cafés, in den Brasserien, in allen Spelunken Galatas und in allen Spielhöllen von Pera hat er ihn gesucht. Seit drei Tagen weiß er, daß Seljukow in Rom ist.

Rom, Via Nationale, Hotel Royal des Etrangers. Dort wird Vittorin ihn finden. Er sieht in Seljukow nicht mehr den hochmütigen russischen Offizier, der ihn beleidigt hat. Seljukow ist der böse Geist einer entarteten Zeit. In ihm haßt Vittorin alles Schändliche, das seine Augen sehen, in ihm haßt er die Schieber, die Valutageier, die Raubtiermenschen, die sich in den Besitz der Welt geteilt haben. Konstantinopel ist voll von diesen düsteren Gestalten, voll von Menschen, deren Fingerabdrücke in den Polizeiämtern registriert sind, überall sieht man ihre gierigen und gemeinen, verschwommenen und verfetteten Gesichter. Sie verdienen am Krieg, an der Politik, an der Spionage. Drüben in der Krim kämpft die Armee des Generals Wrangel ihren letzten Kampf. Die hinten liefern, sie schachern, sie betrügen, sie liefern den Weißen und den Roten, wer mehr bezahlt, dem gehören sie. Sattelzeug, Hufnägel, Revolvertaschen, Putzhadern, Wagenschmiere, verdorbenes Büchsenfleisch. Wenn sie ihre Geschäfte abschließen, strömt der Champagner.

Sie sind zahlreich, sie sind unangreifbar, sie sind überall, in Paris, in Bukarest, in Wladiwostok. Nur an einem von ihnen kann Vittorin die Menschheit, die sie verraten, die Welt, die sie verpestet haben, rächen, und dieser eine ist Seljukow.

Gluthitze liegt über den Straßen der Stadt. Jetzt ist Vittorin in der Grande Rue de Pera. Unten in Galata versehen Karabinieri den Polizeidienst, hier oben stehen englische Bobbys mit blauweißen Armbinden. Auf der Terrasse des Hotels des Londres sitzen zwischen englischen und griechischen Offizieren die Schieber, die Schmeißfliegen, die Aasgeier: Menschen von unbestimmbarer Nationalität mit ihren aufgeputzten Weibern, – auch ihre Weiber verkaufen sie, wenn der Preis ihnen zusagt, das ist für sie ein Geschäft wie jedes andere.

Von den Häusern wehen Fahnen in den Farben der Siegerstaaten. Kein einziger Fes, kein Tarbusch ist in der Perastraße zu sehen. Die Türken bleiben in ihren Häusern, sie sind fremd geworden in ihrer eigenen Stadt.

Vor dem kleinen Hotel, in dessen erstem Stockwerk die Artisten, die im Café Elisée auftreten, einlogiert sind, steht, sein Stöckchen schwingend, die Zigarette schief im Mundwinkel, ein junger Mensch mit einem Weibergesicht und flachsblondem, in die Stirne gestrichenem Haar. Er grüßt Vittorin auf eine vertrauliche Art, indem er zwei Finger flüchtig an den Rand seiner Sportmütze legt. Mit einem Gefühl des Unbehagens erinnert sich Vittorin, daß er diesen Menschen in der vergangenen Nacht am Spieltisch kennengelernt hat. Was will der Mensch hier, warum steht er vor dem Hotel? Vittorin hat sein Geld verloren, aber er ist keinem seiner Partner auch nur einen Centime schuldig. Nun? Sie wünschen, mein Herr?

Der Herr scheint nichts zu wünschen. Der Herr wendet sich ab und geht, sein Stöckchen schwingend, langsam die Straße hinunter.

Schon während er die Treppe hinaufging, vernahm Vittorin die erzürnte Stimme der Tänzerin. Er trat in das Zimmer und sah sich Herrn Lupescu gegenüber, der seinen gewichtigen Körper in einen Lehnstuhl gezwängt hatte und in diesem hilflosen Zustand einen Sturzregen von Ehrenkränkungen und leidenschaftlichen Vorwürfen über sich ergehen lassen mußte.

„Daß Sie überhaupt den Mut haben, herzukommen, das ist's, was ich nicht verstehe", rief Lucette bebend vor Empörung. „Wahrhaftig, dazu gehört aber eine Stirne! Kommt herein, als wäre nichts geschehen. Es scheint also etwas Gewöhnliches bei Ihnen zu sein, daß Sie eine Künstlerin, die's mit ihrem Beruf ernst nimmt, von Ihren Zeitungsschreibern anpöbeln lassen. Lumpenkerle, der eine wie der andere!"

Herrn Lupescus Gesicht hatte den Ausdruck eines geängstigten Kaninchens. Er fühlte sich schuldig. Die Notiz im ‚Courier de Pera', der die Entrüstung der Tänzerin galt, war von ihm bestellt und bezahlt worden, aber unglücklicherweise hatte er es unterlassen, den Text vor der Drucklegung zu überprüfen. Und da er sich schuldig fühlte, versuchte er, den Star seines Ensembles durch eine halbe Zustimmung zu besänftigen.

„Man muß einräumen", sagte er, „daß das, was er über Sie geschrieben hat, wirklich ein wenig dürftig ausgefallen ist."

Aber damit hatte er die Sache nur noch schlimmer gemacht.

„Dürftig?" rief die Tänzerin aufgebracht. „Wie nennen Sie's? Dürftig? Nein, mein Herr, es ist gar nicht möglich, mehr Perfidie in zwei kurze Sätze hineinzubringen. Gemein ist es, infam ist es, und Sie nennen es dürftig. Und Sie nehmen diesen Lumpen sogar noch in Schutz, das ist der Gipfel. Da! Lesen Sie's, wenn es Ihnen ein solches Vergnügen macht, zu sehen, wie eine Künstlerin beschimpft wird."

Wie ein Habicht stieß sie auf das Zeitungsblatt, das zerknüllt auf dem Boden lag, nieder. Sie entfaltete es mit den Fingerspitzen und hielt die Notiz, die sie schon auswendig kannte, Herrn Lupescu unter die Nase.

„Da! Lesen Sie! Und dann wagen Sie es, noch ein Wort zugunsten dieses verächtlichen Subjekts zu sagen. Das sind Ihre Freunde, mein Herr! Da: ‚Zur Belebung des Programms trugen auch – auch! – die Toledian-Girls bei. Sie taten ihr Bestes und gefielen gleichfalls.‘ Es ist unerhört. Ich an Ihrer Stelle würde mich schämen.“

„Der ‚Courier de Pera‘“, sagte der Besitzer des Café Elisée sehr kleinlaut, „ist ein unbedeutendes Finanzblatt, das kein Mensch liest.“

„Deswegen, weil das, was er schreibt, kein Mensch liest, ist dieser Herr noch lange nicht berechtigt, mich auf so infame Weise zu beleidigen. Eine feine Erziehung scheint dieser Herr genossen zu haben. Sie können ihm das sagen, wenn er den traurigen Mut aufbringen sollte, sich noch einmal zu zeigen. – – War es vielleicht ein Großer, Magerer mit einem Spitzbart und einer Hornbrille?“

Sie erinnerte sich, eine ihrer Kolleginnen, Miß Morrison, die Soubrette des Café Elisée, in Gesellschaft eines Herrn mit Spitzbart und Hornbrille gesehen zu haben, aber jetzt erst wurde es ihr klar, daß das ein Zeitungsschreiber gewesen war.

„Ich schwöre Ihnen, daß ich keine Ahnung habe, wer es geschrieben hat“, beteuerte Herr Lupescu.

„Sie haben keine Ahnung! Sie haben nichts gehört, nichts gesehen, nichts bemerkt. Und das soll ich Ihnen glauben? Spielen Sie doch nicht den Dummen! Natürlich wissen Sie's, daß das eine Sache mit Hintergrund ist, ein Idiot sind Sie ja nicht. Aber es macht Ihnen Vergnügen, zu sehen, wie man mich en canaille behandelt. Überhaupt, was sitzen Sie da wie'n Mandrill in der Schaubude! Liegt Ihnen sehr viel daran, daß ich meine Zeit an Sie verlier? Los! Raus! Ich hab' Sie bis hierher.“

Sie warf hinter dem unglücklichen Lupescu die Tür zu. Dann wandte sie sich mit strahlendem Gesicht an Vittorin.

„Er hat wirklich keine Ahnung, von wem das ausgeht. Er weiß gar nichts. Aber es ist, weißt du, manchmal sehr notwendig, ihm zu zeigen, daß mit mir nicht zu spaßen ist. Die Morrison war's, ich hab's heraus. Weil er ihr den Kontrakt nicht erneuern will, hat sie ihm diesen Streich gespielt. Wissen möcht' ich nur, was der Mensch von der Zeitung an ihr findet. Umsonst hat er's nicht getan, das ist klar wie Tinte. Wenn wenigstens das, was sie zeigt, so hübsch wäre, wie es häßlich ist – –"

„Sehr sympathisch find' ich sie nicht", warf Vittorin ein. „Aber man kann doch nicht sagen, daß sie häßlich ist."

Über die Schulter hinweg sandte ihm Lucette einen mitleidigen Blick zu.

„Schlimm genug für dich, daß du einen so gewöhnlichen Geschmack hast", sagte sie. „Mein armer Junge, sie hat Arme wie ein Lastträger und ein Gesicht, das ist wie Himbeerwasser. Du mußt es mir nur sagen, wenn du Lust hast, dich mit ihr zusammenzutun. Man hat die Frauen, die man sich wählt, mein Lieber." Sie trat ans Fenster und blickte auf die Straße hinunter. Plötzlich stieß sie einen leisen Schrei aus.

„Was gibt's?" fragte Vittorin.

„Nichts. Was soll es denn geben? Eine Mücke hat mich gestochen. Ein Gewitter kommt, der Himmel ist ganz schwarz von Wolken. Man muß die Fensterläden schließen. Bemüh' dich nicht, ich tu's schon selbst."

Sie hatte unten auf der Straße ihren früheren Liebhaber erblickt, sie hatte ihn erkannt, obgleich er ihr sein Gesicht nicht zugewendet hatte. An seiner Figur, seiner Sportmütze, seinen taubengrauen Handschuhen und der Art, wie er sein Stöckchen hielt, hatte sie ihn erkannt. Mit zitternden Händen schloß sie die Fensterläden. Sie hatte schon vorher gewußt, daß er in der Stadt war, aber gesehen hatte sie ihn bis dahin noch nicht. Noch immer gehörte sie mit ihren Sinnen ihm, aber ihre Vernunft verbot ihr, mit einem Mann zusammenzuleben, der sie schlecht behandelt, bestohlen, betrogen und der ihr Geld mit anderen Frauen vertan hatte. Er war da, er strich um das Hotel herum, er beobachtete sie, er suchte eine Gelegenheit, um mit ihr zu sprechen. Eine leise Angst war in ihr, – Angst vor ihm und Angst vor sich selbst. Und sie flüchtete sich zu Vittorin. Wie eine Katze, so leise, kam sie zu ihm. Sie strich ihm mit der Hand über die Haare und lehnte ihren Kopf an seine Schulter.

„Denkst du noch an das kleine Café in Batum?" fragte sie. „Es war doch nett, unser erstes Zusammentreffen. Für dich ist's vielleicht nur eine schwache Erinnerung, aber ich, weißt du, ich denk' oft daran. Ich sah dich, und da wußt' ich auch schon, wie's mit dir steht, und daß du keine zwei Sous in der Tasche hattest. Aber mir war's gleich. Für einen russischen Offizier hab' ich dich gehalten. Was mir damals an dir gefallen hat, das kann ich heut nicht sagen, vielleicht war's die Uniform, vielleicht – – – ‚Comme tes yeus sont grands', – – erinnerst du dich? Wie du die Melodie vor dich hinsummtest, da wußt' ich's: Das ist der Anfang von irgend etwas. Aber das, mein Kleiner, hast du vergessen, daß ich es war, die das erste Wort sprach. Mir tut's nicht leid, daß ich's tat. Und dir? Und dir?"

Er antwortete nicht, er riß sie an sich, er hielt sie in den Armen. Sie schloß die Augen und sagte leise:

„Man sperrt die Tür ab, wenn man – –, daran denkst du nie! Mein kleiner Junge, immer muß ich dir's erst sagen."

Um ein Uhr nachts, als die letzten Gäste gegangen waren und die Kellner geräuschvoll die Stühle und die Tische zusammenschoben, hatte Vittorin eine Unterredung mit dem Besitzer des Café Elisée. Sie fand in der Künstlergarderobe statt, in der Fred Musty, der Groteskkomiker, sich mit Hilfe von Vaseline die Schminke abrieb. Nach langen Auseinandersetzungen, in deren Verlauf auch der Groteskkomiker mit Forderungen hervortrat, erhielt Vittorin fünfzehn Franken Vorschuß statt der zwanzig, die er verlangt hatte.

Mit dem Geld in der Tasche machte er sich auf den Weg. Er ging die Perastraße hinauf und bog dann in eine schmale unbeleuchtete Gasse ein, die zum Marinehospital führte. Vor einem einstöckigen Haus blieb er stehen und zog die Glocke.

Eine Verordnung der Ententekommission hatte für alle Etablissements der Stadtviertel Pera, Fondoukli, Top Hané und Galata die Einuhrsperre verfügt. Aber es gab immer noch da und dort versteckte Lokale, in denen man hinter verschlossenen Türen die Nacht verbringen konnte. Der Kneipwirt, der Vittorin einließ, lebte von den Gästen, die nach ein Uhr kamen.

Da saßen sie wieder, dieselben sonderbaren Gestalten, mit denen Vittorin die vergangene Nacht durchspielt hatte. Juwelenschmuggler vielleicht, Kokainschleichhändler, entlaufene Matrosen, – wer konnte es wissen?

Jener Kleine mit dem faltigen Gesicht und dem mächtigen Uhrgehänge hieß Coco. Der Breitschultrige dort, der eben lärmend das Glas ‚Rum mit Kümmel gemischt' verlangte, wurde Drapp-Drumm gerufen. Die Bank hielt ‚Sedeeboy', ein magerer Mensch mit gelblichem Teint und plattgedrückter Nase. Auch der Flachsblonde, den Vittorin vor dem Hotel getroffen hatte, war da, unter diesen Abenteurern schien er der Vertreter eines verfeinerten Lebensgenusses zu sein, – er trank griechischen Champagner und rauchte eine Cercle de Bosphore. In dem engen Raum roch es nach Alkohol, nach Veilchenpomade, nach Moschusparfüm und nach Marylandtabak. Man nahm nicht viel Notiz von Vittorins Ankunft. Das Spiel war im Gang.

Vorsichtig begann Vittorin zu pointieren. Man muß mit seinem Geld haushalten, wenn man nicht mehr als fünfzehn Franken in der Tasche hat. Nur bei den ersten Coups nahm er die ganze Bank, – verlor er, dann ließ er das nächste Spiel vorübergehen. Wenn der Bankhalter zweimal in einer Suite jene Karte bekam, die, weil sie alle anderen schlug, ‚le brutal' genannt wurde, dann hielt Vittorin mit seinen Einsätzen zurück, durchdrungen davon, daß gegen solches Glück nicht anzukämpfen sei. Um drei Uhr hatte er sein Kapital verdoppelt. Eine Viertelstunde später besaß er nur noch drei Franken. Um vier Uhr fehlte ihm eine Kleinigkeit zu jenem Betrag, der ihm ermöglicht hätte, sich vom Spiel zurückzuziehen. Um ein Viertel auf Fünf hatte er sein letztes Frankstück verloren.

„Heiß ist's hier, wie in einem Maschinenraum", sagte der Mann, der Drapp-Drumm gerufen wurde. „Machen wir's uns doch bequem. Wenn wir das Fenster öffnen, hat der Wirt die Polizei auf dem Hals."

Er zog seinen Rock aus und spielte in Hemdsärmeln weiter. Sedeeboy folgte diesem Beispiel und ließ an seinem rechten Unterarm eine komplizierte Tätowierung sehen, die aus einer Mondsichel, einer geballten Faust, einem hasenartigen Tier und einem Mädchenkopf bestand. Coco warf seine Karten auf den Tisch, deutete auf den Coeur-Achter und rief triumphierend:

„O lala! Einer, der gerade recht kommt. Monsieur le timide."

Er hatte den Coup gewonnen. Sedeeboy schob zwei zerknitterte Geldscheine über den Tisch und murmelte mit düsterer Entschlossenheit:

„Ich trabe."

„Sie pointieren nicht mehr mein Herr?" wandte sich der Flachsblonde an Vittorin.

Vittorin schüttelte den Kopf.

„Sie sollten den Coup, der kommt, nicht auslassen", meinte der Flachsblonde. „Wenn unser Freund Sedeeboy seinem Geld nachtrabt, dann holt er sich's auch, das ist so gut wie sicher. Ich rate Ihnen, von dieser Gelegenheit zu profitieren."

„Ich habe kein bares Geld", sagte Vittorin mit einer Stimme, die gleichgültig klingen sollte, aber seine Verlegenheit und seine Begierde, weiterzuspielen, deutlich erkennen ließ. „Wenn ich der Bank für zehn Franken gut bin – –"

„Ich bedaure sehr, aber Luftcoups kann ich nicht annehmen", erklärte Coco, der die Bank hielt.

Der Flachsblonde zündete sich eine Zigarette an.

„Gestatten Sie mir, die Sache für Sie in Ordnung zu bringen", sagte er leichthin. „Hier, mein Herr, sind zwanzig Franken."

Vittorin sah ihn überrascht an.

„Ich danke Ihnen auf jeden Fall", sagte er verwirrt. „Aber angenommen, daß ich verliere, – dann weiß ich nicht, ob es mir möglich sein wird, Ihnen das Geld heute noch zurückzugeben."

Den Zwanzigfrankenschein hielt er schon in der Hand.

„Sie werden nicht verlieren", erklärte der Herr mit dem flachsblonden Haar sehr dezidiert. „Verpfänden Sie doch Ihren Rock! Warum wollen Sie nicht Ihren Rock verpfänden?"

„Meinen Rock?" fragte Vittorin. „Soll das ein Scherz sein?"

„Mir ist's ganz ernst damit. Wir tun's alle, wenn wir im Pech spielen. Das bringt Glück, – Sie verstehen? Manchmal ist's wie verhext, ich verliere, das geht so zwei Stunden lang, – gut, ich verpfände meinen Rock. Dann wendet es sich."

„Hol's der Teufel, meinetwegen, ich versuch's. – Hier ist er", rief Vittorin.

Der Herr mit dem flachsblonden Haar nahm aus Vittorins Händen den Rock, legte ihn lächelnd neben sich auf den Stuhl, und das Spiel ging weiter.

Um halb sechs Uhr morgens wurde die Partie abgebrochen. Von der Straße her kam das Geräusch der Milchwagen und der Gemüsekarren. Durch die Risse und Astlöcher der Fensterscheiben schimmerte das Licht des Tages.

Dreißig Franken besaß Vittorin, für das Schiffsbillett reichte es nicht, und alles andere war gleichgültig. Er wollte seine Schuld begleichen, aber der Flachsblonde war nicht mehr da, schon vor einer Stunde hatte er sich zurückgezogen, im Eifer des Spiels hatte Vittorin sein Verschwinden nicht bemerkt.

Er nahm seinen Rock, Coco und Sedeeboy tranken stehend beim Büfett einen schwarzen Kaffee, Drapp-Drumm, der gewonnen hatte, bezahlte für alle. Der Kneipwirt öffnete das Haustor. Vom Stadtgarten her kam ein frischer Wind, der den Geruch des Rasens und den Duft der Akazien mit sich führte.

An der Ecke der Kabristanstraße schüttelte man sich eilig die Hände – ‚Auf Wiedersehen!' – ‚Auf heute abend!' – – und ging auseinander.

Erst oben auf dem Hotelgang entdeckte Vittorin, daß er den Zimmerschlüssel nicht hatte. Er durchsuchte seine Taschen. Wohin war der Schlüssel geraten? Aus der Rocktasche gefallen? Sollte er zurück in die Kneipe, ihn suchen? Oder sollte er vor der Türe kauernd warten, bis Lucette erwachte und ihn einließ? Er war müde und wollte schlafen, an nichts mehr denken. Er mußte Lucette wecken, es blieb ihm nichts anderes übrig. Er klopfte. Erst leise, dann ein zweites Mal lauter.

Drinnen blieb es still, aber die Türe des Nachbarzimmers wurde geöffnet. Vittorin wandte sich um. Es war Ethel. In ihrem Gesicht war Überraschung, Staunen und Entrüstung.

„Sie sind es? Sie? Was suchen Sie noch hier? You are a nice one you are! A Beauty! Ein schönes Früchtchen sind Sie, das muß man Ihnen lassen. Was wollen Sie denn noch hier?"

„Was ich will? Schlafen will ich, was denn sonst?"

„You devil you! Living on women! What did you get for it? Wieviel hat er Ihnen bezahlt für den Schlüssel?"

„Bezahlt für den Schlüssel? Wer? Wem?"

„You rotter! You bully! You are – – – Wieviel hat Ihnen Herr Pancrace gezahlt dafür, daß Sie ihm den Schlüssel gegeben haben?"

„Herr Pancrace?" rief Vittorin bestürzt. „Ist das vielleicht ein Blonder mit einem Weibergesicht?"

„You have played a low down trick! Ein schmutziges Geschäft. Schämen Sie sich nicht?"

„Er hat mir den Schlüssel aus der Tasche gezogen."

„Ah, und Sie haben es nicht bemerkt, wie? Sie sind mir ein – – wohin wollen Sie?"

Vittorin rüttelte wütend an der versperrten Tür. Ethel lachte ein kurzes, böses und spöttisches Lachen.

„Wohin wollen Sie? Was stellen Sie sich denn vor – – etwa ein Idyll zu dritt? Natürlich ist er bei ihr. Er kam vor einer Stunde, sie schrie, rief um Hilfe, – aber dann haben sie sich geeinigt. Es ist am besten, Sie gehen."

Vittorin ließ die Türschnalle los und starrte zu Boden.

„Wenn sie sich geeinigt haben", sagte er, „dann bin ich allerdings hier überflüssig. Dann hab' ich hier nichts mehr zu suchen. Ich geh! – Meinen Paß! Meine Sachen!"

Ethel verschwand in ihrem Zimmer und kam mit Vittorins Papieren zurück und mit dem Rucksack, der ihn auf seiner Fahrt durch Rußland begleitet hatte.

„Ich wünsche Ihnen weiter Erfolge dieser Art", sagte sie. „Um Sie ist's mir nicht bang. Mit Ihrem Gesicht und mit Ihren Talenten werden Sie's immer fertig bringen, von Frauen zu leben."

Er gab keine Antwort. Er schlug den Paß auf, zwischen den Blättern lag ein Hundertfrankenschein und ein Zettel, auf dem geschrieben stand: „Verschwinden Sie!"

Zorn stieg in ihm auf, wütender Schmerz um die verlorene Geliebte und ein brennendes Verlangen, sich diesen Menschen herausrufen zu lassen und ihn mit der Faust in sein glattes Weibergesicht zu schlagen. Doch der Gedanke an Seljukow war stärker als dies alles. In einer Stunde ging die ‚Aurora', wenn er sich beeilte, kam er zurecht. Er steckte den Paß mit dem Geld und dem Zettel zu sich. Dann nahm er Abschied von Lucette.

„Grüßen Sie sie", sagte er zu Ethel. „Ich hab's nicht getan. Aber es ist gleich."

Er ging und fühlte, daß er es dennoch getan hatte, – jetzt erst hatte er es getan, da er die hundert Franken genommen hatte. Aber es war ihm gleich. Es gab Dinge, die wichtiger waren als dieser Herr Pancrace.

Eine Stunde später stand er an Bord der ‚Aurora', die langsam aus dem Hafen lief. Staunend sah er das Bild der Stadt, in der er gelebt hatte. Er sah die Terrassengärten und die Minaretts und die grünen Kuppeln der Moscheen, er sah die Paläste aus weißem Marmor und die Zypressen der alten Friedhofsgärten und die Stadtmauer mit ihren Toren, – – er sah dies alles in dem Augenblick, da es ihm entschwand, zum erstenmal.

Von Rom führte Seljukows Spur nach Mailand, und hier ging sie verloren. In einem kleinen Logierhaus in der Via Cappelari hatte sich der Stabskapitän mit seinem Diener Grischa vier Tage lang aufgehalten. Wohin die beiden dann gereist waren, das konnte Vittorin nicht in Erfahrung bringen.

Da er kein Geld mehr besaß, war er genötigt, seine Nachforschungen einzustellen und sich nach einer Arbeit umzusehen. Der Hurrikan des Lebens riß ihn mit sich fort und warf ihn aus einer Stadt in die andere. Im Hafen von Genua arbeitete Vittorin als Kohlentrimmer. In Barcelona war er Adressenschreiber, in Narbonne Gehilfe eines Anstreichers. Die Zeit verlief. Er hatte mancherlei gelernt: daß man, wenn es keine Arbeit gibt, auch von Käserinden und Obstabfällen leben kann; daß die Bahn nicht nur für Leute da ist, die eine Fahrkarte besitzen; daß man in gewissen Vorstadtschänken für Zigarettenstummel, die man tagsüber auf den Boulevards gesammelt hat, ein Stück Brot und ein Glas Wein eintauschen kann, – manchmal, wenn die Ausbeute gut gewesen ist, erhält man sogar ein Stückchen Salzfleisch, aber solche Tage sind selten.

In Toulon wurde ihm sein Rucksack gestohlen, in Marseille saß er vierzehn Tage lang in Polizeihaft. Er kannte die Brotsuppe der Asyle und den Geruch der Schwefeldämpfe, mit denen die Kleider der Obdachlosen desinfiziert wurden. Unendlich fern war Seljukow, vielleicht in Algier, vielleicht in Genf, vielleicht in Buenos Aires.

Dann kam ein Tag, an dem sich Vittorins Schicksal wendete, ein Tag, der ihm die Freiheit wiedergab, die er im täglichen Kampf um das Stück Brot verloren hatte.

Ein Auto, das den Boulevard de la Corderie überquerte, stieß ihn nieder. Der Führer des Wagens, ein Amerikaner brachte ihn ins Spital und hinterlegte für ihn die Heilungskosten und ein Schmerzensgeld. Vittorin hatte einen Rippenbruch und Rißquetschwunden an beiden Armen erlitten. Als er vier Wochen später das Spital verließ, wurden ihm sechshundert Franken ausgefolgt.

Noch am gleichen Tag fuhr er nach Paris.

Wo immer auch sich Seljukow befand, – es gab ein Mittel, seinen Aufenthaltsort festzustellen. In Paris – das hatte Vittorin von einem Spitalgenossen erfahren – erschienen die Emigrantenblätter der verschiedenen politischen Richtungen, die Blätter der Ultrakonservativen, der liberalen Monarchisten und der Kadettenpartei, – Blätter, die den Gedanken einer gewaltsamen Intervention in Rußland verfochten, und andere, die für Versöhnung mit den Sowjets eintraten, Blätter der Menschewiki, Blätter der S.-R.-Partei, – sogar eine kleine Gruppe russischer Anarchisten, die sich ‚Parteilose' nannten, hatte ihr täglich erscheinendes Organ. Und es gab keinen russischen Flüchtling, der nicht dadurch, daß er eines dieser Blätter hielt, den Zusammenhang mit der Heimat und mit den in aller Welt versprengten Freunden sich zu erhalten suchte.

An einem trüben Wintermorgen erschien Vittorin in der Redaktion der von Miljukow herausgegebenen ‚Poslednije Nvosti'. Es war der elfte Versuch dieser Art, den er unternahm. Diesmal hatte er Erfolg. Der Name Michael Michajlowitsch Seljukow fand sich in der Abonnentenliste. Das Blatt wurde dem Stabskapitän seit acht Monaten an die gleiche Adresse geschickt. Diese Adresse lautete: Wien, Währinger Gürtel 124, II. Stock, Tür 16.

Währinger Gürtel 124. Daheimbleiben und warten und dann eines Tages eine Straße hinaufgehen und um die Ekke biegen. Mehr wäre nicht zu tun gewesen.

Der Zeitungsbeamte blickte verwundert von seinen Listen auf, als er Vittorins kurzes, heiseres Lachen hörte.

„Verzeihen Sie", sagte Vittorin mit zusammengepreßten Zähnen. „Aber es ist wirklich zum Lachen. Flecktyphus, Läuse, Hunger, Krieg, Gefängnis. Durch Rußland, durch halb Europa, durch alle Höllen der Zeit. Auf verfaultem Stroh hab' ich geschlafen, in Moskau wollten sie mich verhaften, meine Kameraden wurden füsiliert in der verfluchten Zuckerfabrik, – Marseille! Konstantinopel! Mit Verbrechern aller Erdteile hab' ich mich herumgeschlagen, und ich hätte eigentlich – das seh' ich jetzt erst – – Es ist zum Lachen!"

Er schwieg und starrte mit stumpfem Blick in die flakkernde Gasflamme.

„Ich verstehe nicht", sagte der Beamte. „Wenn Sie sich beschweren wollen, das ist nicht der Ort, Sie müssen sich an die Gesandtschaft Ihres Landes wenden. Wir hier können gar nichts tun. – Wünschen Sie noch etwas?“

Fräulein Fifi ist im Theater gewesen. Das dritte Mal in dieser Woche, vorgestern im Châtelet, Dienstag bei der Revue in der Olympia, heute im Trianon. Nach dem zweiten Akt ist man fortgegangen, im Foyer hat es zwischen Mario und seinen Freunden eine kleine Debatte gegeben, diese Italiener streiten immer gleich, und dabei hat es sich doch nur darum gehandelt, wo man soupieren solle, ob im „Fantasio“ oder im „Chez moi“. Schließlich hat man sich auf „Adrienne“ geeinigt, wegen der berühmten Spezialität des Hauses, dem coq en pâte. Mario kennt alle Lokale. Jetzt sitzt man in der Hotelbar, und es ist langweilig. Mario und seine Freunde sprechen von Geschäften, von Börsenpapieren – Creusot, Hotchkiß, Gaz Torino, Randfontein. Wenn Randfontein oder Tanganyika in den nächsten Tagen steigen, dann bekommt Fräulein Fifi ihr Platinarmband, das weiß sie ... Im Saal drüben wird getanzt, durch die offene Tür sieht man die Paare. Der kleine Belgier ist dagewesen, aber eigentlich nur, um Fifi zu begrüßen, er hat sich entschuldigt, er müsse fort, eine dringende Verpflichtung, in einer halben Stunde werde er wieder zurück sein. Ein bildhübscher Junge, zuvorkommend, angenehm, artig, gebildet. Kinderstube. Nur unpünktlich ist er. Wenn er sagt, daß er in einer halben Stunde zurück sein werde, dann – – Übrigens ist die halbe Stunde noch nicht um. Er hat Fifi eingeladen, mit ihr nach Brüssel zu fahren, dort wird ein Opernsänger, mit dem er befreundet ist, ihre Stimme prüfen. ‚Mit Ihrer Stimme müssen Sie reich und berühmt werden, glauben Sie mir, Fräulein Fifi. Das Material ist da, was noch fehlt, ist die Ausbildung.‘ Brüssel soll eine schöne Stadt sein. Täglich Scalen singen! Warum nicht? Freilich, so schön wie in Paris ist’s nirgends auf der Welt. Aber Mario will ja auch nur noch eine Woche lang in Paris bleiben. Der gute Mario, er weiß noch nicht, daß er allein nach Mailand zurückfahren wird. Aber er hat ja selbst immer gesagt: ‚Irgendeinmal wird man auseinandergehen.'

Fifi kann jetzt, wenn sie will, nach Brüssel, nach London oder nach Mentone fahren. Sie hat eine Menge Freunde. Nach London will sie der Architekt mitnehmen, dessen Namen sie nicht behalten kann. London lockt sie nicht sehr. London, jetzt, um diese Jahreszeit! Der Baron ist von allen der klügste, er bleibt in Paris. Er soll gar nicht so reich sein, der Baron, hat Mario gesagt. Sein Vater hält ihn knapp. Nach Mailand geht Fifi auf keinen Fall, Mailand ist öde. Nett wär's, wenn der kleine Belgier schon hier wär'.

Das Glas ist leer, und schon ist der Kellner da und nimmt die Sektflasche aus dem Kübel. Mario spricht noch immer von East-Rand und Credit Mobilier. Der Kellner soll ein wirklicher Graf sein. Ein Graf Wolkonski. Der Baron ist nur ein Baron. Er duzt sich mit Mario. Woher kommt Mario eigentlich zu dieser aristokratischen Bekanntschaft? Mario ist Schuhfabrikant. Er sieht mit seinem pechschwarzen Schnurrbart und seinem dicken, geröteten Gesicht sehr komisch aus, wenn er im Smoking ist.

Fifi trinkt ein wenig, nur um sich die Zeit zu vertreiben, und plötzlich wird sie traurig. Tränen kommen ihr in die Augen, sie möchte am liebsten den Kopf auf Marios Schulter legen, und sie weiß auch ganz genau, warum ihr so zum Weinen ist: Weil es den ganzen Tag über geschneit und geregnet hat, die Sonne war überhaupt nicht zu sehen. Weil sie nicht mit Mario nach Mailand fahren wird, weil sie den dritten Akt nicht gesehen hat, weil der arme Kellner ein wirklicher Graf ist und muß Kellner sein, so schrecklich ist das Leben, so schön und so traurig, und die Zeit vergeht so rasch.

Aber auch die Traurigkeit vergeht, die Tränen sind fort. Fräulein Fifi ist plötzlich wieder gutgelaunt und beinahe übermütig. Es ist hübsch, hier zu sitzen und sich die Leute anzusehen, es macht ihr Spaß, sich vorzustellen, woher diese Menschen kommen und was sie tagsüber treiben. Es sind die verschiedenartigsten Leute hier, Maler und sonstige Genies, Pariser Lebewelt, amerikanische Touristen und Spießbürger aus der Provinz. Der glattrasierte, blasse Herr sieht wie ein Schauspieler aus, wahrscheinlich Film. Der Dicke mit der Zigarre kommt aus Holland und ist Butterhändler en gros. Gute Geschäfte gemacht in Paris, Mynheer Vanderbeek? So. Das freut mich. Der Mensch dort mit dem abgetragenen Anzug ist ein Student aus dem lateinischen Viertel, heut' ist er einmal leichtsinnig und trinkt seinen Mokka hier statt in irgendeinem Souscafé, warum starrt er mich an? Gefällt Ihnen mein Kleid? Aus dem Atelier Madeleine, mein Herr, rue Rougemont, wenn Sie das interessiert. Was will er? Warum starrt er mich an?

Fräulein Fifis Gesicht hat jetzt einen ratlosen und hilfesuchenden Ausdruck, sie ist im Begriff, sich an Mario zu wenden – ‚Sag' einmal, was will dieser Mensch dort von mir?' –, aber in diesem Augenblick hebt dieser Mensch den Kopf und streicht sich die Haare aus der Stirn, und Fräulein Fifi steht auf und weiß selbst nicht warum, und dann geht sie auf diesen Menschen zu, und jetzt steht sie vor seinem Tisch.

„Georg! Wie kommst du hierher?"

„Bist du's wirklich, Franzi? Ich hab' dich fortwährend angesehen und wußte nicht, bist du's oder bist du's nicht."

„Hab' ich mich so verändert? Und du –, woher kommst du. Erzähl' doch!"

Sie sprechen beide zugleich aufeinander ein, stellen hundert Fragen, reden aneinander vorüber. Sie wirft einen Blick auf Mario, aber der debattiert noch immer und hat gar nicht einmal bemerkt, daß sie den Tisch verlassen hat.

„Wart', ich setz' mich zu dir", sagt sie. „Und jetzt erzähle!"

„Zuerst du. Du kommst aus Wien, wie geht es dem Vater? Und meinen Schwestern?“

„Ich weiß nicht. Ich denke, gut. Ich bin doch schon so lange fort. Zuerst, weißt du, war's nur eine Urlaubsreise und dann – hat es mir hier gefallen.“

„Du hast hier eine Stelle?“ fragte er.

Sie wirft den Kopf zurück.

„Nein. Ich reise viel. Mentone. Brüssel – – Vielleicht werd' ich Gesang studieren, das wird sich in den nächsten Tagen entscheiden. Einer meiner Freunde – –“

Mit einem feindseligen Blick sieht er sie an.

„Der Baron, wie?“

Sie ist ganz erstaunt.

„Du weißt –? Woher kennst du ihn?“

Aber dann begreift sie, ein längst vergangener Tag kommt ihr in Erinnerung, zwei Puppen, aus Tüchern und Kleidern kunstvoll aufgebaut, sitzen auf einem Sofa. – Sie lächelt.

„Ja, der Baron ist auch hier. Ich seh' ihn manchmal. Aber mein Freund ist der Herr dort, – der mit dem schwarzen Schnurrbart. Ein Großindustrieller aus Mailand. In Lugano hab' ich ihn kennengelernt.“

Vittorin sieht noch immer nicht klar. Er weiß nur, daß er sie verloren hat, vielleicht für immer, – sie gehört einem anderen.

„Du hast ihn gern?“ fragt er. „Wirst du ihn heiraten?“

„Ja. Das heißt – vielleicht. Aber das ist doch einerlei, wie? Er ist katholisch geschieden.“

Vittorin schweigt.

„Wunderschön ist Paris, nicht wahr? Fabelhaft interessant“, sagt sie. „Gefällt's dir hier?“

Vittorin gibt keine Antwort.

„Du mußt nicht immer meine Hände anschauen“, fährt sie fort. „Ich weiß, sie sind nicht hübsch. Du, schau, der Pelz, den die Dame dort trägt! Chinchilla.“

Vittorin hat jetzt einen Entschluß gefaßt. Er sieht ihr ins Gesicht.

„Und wenn ich dich jetzt frage, Franzi: Willst du mit mir zurück? Willst du mit mir das Leben von neuem beginnen? Nun! Gib Antwort!"

Die Frage kommt ihr unerwartet, sie weiß in ihrer Verwirrung nicht, was sie sagen soll.

„Wenn du mich fragst! Aber es fällt dir ja gar nicht ein, mich das zu fragen."

„Doch! Ich will's wissen. In zwei Tagen ist meine Aufgabe beendet. In zwei Tagen bin ich frei. Ich werde arbeiten, mir eine Existenz schaffen. So steht die Sache. Und nun gib Antwort!"

Zurück in die Armseligkeit des Alltags! Zurück an die Schreibmaschine! Morgens um sieben auf dem Schnellsieder den Frühstückskaffee kochen. Ein Kabinett zu zweit mit Ausblick auf den Lichthof. – Ist denn das möglich? Ist das denkbar? Er ist so ahnungslos.

Dennoch vermeidet sie das schroffe „Nein".

„Muß ich mich gleich entscheiden, Georg?"

„Gewiß. Das mußt du. Warten kann ich nicht."

„Schön wär's ja", sagt sie. „Aber es wird nicht geh'n."

„Warum sollt's nicht geh'n?"

„Wie du dir das vorstellst! Was würden meine Freunde sagen, wenn ich ihnen einfach davonginge? Und außerdem – –"

„Du willst also nicht?"

„Nein, Georg. Es geht wirklich nicht. Sei mir nicht böse!"

Jetzt sind sie einander plötzlich fremd geworden. Keiner spricht ein Wort. Vittorin blickt auf die Uhr, er hat nicht mehr viel Zeit. Franzi blickt zu Mario hinüber und weiß nicht recht, wie sie sich verabschieden soll. Sie haben einander nichts mehr zu sagen.

Da kommt der kleine Belgier. Er bleibt in der Türe stehen und zögert, weil er Fräulein Fifi in Gesellschaft eines Herrn sieht, den er nicht kennt, und dieser Herr paßt gar nicht recht zu ihr.

„Du entschuldigst mich, Georg", sagt Franzi eilig. „Ich werde abgeholt. Wird man sich wiedersehen?"

Vittorin ist aufgestanden.

„Ich glaube nicht. In vierzig Minuten geht mein Zug."

„Wirklich?" meint sie verwundert. „In vierzig Minuten. Du bist doch der gleiche geblieben, immer mußt du mit dem nächsten Zug fort. – Leb' wohl, Georg."

Sie geht mit dem kleinen Belgier hinüber in den Tanzsaal. In der offenen Tür winkt sie noch einmal flüchtig zurück, dann schmiegt sie sich in den Arm ihres Tänzers, andere Paare schieben sich dazwischen, noch sieht Vittorin das malvenfarbige Band an Ihrem Kleidausschnitt und den Schimmer ihres Haares, und dann ist sie verschwunden.

Vittorin ist stehengeblieben, er will sie noch einmal sehen. Er wartet. Vier Minuten. Sechs Minuten. Jetzt muß er fort. Viele Paare sind im Rhythmus des Tanzes an der Türe vorübergekommen, fremde Gesichter haben gleichgültig an ihm vorbeigesehen, vielleicht ist auch das ihre darunter gewesen, er weiß es nicht.

SELJUKOW

Von Innsbruck an war Vittorin nur mit drei Personen im Abteil. Die alte Frau mit dem Kopftuch fuhr nach Bischofshofen, um dort eine Stelle als Gasthausköchin anzutreten. Der dicke, vergnügte, kahlköpfige Herr war Vertreter einer Weingroßhandlung, in seinem Musterkoffer führte er Proben aller Südtiroler Weinsorten mit sich. Gleich nach Innsbruck bat er die Gasthausköchin um ein Stück Brot. Er schnitt es in vier gleiche Teile, dann holte er einen Trinkbecher aus dem Koffer und ließ die Mitreisenden von seinem Terlaner, seinem Traminer und seinem St. Magdalener kosten. Der junge Mensch im Sportanzug war Ingenieur in einem Elektrizitätswerk. Er erzählte, daß er im nächsten Jahre nach Südamerika gehen werde. Brasilien, das sei das Land der Zukunft.

Der Weinreisende nickte zustimmend mit dem Kopf. In Südamerika, sagte er, sei noch Geld zu machen. Er habe einen Verwandten in Lima gehabt, einen Großonkel mütterlicherseits, und die Geldsendungen dieses Verwandten, dem er ewig dankbar sein werde, hätten ihm das Studium ermöglicht. Fünf Klassen Realschule. Immerhin eine Grundlage. Eine gewisse Bildung sei Voraussetzung für seinen Beruf, man müsse mit der Kundschaft zu sprechen wissen, man müsse gleich herausbekommen, was den Mann interessiert, was er gern hört, – das Geschäft mache sich dann von selbst. Seit fünf Jahren sei er bei der Weinbranche. Früher habe er eine Schreibmaschinenfabrik vertreten, aber ‚da solle einen Gott behüten'.

„Fahren Sie geschäftlich nach Wien?" wandte er sich an Vittorin.

Vittorin gab nicht sogleich Antwort. Er blickte vor sich hin und sah ein Zimmer mit roten Fenstervorhängen, und in dem Zimmer stand Seljukow, auf dem Schreibtisch lag ein französischer Roman mit einer nackten Dame als Titelbild. – Ein Schuß! Seljukow hat geschossen, die Kugel ist in die Türfüllung gedrungen, das Holz splittert. Zum zweiten Schuß kommt er nicht mehr, jetzt ist die Reihe an Vittorin. Wenn aber eine Frau im Zimmer ist, – was dann? Seljukow hat eine Frau bei sich, das ist ganz sicher, hinter dem Wandschirm hat er sie versteckt. Sie wird schreien, sie wird um Hilfe rufen. Mag sie's tun, mag sie schreien, der Polizei telephonieren, es ist gleichgültig, was nachher geschieht. Dort auf dem Boden liegt Seljukow, er regt sich nicht, im Fallen hat er den Wandschirm mit sich gerissen. – –

„Ich fahre in einer rein persönlichen Angelegenheit nach Wien", sagte Vittorin.

In Salzburg war längerer Aufenthalt. Ein kleiner, auffallend blasser Herr ging fröstelnd und mit hochgezogenen Schultern auf dem Bahnsteig auf und nieder. Seine eleganten, schmalen Lackschuhe standen in einem sonderbaren Gegensatz zu seinem unmodischen Hut, zu dem schlecht gearbeiteten Winterrock, zu den viel zu weiten Hosen, die nur Spuren einer Bügelfalte erkennen ließen. Im Gehen sprach er mit sich selbst. Vittorin grüßte, der blasse Herr sah flüchtig nach ihm hin, zog den Hut und setzte seinen Spaziergang fort.

Vittorin trat auf ihn zu.

„Herr Doktor Bamberger, nicht wahr? Sie kennen mich nicht?"

Der Herr blieb stehen.

„Doch, ich glaube. Das heißt, – mein Gedächtnis ist nicht das allerbeste. Wollen Sie mir nicht helfen?"

„Ich heiße Georg Vittorin."

„Georg Vittorin. Natürlich. Sie verzeihen, daß ich Sie nicht sofort – – Womit kann ich Ihnen dienen, Herr Vittorin?"

„Ich hatte vor Jahren eine Unterredung mit Ihnen, Herr Doktor. Ich habe oft an Sie gedacht. Und ich wollte eigentlich nichts, als Sie fragen, ob Sie den Feldzug gewonnen haben.“

„Den Feldzug?“ fragte Doktor Bamberger völlig verständnislos.

„Ja, Sie sagten damals den Zusammenbruch der Währung voraus und haben recht behalten. Sie sprachen davon, daß ein Krieg aller gegen alle bevorstünde und daß Sie entschlossen seien, ihn zu gewinnen.“

„Verzeihung, aber ich weiß noch immer nicht – – Wie ist Ihr Name?“

„Georg Vittorin. – Sie hatten damals ein Zimmer in der Wohnung meines Vaters.“

Doktor Bamberger schlug sich mit der Hand an die Stirn.

„Jetzt weiß ich endlich, mit wem ich spreche. Mein Gedächtnis läßt mich manchmal im Stich. Wie geht es Ihren Schwestern. Herr Vittorin?“

Der Ingenieur aus dem Elektrizitätswerk ging vorüber und grüßte respektvoll, aber Doktor Bamberger bemerkte es nicht.

„Die eine hat geheiratet, die ältere, das wissen Sie ja vermutlich“, sagte Vittorin. „Oder stehen Sie nicht mehr in Kontakt mit meiner Familie?“

„Ich habe leider den Kontakt verloren“, sagte Doktor Bamberger höflich.

„Das Zimmer hat Ihnen auf die Dauer wohl nicht zugesagt?“

„Doch. Aber ich habe dann vorgezogen, mir eine kleine Wohnung in der Nähe meines Büros zu nehmen. – Und Sie, Herr Vittorin!“

„Ich war Jahre hindurch auf Reisen. In Frankreich, in Spanien, in der Türkei, in Rußland.“

„Eine Studienreise?“

„Eigentlich nicht. Ich hatte im Ausland persönliche Angelegenheiten zu ordnen."

„Und jetzt? Was werden Sie jetzt beginnen?"

„Darüber möchte ich gerne mit Ihnen sprechen, Herr Doktor. Ich will nicht in die Tretmühle zurück, ich habe einen Abscheu vor diesem Wort ‚gesicherte Lebensstellung'. Ich will frei sein, unabhängig sein, ich will für mich selbst arbeiten und nicht für anderer Leute Tasche."

Doktor Bamberger schwieg und sah nachdenklich vor sich hin. Dann sagte er:

„Sie wollen meine Meinung hören, nicht wahr? Nun, wenn ich Ihnen einen Rat geben darf – –"

Er wurde unterbrochen. Ein junger, modisch gekleideter Herr trat mit einer Verbeugung auf ihn zu und meldete:

„Verzeihung, wir haben noch acht Minuten Aufenthalt. Die Verbindung mit Wien wird via Bahntelephon in zwei Minuten hergestellt sein. Soll ich –"

„Danke", unterbrach ihn Doktor Bamberger. „Ich werde selbst sprechen."

Dann wandte er sich an Vittorin.

„Sie entschuldigen mich. Ich habe dringend mit Wien zu sprechen. Empfehlen Sie mich, bitte, Ihrer Familie. – Richtig, Sie verlangten ja meinen Rat. Ich sehe nicht sehr optimistisch in die nächste Zukunft. Es weht ein kalter Wind. Wenn Sie meine Meinung wissen wollen, – eine bescheidene, sichere Anstellung in einem gut fundierten Unternehmen, das ist das beste für die Jahre, die wir vor uns haben. Es hat mich gefreut, Sie zu sehen, Herr Vittorin. Meinen Handkuß den Damen."

Und er ging auf das Stationsgebäude zu.

Der Ingenieur stand wartend in der Türe des Abteils.

„Sie kennen den Präsidenten Bamberger persönlich?" fragte er, als Vittorin sich auf seinem Platz niederließ.

„Ein wenig, ja", meinte Vittorin. „Ist er Präsident? Was bedeutet dieser Titel?"

„Präsident des C.-L.-F.-Konzerns. Das wissen sie nicht? Einer unserer größten Wirtschaftskapitäne."

„So. Und der junge Mensch, mit dem er fortging?"

„Wahrscheinlich sein Privatsekretär. Eine beneidenswerte Stellung. Jawohl, manche Leute wissen es zu treffen. Bezieht wahrscheinlich ein Ministergehalt, macht schöne Reisen, immer im Salonwagen – –"

„Im Salonwagen?"

„Natürlich. Deswegen haben wir ja sechs Minuten Verspätung, weil wir in Schwarzach auf den Salonwagen des Präsidenten Bamberger gewartet haben. Fraglich, ob wir's bis Linz einbringen können."

Vittorin strich sich die Haare aus der Stirn und schwieg. Er hatte nur ein flüchtiges Erinnerungsbild an den eleganten jungen Herrn, dem er seinen Platz an dem wohlgedeckten Tisch des Lebens überlassen hatte.

„Vielfacher Dollarmillionär", fuhr der Ingenieur fort. „Vorige Woche hab' ich im Tagblatt gelesen, daß er auch das Majoritätspaket unserer Gesellschaft erworben hat. Ich bin nämlich bei der Elektro-Union. Wie haben Sie eigentlich seine Bekanntschaft gemacht?"

„Er hat mir einmal einen Platz in seinem Salonwagen angeboten", sagte Vittorin in Gedanken verloren. „Aber ich hab's nicht angenommen. Er hatte ein ganz anderes Reiseziel."

Auf die Dächer und Fenster der Vorstadthäuser fiel das Licht eines trüben Wintermorgens. Die Schneepfützen hatten sich des Nachts mit einer dünnen Eisschicht überzogen. Vittorin ging rasch, er fror in seinem dünnen Überrock, der Wind trieb ihm wäßrige Schneeflocken ins Gesicht, doch die kalte Nässe, die seine Kleider durchdrang, kam ihm nicht zum Bewußtsein. Sein Bruder Oskar bemühte sich, gleichen Schritt mit ihm zu halten. Manchmal warf er einen forschenden Blick in das Gesicht des Heimgekehrten, ein starrer und fremder Zug in diesem Gesicht beunruhigte ihn. Er versuchte zum drittenmal schon, ein Gespräch in Gang zu bringen.

„Sonst bin ich um diese Zeit schon im Büro", sagte er mit einer unwillkürlichen Handbewegung in die Richtung des Schottentors. „Bei uns beginnt's um acht, aber heute hab' ich mir einen freien Tag bewilligt. Die Rohrpost ist eine großartige Einrichtung, man schreibt zwei Zeilen, Grippe oder sonst eine Ausrede, und man ist entschuldigt. Ein Schulkollege von mir ist vor sechs Wochen an Grippe gestorben. In der Nacht auf Sonntag war ich noch mit ihm beim Heurigen, und am Donnerstag hat man ihn begraben. So rasch geht das. Und ich hatte keine Ahnung, ich dachte mir noch: Wo steckt der Mensch, warum sieht man ihn gar nicht? Was ich sagen wollt', – du mußt ein Gesuch schreiben mit curriculum vitae, weiter hast du nichts zu tun, alles andere überlaß ruhig mir, ich bin dort oben persona gratissima. In dem Gesuch darfst du aber nichts davon erwähnen, daß du seit Jahren ohne Posten bist. Gleit' darüber hinweg, das könnt' auf die Leute einen schlechten Eindruck machen. Ist es wirklich so schwer, im Ausland was zu finden?"

„Ich hab' mich niemals lang an einem Ort aufgehalten", gab Vittorin zur Antwort. „Du weißt ja, – ich bin ein Vagabund und Nichtstuer. Der Ebenseder hat es gesagt, es muß also wahr sein."

„Was der sagt, kann dir ganz gleichgültig sein", meinte Oskar. „Ich mag ihn genausowenig wie du. Ich hab' der Lola oft genug gepredigt: Nimm' ihn nicht. Heirat' ihn nicht. Aber damals, wie sie den Vater in Pension geschickt haben – ‚was bleibt mir denn übrig?' hat sie gesagt. ‚Ich muß doch an den Vater und an Vallys Zukunft denken.' Für den Vater ist ja nun wirklich gesorgt, das, was er hier und da mit seinen kleinen Geschäften verdient, das bleibt ihm als

Taschengeld. Und die Vally studiert am Konservatorium. Schlecht ist er ja nicht, nur unsympathisch. Vielleicht hat ihn die Lola heute sogar gern, bei den Frauen kann man das nie wissen."

Da war das Haus. Ein Haus wie jedes andere. Rechts vom Eingang hatte ein Glasermeister seinen Laden, links befand sich ein Blumensalon und eine Geschäftsstelle der Klassenlotterie. Ein kleines Porzellanschild zeigte an, daß im Hochparterre ein Spezialist für innere Krankheiten ordinierte. Eine alte Frau mit einer Einkauftasche stand unter einem geflickten, baumwollenen Regenschirm und lockte einen kleinen schwarzen Hund an sich, der sich mit anderen Hunden in der Mitte der Straße herumtrieb. Von einem Streifwagen wurden Fässer abgeladen.

Vittorin war stehengeblieben.

„Schreibst du das Gesuch heute noch?" fragte Oskar.

„Das weiß ich nicht."

„Wenn ich's heute noch bekäme, dann könntest du dich vielleicht schon morgen oben vorstellen."

„Ich halte es für besser, vorläufig keine Pläne zu machen", sagte Vittorin.

„Am Ersten könntest du die Stelle antreten."

„Es ist ganz ungewiß, wo ich am Ersten sein werde."

„Seh' ich dich heute noch?"

„Auch das kann ich dir nicht sagen."

Oskar blickte beunruhigt den Bruder an.

„Willst du dich nicht von mir begleiten lassen?" schlug er dem Bruder vor.

Vittorin schüttelte den Kopf.

„Nein. Dort hinauf muß ich allein gehen. Bei dieser Sache kann mir kein Mensch helfen."

„Dann bleib' ich hier", erklärte Oskar. „Nach Hause geh' ich nicht. Ich setze mich dort hinüber in das Kaffeehaus."

„Schön", sagte Vittorin. „Aber wenn ich in einer halben

Stunde nicht zurück bin, dann brauchst du nicht länger auf mich zu warten."

„Was heißt das?" rief Oskar. „Ich versteh' dich nicht. Was hast du eigentlich vor? Ich will dir etwas sagen: Wenn du in einer halben Stunde nicht zurück bist, dann geh' ich hinauf und schau', was mit dir los ist."

„Das kannst du tun", sagte Vittorin.

Er sah wie in einer Vision das Bild der verwandelten Straße. Alle Fenster waren geöffnet, Köpfe beugten sich hinaus, vor dem Haus drängte sich die Menge. In der Toreinfahrt stand ein baumlanger Polizist und ließ niemanden ein.

– Weitergehen! Nicht Stehenbleiben! – Was ist geschehen? Ein Unfall? Mord! Auf den Doktor hat ein Patient geschossen. Nein, im zweiten Stock war's. – Der Russe? Nein, der andre. Tot. – Zwei ehemalige Offiziere. Ein Duell ohne Zeugen. – Der Russe ist verwundet. – Lassen Sie mich hinein, ich gehöre ins Haus. – Weitergehen! Nicht Stehenbleiben! – – –

„Ja", sagte Vittorin, „wenn ich in einer halben Stunde nicht zurück bin, dann kannst du hinaufgehen und mich holen."

Und er drückte dem Bruder so warm wie nie zuvor die Hand.

Das Treppenhaus war dunkel. Ein leises Angstgefühl kam über ihn, es war ihm plötzlich, als ginge er die steile Treppe nicht allein hinauf. Regte es sich nicht im Dunkeln? Lautlose Schritte, – Schatten rings um ihn her. Die Toten, die Toten dieses Kampfs waren gekommen, sie wollten dabei sein, nun, da es ans Ende ging. An das Treppengeländer gelehnt stand in seinem kirschroten Schlafrock der alte Kammerherr und nickte ihm zu. – ‚Als Opfer gefallen im Kampfe', sagte eine Stimme, und einen Augenblick lang sah Vittorin das lächelnde Knabengesicht des Grafen Gagarin. Aus dem Dunkel kam Artemjews Flüsterstimme:

‚Sind Sie es, Genosse? Ich habe Sie erwartet. Jetzt zeigen Sie uns, was Sie können.' – Ein leises Scharren, ein Ächzen und Stöhnen, – das waren die roten Soldaten, die er bei Miropol in das Sperrfeuer der Granaten geführt hatte um Seljukows willen. Sie waren gekommen, sie standen dicht gedrängt hinter ihm, bereit, ihm wiederum zu folgen.

Licht fiel vom Flurfenster her auf die Treppe, auf das abgegriffene Geländer, auf die weißgetünchte Wand. Schwer und langsam stieg Vittorin die letzten Stufen hinauf. Jetzt stand er vor der Tür.

Er las einen fremden, gleichgültigen Namen auf dem Türschild. Ein jähes Erschrecken sprang in ihm auf, – vielleicht kam er zu spät, – Seljukow ist fort, gestern abgereist und niemand weiß, wohin – – – Aber während er noch überlegte, geschah es, daß er einen feinen, fremdartigen Geruch verspürte, der durch die geschlossene Tür drang, er kannte diesen Geruch, aus Sibirien kannte er ihn, aus dem Lager von Tschernawjensk, es war das Aroma des chinesischen Tabaks, das Aroma der Zigaretten, die Seljukow rauchte, und er schloß die Augen und sog mit einem unaussprechlichen Wohlgefühl den Duft eines vergangenen Tages ein.

Dann läutete er. Hinter dieser Türe, jetzt wußte er es, war Seljukow.

Der Tür gegenüber stand ein Bett mit einer gestreiften Decke. Den Raum zwischen Bett und Fenster nahm ein sonderbares Möbelstück ein, eine Art Tischchen mit einer Tretvorrichtung und zwei Rädern. Rechts an der Wand hing ein Büchergestell, das viel zu groß war für die wenigen Bücher, die es enthielt. Auf dem freien Raum stand ein Spirituskocher neben einer Teekanne aus Steingut. Überall im Zimmer gab es holzgeschnitzte Figürchen, auf dem Schrank, auf der Kommode, auf dem Fensterbrett und in allen Winkeln: buntbemalte Dorfmusikanten, säbelschwingende Kosaken, trinkende Bauern, eine Troika, eine Dorfschmiede, tanzende Bären, und auf dem Waschtisch neben dem Wasserkrug stand eine Kirche mit blauer Kuppel und vielen winzigen kleinen Wallfahrern.

Auf einem Tisch in der Mitte des Raums lagen kleine Messer mit verschiedenartig gekrümmten Klingen zwischen Farbtöpfen und Rundhölzern. An dem Tisch saß ein Mann mit einer Brille, unrasiert, in einem alten, abgetragenen Sakko, und dieser Mann war Seljukow.

Vittorin hielt noch immer die Türklinke in der Hand und starrte auf die bemalten Holzfiguren, auf die zerschlissene Bettdecke, auf den Mann mit der Brille und auf den zerbrochenen Wasserkrug. Es war kalt im Zimmer, kein Feuer brannte in dem gußeisernen Ofen.

Seljukow erhob sich. Seljukow trug ausgetretene Pantoffeln, seine Hosen waren an den Knien durchgewetzt. Der Tisch mit dem Tretbrett und den Rädern war eine Drehbank.

„Erkennen Sie mich, Michajlowitsch?“ fragte Vittorin nach langem Schweigen.

Nein. Seljukow erkannte ihn nicht.

Seljukow nahm die Brille ab, um sie zu putzen. Seine Augen waren entzündet.

„Leutnant Vittorin aus dem Lager Tschernawjensk. Ehemaliger Kriegsgefangener, Pavillon 4.“

Der Mann, der Seljukows Gesicht hatte, lächelte und sprach mit Seljukows Stimme: „Tschernawjensk! Vorbei sind diese Tage. Damals war ich Offizier und diente Rußland.“

„Und heute?“

„Nun, Sie sehen. Ich lebe. Ich schnitze Spielzeug, und ein Kamerad, der im großen Krieg mein Diener war, verkauft es auf den Straßen. Manchmal verkauft er, manchmal aber kommt er erst spät abends und bringt kein Geld.“

Vittorin suchte ein Wort und fand es nicht. Eine große Leere war in ihm, er starrte durch das Fenster hinaus auf die Straße. Pascholl – hieß dies Wort nicht Pascholl? Seljukow stand vor ihm in Pantoffeln und mit unrasiertem Kinn. Wo war das Georgskreuz? Wo war die Zigarette, nie hatte er Seljukow ohne Zigarette gesehen, wo war der Duft des chinesischen Tabaks? Es roch nach Lack, nach Leim und nach frischer Farbe.

„Rauchen Sie, Michael Michajlowitsch?" fragte er mit gepreßter Stimme.

„Nein. Früher habe ich geraucht, jetzt aber rauche ich nicht mehr."

„Aber haben Sie nicht eben erst, kurz bevor ich kam, eine Zigarette geraucht? Ausländischen Tabak? – – –"

„Nein", sagte Seljukow. „Seit einem Jahr schon habe ich nicht geraucht. Aber wenn Sie gestatten – – –"

Er nahm eine von den Zigaretten, die Vittorin ihm anbot und zündete sie an. Auf eine unnachahmliche Art hielt er sie, während er die blauen Ringe in die Luft blies, zwischen zwei Fingern der linken Hand. Und einen Augenblick lang war es Vittorin, als hätte er den Stabskapitän Seljukow vor sich, Seljukow mit dem hochmütigen Gesicht, mit dem Georgskreuz und dem Wladimir-Orden. – – –

„Sind Sie zufrieden mit Ihrem Leben?" fragte er, und jetzt war in seiner Stimme ein kalter und harter Klang. „Geht es Ihnen gut, Michael Michajlowitsch?"

„Zufrieden? Ich bin vielleicht sogar noch mehr als zufrieden. Ich habe immer Glück gehabt. Meine Kameraden sagten: ‚Seljukow hat in allem Glück, selbst in der Hölle findet er ein kühles Plätzchen.' Es geht mir gut. Ich will Ihnen sagen, ich hatte in Moskau eine Freundin, sie war Sängerin an der Oper. Nun sehen Sie, auch sie ist hier, und sie wohnt sogar mir gegenüber, dort, in jenem Hause. Sie weiß nicht, daß ich hier bin, und sie wird es auch nicht erfahren. So wie ich heute bin, soll sie mich nicht sehen.

Aber ich kann sie von einem Fenster aus sehen, wenn sie am Flügel sitzt und singt, ich sehe sie alle Tage. Ein junger Herr begleitet sie. Ich habe gefragt, – es ist nicht ihr Geliebter, es ist der Korrepetitor. – Warum sollte ich nicht zufrieden sein."

Vittorin schwieg. Ohne daß er es wußte, stieß er einen leisen Seufzer aus.

„Sie sind also gekommen, haben mir die Ehre erwiesen", sagte Seljukow. „Darf ich fragen, – was sind Ihre Wünsche?"

Vittorin fuhr auf. Er war mit seinen Gedanken weit fort gewesen, im Schneesturm der russischen Steppe, in den Straßen Moskaus, auf kahlem Feld zwischen pfeifenden Geschossen, in der Isolierbaracke eines Typhusspitals, in Paris in einem hellerleuchteten Raum, eine Jazzband lärmte, und das Mädchen, das er liebte, nahm Abschied von ihm und ging am Arm eines anderen fort – – – dieser alte Mann hier hatte irgend etwas gefragt, – was er hier suche, warum er gekommen sei – – –

„Ich wollte – –" stotterte Vittorin, „ich dachte – – man hat mir gesagt, daß hier russisches Spielzeug zu bekommen ist. Ich brauche russisches Spielzeug, ich möchte kaufen."

„Bitte", sagte Seljukow, und er gab sich keine Mühe, seine Überraschung und seine Freude zu verbergen. „Nehmen Sie, was Sie brauchen. Es ist nicht teuer, aber Sie verstehen, – – das Material, die Farben, les petits frais – – Mein Kamerad trägt alles in Ihre Wohnung."

Er brachte zur Auswahl einen grellbemalten Kosaken, einen Popen mit weißem Bart, zwei Hasen mit beweglichen Ohren, einen heiligen Iwan und eine Bäuerin, die einen Milchtopf trug. Vittorin nahm alles.

Im Vorzimmer stand Grischa und verneigte sich tief bis zur Erde.

„Ssdrawstwuj, Grischa!" grüßte ihn Vittorin, der wie aus einem Traume erwacht war.

„Wünsche Gesundheit, gnädiger Herr!"

„Ich war in deinem Dorf, Grischa, in Staromjena. Ich habe mit deiner Mutter gesprochen. Sie sitzt daheim und weint Tränen um dich."

„So wird sie lachen, wenn ich wiederkomme", sagte Grischa und betrachtete seine roten, von der Kälte geschwollenen Hände.

„Dein Taufpate Gawrila Schikulin ist gestorben. Den Schmied haben sie in die Kreisstadt gebracht", fuhr Vittorin in seinem Bericht fort.

„Mögen ihm dort hundert Ziegelsteine auf den Kopf fallen", murmelte Grischa. „Also Gawrila Iwanytsch ist tot, ich werde ihn nicht wiedersehen. Er war mein Pate. Nun, Gott hat es so bestimmt, es war sein heiliger Wille."

„Der Schmied hat gestohlene Pferde verkauft. Deine Mutter läßt dir sagen, daß sie nichts verschleudert. Mit dem Brot ist sie bis zum März ausgekommen. Aber sie hat niemanden, der ihr im Garten den Boden umgräbt."

„Sie soll Katjuschka nehmen, die Tochter des Schneiders. Die Katjuschka hat nur ein Auge, aber sie ist ein kräftiges Weib und versteht die Arbeit. Sie soll nur mit dem Schneider sprechen", sagte Grischa, und er sah Vittorin an, als sei es selbstverständlich, daß nun Vittorin sogleich zurückkehren müsse, nach Staromjena im Charkower Gouvernement, um der alten Frau diesen Rat zu geben.

„Und hier ist deine Uhr", sagte Vittorin. „Deine Mutter schickt sie dir."

Grischa nahm die Uhr und lachte über sein ganzes breites Gesicht. Er strich liebkosend über ihren verbeulten Deckel, dann zog er sie auf und hielt sie an sein Ohr.

„Ach, mein Mütterchen", rief er. „Sie denkt an alles. Ja, das ist schon meine Uhr. Ich habe es gewußt, daß sie mir sie schicken wird. Sie hat es mir versprochen."

Draußen auf der Straße schlug der Wind Vittorin eine Schneewolke ins Gesicht, aber hinüber in das Kaffeehaus waren es nur wenige Schritte.

Oskar sprang auf, als er eintrat, und ging ihm entgegen.

„Nun?“ fragte er.

„Erledigt“, sagte Vittorin. „Sauwetter das. Ganz durchnäßt bin ich. Ich hätte mir auch einen anderen Tag für diesen Weg aussuchen können.“

„Was war denn dort oben, was hat es gegeben?“

„Nichts Besonderes. Ich weiß wirklich nicht, warum du so aufgeregt bist. Ich hab’ einem russischen Bauern Grüße von seiner Mutter gebracht und ein paar Neuigkeiten aus seinem Dorf. – Elf Uhr ist’s, den ganzen Vormittag hab’ ich damit verloren.“

Und mit einer Handbewegung strich Vittorin zwei Jahre, in denen er Abenteurer, Mörder, Held, Kohlentrimmer, Spieler, Zuhälter und Landstreicher gewesen war, aus seinem Leben – – mit einer gleichgültigen Handbewegung, die einem verlorenen Vormittag und einem durchnäßten Mantel galt und nichts verriet.

NACHWORT

1

Am 4. März 1928 erregten auf den Berliner Litfaßsäulen mannshohe, grell orangerote Plakate die Aufmerksamkeit der Passanten, denn auf diesen Plakaten stand in riesigen Lettern nur ein Wort: „Wohin?“ Den mysteriösen Werbeträgern ohne Botschaft folgten eine Woche später Plakate derselben Aufmachung, auf denen zu lesen war: „Wohin rollst du, Äpfelchen?“ Die großartige Beziehungslosigkeit dieser Frage und der Aufwand, mit dem sie gestellt wurde, dürften die Neugier auf die Botschaft der Werbekampagne noch gesteigert haben. Wiederum eine Woche später wurde das Geheimnis gelüftet. Nunmehr enthüllten die Plakate: „»Wohin rollst du, Äpfelchen?« Der neue Fortsetzungsroman in der »Berliner Illustrirten Zeitung«. Von Leo Perutz. Beginn: 25. März.“

Derartige Werbekampagnen für einen Illustriertenroman erscheinen heute monströs; in der Weimarer Republik waren sie nicht unüblich, wenngleich sicher nicht alle Werbestrategien so aufwendig und einfallsreich waren wie die für den Roman von Leo Perutz. Daß die Fortsetzungsromane mit ihrem wöchentlichen ‚Spannungsumbruch‘ ein wichtiges Bindemittel zwischen Lesern und Illustrierten darstellten, war in den Illustriertenredaktionen seit der Jahrhundertwende bekannt. Die „Berliner Illustrirte Zeitung“ des Ullstein-Konzerns war am Ende der zwanziger Jahre mit einer Auflage von fast zwei Millionen und einer geschätzten Leserzahl von annähernd fünf Millionen die größte Illustrierte des Kontinents. Ihre Romanredaktion pflegte die Institution des Illustriertenromans mit besonderer Sorgfalt: „Der Roman wurde bald als das erkannt, was einer Illustrierten, wenn sie kontinuierlich florieren will, den Fortbestand und das verlegerische Rückgrat sichert. Die Ullsteins warfen für damalige Zeiten immense Honorare und eine fast amerikanische Reklame in den jeweils neuen Roman" (Friedrich Luft). Die „Berliner Illustrirte Zeitung" war eine der wenigen Illustrierten, die sich Erstabdrucke nicht nur von niveauvollen Unterhaltungsautoren wie Vicki Baum oder Wilhelm Speyer leisten konnten, sondern auch die Romanpublikation von Autoren wie Ricarda Huch, Gerhart Hauptmann, Arthur Schnitzler, Carl Zuckmayer – und Leo Perutz.

2

„Wohin rollst du, Äpfelchen..." wurde neben Remarques „Im Westen nichts Neues" einer der bekanntesten Romantitel am Ende der Weimarer Republik; über seine Wirkung heißt es in einer Dissertation aus dem Jahre 1948: „Wie eine persönliche Anrufung wurden die Worte »Wohin rollst du, Äpfelchen?« zur Parole der End-Zwanziger-Jahre. Der Titel löste sich vom Roman ab und gewann ein eigenes Leben; er wurde charakteristisch für die Ungewißheit der Zeit und den Zweifel an der Existenz." Im Erscheinungszeitraum von Perutz' Roman stieg die Auflage der „Berliner Illustrirte Zeitung" um mehr als dreißigtausend Exemplare, und auch aus einigen außergewöhnlichen Reaktionen auf den Abdruck des Romans läßt sich schließen, daß er ein grandioser Erfolg war. So fragte ein Musikverlag beim Ullstein-Verlag an, wo die Noten des alten russischen Volkslieds „Wohin rollst du, Äpfelchen?" erhältlich seien. Ein Postkartenhersteller, der die Photographie eines Hundes samt fortrollendem Apfel auf einer Postkarte mit der Unterschrift „Wohin rollst du, Äpfelchen..." zieren wollte, bat um Auskunft, ob der Titel bereits gesetzlich geschützt sei. Gänzlich andere Sorgen hatte der Königsberger Ordinarius von Arsenjew, der sich beim Ullstein-Verlag darüber beklagte, daß er von Freunden, Kollegen und Studenten ständig gefragt würde, ob er mit dem bombenwerfenden

Sozialrevolutionär Arsenjew aus Perutz' Roman verwandt sei; er bat den Verlag, auf eine Namensänderung der Romanfigur hinzuwirken. In einem Brief vom 9. Mai 1928 bedauerte Perutz die zufällige Namensidentität und versicherte dem besorgten Professor, der Sozialrevolutionär werde sich in der nächsten Fortsetzung mitsamt seinen Verfolgern in die Luft sprengen und folglich aus dem Roman verschwinden; für die Buchausgabe versprach Perutz eine Namensänderung – hier heißt der Sozialrevolutionär Artemjew. Der Professor war zufriedengestellt und schrieb einen Dankesbrief. Weniger zufrieden mit Perutz' Roman war der Philosoph und Groteskenschreiber Dr. Salomo Friedländer („Mynona"), der am Ende der zwanziger Jahre seine Mission darin erblickte, „mit der Keule Kant auf die Triumphe der Moderne loszuschlagen". Mynona machte seinem kulturkritischen Ärger über die „gewaltige Reklame-Meduse" des Ullstein-Konzerns und Perutz' Roman Luft in einem giftigen Verriß, der kürzlich aus seinem Nachlaß erstmals veröffentlicht wurde.

Die professionelle Literaturkritik indes, die Perutz' frühere Romane aufmerksam mit Rezensionen bedacht hatte, nahm „Wohin rollst du, Äpfelchen..." kaum zur Kenntnis – daß ein Illustriertenroman, der als Buch in der „Gelben Ullstein-Reihe" herausgebracht wurde, etwas mit Kunst zu tun haben könne, erschien undenkbar.

Auf das spezifisch deutsche Vorurteil, daß Kunst nicht unterhaltend, Unterhaltungsliteratur nicht kunstvoll sein könne, hatte Carl von Ossietzky schon 1925 in einem Essay hingewiesen, der Leo Perutz gewidmet war:

Der Deutsche erwartet von vornherein nicht von seinen Autoren, daß sie Dichter sein und zugleich unterhaltsam schreiben können. Der deutsche Roman ist entweder der 800seitige Entwicklungsroman mit seiner episch verkleideten Lyrik oder der die Handlung bagatellisierende psychologische Ro-

man. In dem Wiener Perutz steckt unendlich viel ungebrochene Erzählerfreude. Er kennt noch die naive Lust am Ersinnen einer Fabel, an der kunstreichen Verwirrung und Lösung der Fäden, am effektvollen Intermezzo, an der sorgfältig vorbereiteten großen Szene. Er beherrscht die Mechanik der Spannung in hohem Maße. Er kennt den geheimen Wunsch des Lesers, von einer spielend sichern Hand durch ein Labyrinth geführt zu werden. [...] Er holt sich seine Themen aus dem Unwahrscheinlichen, aus jenem Grenzbezirk, in dem die stärkste Phantasieleistung so nahe neben der billigsten Wirkungshascherei wohnt. (Hier waren Balzac und Dostojewski zu Gast, aber Eugène Sue und Karl May zu Hause). [...]

Aber nicht die Fabel, erst die Ausführung zeigt Perutz in seiner vollen künstlerischen Atemkraft. Je romantischer die Handlung sich verwickelt, desto prächtiger leuchten seine Farben. Je raffinierter die Situation wird, desto lebendiger werden die Figuren. Das Konstruktive verschwindet hinter den Figuren, die lenkende Hand wird unsichtbar, der Mensch steht voran. Die Technik, in der Exposition oft spürbar, ist überwunden. Das Dichterische hat gesiegt.

Leo Perutz, so lautete Ossietzkys Fazit, „ist ein Dichter mit der Fähigkeit, ungewöhnlich fesselnde Romane zu schreiben. Ich betone: ein Dichter."

Zwischen 1918 und 1933 war Leo Perutz einer der „meistgelesenen Erzähler deutscher Sprache" (Friedrich Torberg), sein Werk, in einundzwanzig Sprachen übersetzt, wurde 1933 in Deutschland, 1938 in Österreich verboten. Leo Perutz ging ins Exil nach Israel. Nach dem Zweiten Weltkrieg wurden seine Romane zunächst kaum beachtet, seit den sechziger Jahren erfreuen sie sich einer stetig steigenden Beliebtheit: In der spanischsprachigen Welt werden sie heute ebenso gelesen wie in Polen, Frankreich, Italien, Österreich, der Bundesrepublik und der

DDR. Über den Autor dieses ungemein erfolgreichen und zukunftsträchtigen Werks ist indes noch kaum mehr bekannt als Friedrich Torberg in seinem Anekdotenwerk „Die Tante Jolesch oder Der Untergang des Abendlandes" überliefert hat. Schenkt man diesen Anekdoten Glauben, so war Perutz eine unnahbare, leicht bizarre Gestalt, die zumeist im Café Herrenhof ihr (Un-)Wesen trieb, ein hervorragender Mathematiker, Schach- und Tarockspieler und ein schlagfertiger Feind aller Art von „snobistischen Attitüden".

3

Leo(pold) Perutz wurde am 2. November 1882 in Prag geboren. Sein Vater, ein angesehener jüdischer Textilkaufmann, siedelte 1899 von Prag nach Wien über. Entgegen zählebigen Legenden in Feuilletons und literaturkritischen Essays gehörte Perutz nicht zum Prager Dichterkreis, sondern zu einem Kreis schriftstellernder Gymnasiasten und jungen Autoren in Wien, der sich bald nach der Jahrhundertwende in einem literarischen Verein namens „Freilicht" zusammenfand und aus dem später die Schriftsteller Ernst Weiß, Richard A. Bermann (unter seinem Pseudonym Arnold Höllriegel) und Leo Perutz bekannt wurden. Im „Freilicht" wurde über Literatur diskutiert und Selbstgeschriebenes vorgelesen, aber keines der Mitglieder dachte vorerst an die Publikation literarischer Arbeiten. Leo Perutz erhielt eine Ausbildung als Versicherungskaufmann und trat mit Veröffentlichungen zunächst in der Versicherungsmathematik hervor; bis zum Beginn der zwanziger Jahre arbeitete er als „Beamter in der mathematischen Abteilung" der Wiener Anker-Versicherung.

Als Romancier debütierte Perutz erst im Jahre 1915 mit seinem historischen Roman „Die dritte Kugel", der von der literarischen Kritik enthusiastisch aufgenommen wurde. Im Ersten Weltkrieg diente Perutz als Landsturmfähnrich und wurde nach der Genesung von einer lebensgefährlichen Verletzung im Juli 1916 dem Kriegspressequartier in Wien überstellt, in dem während des Krieges die literarische Prominenz Österreichs versammelt war. Von der Mitte des Jahres 1917 bis zum Kriegsende führte Perutz neben seiner Diensttätigkeit im Kriegspressequartier das Leben eines Zivilisten: Er war fast allabendlich im Café Herrenhof oder Café Central anzutreffen, meist in Gesellschaft von Richard A. Bermann, Franz Werfel, Egon Erwin Kisch oder Anton Kuh. Mit Kisch verband Perutz im letzten Kriegsjahr und während der Revolution eine enge Freundschaft.

Die Jahre von 1918 bis 1933 waren die literarisch produktivste Periode in Perutz' Leben. Bei Kriegsende war er kein unbekannter Autor mehr: Sein Erstling, „Die dritte Kugel", hatte zehn Auflagen hinter sich, und das 1915 gemeinsam mit Paul Frank verfaßte „Mangobaumwunder", das Perutz selbst nur als „Unterhaltungsroman" einstufte, ging in die achte Auflage. Im Frühjahr 1918 wurde im „Berliner Tageblatt" und in der Prager „Deutsche Zeitung Bohemia" Perutz' Roman „Freiheit" vorveröffentlicht, der Ende 1918 in der Buchausgabe unter dem Titel „Zwischen neun und neun" zum „größten Erfolg des deutschen Buchmarkts" (E. E. Kisch) der unmittelbaren Nachkriegszeit wurde.

1918 und 1919 arbeitete Perutz an seinem zweiten historischen Roman, „Der Marques de Bolibar", dessen äußere Handlung den von eigenen Offizieren herbeigeführten Untergang zweier Rheinbund-Regimenter im Guerilla-Krieg der Spanier gegen Napoleon schildert. Anläßlich des Erscheinens dieses ebenfalls im „Berliner Tageblatt" vorveröffentlichten Romans schrieb Egon Erwin Kisch im „Prager Tageblatt":

Mit geradezu mathematischer Präzision arbeitet Perutz seine Stoffe aus, es ist einfach unfaßbar, wie folgerichtig, naturnotwendig und lebenswahr seine Figuren das Unerwartete, Überraschende tun müssen und wie in einem minutiös studierten Hintergrund des Verschollenen das ewig Heutige nicht verlorengeht. In Leo Perutz, seiner sprachlichen, konstruktiven und romantischen Begabung haben wir den Meister des spannenden Romans der Gegenwart, ein Talent, wie es seit Dumas nicht gelebt hat und innerlicher als dieser.

Nicht weniger als zwei Jahre, von 1920 bis 1922, schrieb Perutz an seinem nächsten Roman, „Der Meister des Jüngsten Tages“, der – weil er einen mysteriösen (Selbst?-) Mordfall in der Wiener Vorkriegsgesellschaft zum Sujet hatte – meist als „Kriminalroman“ rezensiert wurde, obgleich die „Lösung“ des Falls, wenn es denn eine ist, gänzlich andere Probleme aufwirft, als sie im Genre des Kriminalromans üblicherweise behandelt werden.

1923 entstand Perutz' dritter historischer Roman, „Turlupin“, der als Vorabdruck zugleich in der Berliner „Vossische Zeitung“ und in der Wiener „Neue Freie Presse“ erschien. Dieser moderne historische Roman, dessen Held ein namenloser Barbiergeselle im Frankreich der Zeit Richelieus ist, durchbrach die Gattungsschranken des traditionellen historischen Romans auf eine ähnlich ironische und konstruktive Weise wie zuvor schon „Die dritte Kugel“ und „Der Marques de Bolibar“. Anläßlich des Erscheinens der Buchausgabe des „Turlupin“ schrieb Alfred Polgar in der „Weltbühne“ einen längeren Essay über die Eigenart des literarischen „Real-Träumers“ Leo Perutz, in dem es u. a. hieß:

Perutz ist kein Literat. Von den Verlogenheiten, Klebrigkeiten, Künsteleien, Schwindeleien des Metiers ist in seinen Romanen keine Spur. Es gibt im sicher gefügten Zweckbau sol-

chen Romans von Perutz nichts, was nur Schmuck oder Aufputz wäre. Jeder Teil ist Träger und Last zugleich. Härte, Solidität und Knappheit der Darstellung ergeben insgesamt etwas, das man Charakter nennen darf. Nur-Schilderung scheint vermieden. Wo Farbe gesetzt ist, haftet sie als ein Untrennbares am Material, mit ihm gegeben und da. Atmosphäre, der starke Reiz dieser Bücher, ist nicht in sie eingepumpt, sondern löst sich, ohne daß es hiezu der Kunstmittel bedürfte, vom Sach- und Menschenkomplex, schwebt um ihn als seine natürliche luftige Hülle. [...]
Es ist ein Wirkungs-Geheimnis dieser Bücher, daß die Ereignisse, deren Chronik sie sind, nicht nur ihre, mit aller Technik und Schlauheit einer ausgepichten Erzählerbegabung gefügte logische Folgerichtigkeit haben, sondern auch die überlogische Kausalität, deren Kette letztes Stück durch Gottes Finger läuft. Der ist in jedem Buch von Perutz, so fern es aller Gläubigkeit und Religiosität, merkbar.

Um die Mitte der zwanziger Jahre hatten alle Romane von Perutz ansehnliche Auflagen erzielt und waren von bekannten Autoren wie Kisch, Polgar und Tucholsky rezensiert worden; Perutz selbst war, wie die Vorabdrucke seiner Romane und Erzählungen in den wichtigsten Zeitschriften und Zeitungen Deutschlands und Österreichs dokumentieren, ein bekannter und geschätzter Autor.

Am 4. Oktober 1924 schrieb Leo Perutz in seinen Notizkalender: „Erstes Kapitel der Kriegsgefangenen-Novelle begonnen." Am 5. Juni 1927 notierte er: „Letztes Kapitel des »Äpfelchen« beendet. Hosianna!" Annähernd drei Jahre hatte Perutz, unterbrochen nur von kleineren literarischen Arbeiten und Filmtreatments, am Stoff der Kriegsgefangenen-Novelle gearbeitet, aus dem der Roman „Wohin rollst du, Äpfelchen..." geworden war. Den fertigen Roman schickte er, wie er es mit früheren Arbeiten getan hatte, wegen eines Vorabdrucks an den Ullstein-Verlag.

Dieser wollte ihn jedoch nicht lediglich für den Vorabdruck, sondern als „Paket“: zum Vorabdruck für die „Berliner Illustrirte Zeitung“ und als Buch für die „Gelbe Ullstein-Reihe“. Nach längeren Verhandlungen, für die er nach Berlin reiste, um mit Hermann Ullstein persönlich zu sprechen, willigte Perutz gegen ein stattliches Honorar von 18 000 Mark ein.

Welches literarische Gespür brachte den Ullstein-Verlag darauf, einen Roman für seine größte Illustrierte zu kaufen, der nicht als Fortsetzungsroman verfaßt, sondern so sorgfältig konzipiert und geschrieben war wie alle Romane von Perutz?

4

Zur selben Stunde, da Georg Vittorin nach seinem Besuch beim ehemaligen Stabskapitän Seljukow mit seinem Bruder im Schneetreiben den Währinger Gürtel hinunterging, stand ein Schicksalsgefährte Vittorins, namens Franz Tunda, in Paris, „auf dem Platz vor der Madeleine, inmitten der Hauptstadt der Welt und wußte nicht“, so berichtet zumindest sein Freund Joseph Roth, „was er tun sollte. Er hatte keinen Beruf, keine Liebe, keine Lust, keine Hoffnung, keinen Ehrgeiz und nicht einmal Egoismus. So überflüssig wie er war niemand in der Welt.“

Perutz’ Roman „Wohin rollst du, Äpfelchen ...“ und Joseph Roths Roman „Flucht ohne Ende“, der 1927 erschien, schildern das Schicksal eines Heimkehrers, dem – aus Gründen, die in beiden Romanen sehr verschieden sind – die Rückkehr und die Integration in die Nachkriegsgesellschaft nicht gelingt. Der Typus des heimatlosen Heimkehrers, der ortlos und glaubenslos, hoffnungslos, skeptisch und meist sehr lebensuntüchtig einer feindlichen Welt bürgerlicher Saturiertheit gegenübersteht, ist *das*

Thema der deutschen Erfolgsromane von 1927 bis zum Beginn der dreißiger Jahre. Von 1927 an reißt die Welle der mehr oder minder reportagehaften oder autobiographischen ‚Berichte' über Krieg und Nachkrieg nicht mehr ab, und in der Weltwirtschaftskrise erreicht der Roman über den nicht arrivierten Heimkehrer und die „verlorene Generation" seine größte Verbreitung – es ist die Zeit, in der Perutz' Titel „Wohin rollst du, Äpfelchen . . ." zum Symbol „für die Ungewißheit der Zeit" wird.

Joseph Roth ist, wenn nicht der Erfinder, so doch der erste Gestalter des Typus des heimatlosen Heimkehrers aus dem Krieg. „Die österreichisch-ungarische Monarchie war zerfallen. Er hatte keine Heimat mehr", heißt es über den Franz Tunda der „Flucht ohne Ende", der fühlt, „daß ich sehr fremd in dieser Welt geworden bin". Ein Jahr später gestaltet Roth aus dem individuellen Schicksal des Helden der „Flucht ohne Ende" ein Generationsschicksal. „Ich glaube, der Krieg hat uns verdorben. Gestehen wir, daß wir zu Unrecht zurückgekommen sind", sagt der Erzähler des Romans „Zipper und sein Vater", dessen trauriger Held Arnold Zipper als clownesker Artist in einem Variété endet, in dem er allabendlich regiemäßig daran gehindert wird, auf seiner Violine zu spielen – eine Tätigkeit, die dem Erzähler als „symbolisch für unsere Generation der Heimgekehrten" gilt, „die man verhindert zu spielen: eine Rolle, eine Handlung, eine Geige". Zu den aufmerksamen Lesern dieser Romane Joseph Roths gehörte Erich Maria Remarque, der das von Roth gestaltete Lebensgefühl der End-Zwanziger-Jahre unter wörtlichen Anleihen in die Kriegszeit zurückprojizierte und mit „Im Westen nichts Neues" den bei weitem erfolgreichsten Roman der „verlorenen Generation" schrieb.

Franz Tunda aus Roths „Flucht ohne Ende" und Georg Vittorin aus Perutz' „Wohin rollst du, Äpfelchen . . ." gehören – bei allen Unterschieden im einzelnen – derselben literarischen Familie und Zeit an. Beide Romane sind im übrigen nicht das, als was sie sich geben. „Wohin rollst du, Äpfelchen ...“ ist nicht allein der spannende Unterhaltungsroman einer endlosen Verfolgung mit harmlosem Ausgang, und Roths „Flucht ohne Ende“ ist nicht die neusachliche Reportage, als die Roth sie einführt: „Ich habe nichts erfunden, nichts komponiert. Es handelt sich nicht mehr darum zu »dichten«. Das wichtigste ist das Beobachtete.“ Bereits ein zeitgenössischer Rezensent stellte zu „Flucht ohne Ende“ fest: „Das ist heftig gedichtet; es ist ein Stil von starrer, dem Erhabenen zuneigender Art.“ Das Pathos und die religiöse Metaphorik, mit denen Roth das Schicksal des Franz Tunda beschreibt, sind nicht Merkmale des unbewegten Beobachters, sondern des Dichters, den Trauer über den Verlust der Heimat, des Glaubens und der Hoffnung bewegt. Derselbe Joseph Roth, der mit den Protagonisten seiner Romane bis zum Ende der zwanziger Jahre vorgab, durch Skepsis und Zweifel „hellsichtig, wissend und hoffnungslos“ geworden zu sein, begann sehr bald Romane zu schreiben, in denen Glaube und Hoffnung von einer Art sich offenbarten, die durch kein Wissen, keine Skepsis und keine rationalistischen Zweifel zu erschüttern waren.

Wenngleich die Helden Tunda und Vittorin eine gewisse literarische Familienähnlichkeit aufweisen, die sich auf den Typus des Heimkehrers und sein typisches Zeitschicksal erstrecken, so sind die Romanwelten von Roth und Perutz einander doch fremd. Vom Pathos der Heimatlosigkeit, des Glaubensverlustes, der Einsamkeit und des Verlorenseins findet sich in Perutz' Roman ebensowenig eine Spur wie von der resignierten Anklage gegen die saturierte bürgerliche Nachkriegsgesellschaft. Perutz hat das Sujet des Heimkehrers aus dem Krieg zum Stoff eines ironischen Unterhaltungsromans gemacht. Seine Skepsis ist von anderer Art.

5

Ein sonderbarer Heimkehrer ist dieser Georg Vittorin, der schon auf seiner Heimfahrt aus der russischen Kriegsgefangenschaft ununterbrochen an die Rückkehr nach Rußland und die Rache an Stabskapitän Seljukow denkt. Die Heimatstadt Wien, die vertraute Umgebung, Familie und Freundin, „das alles war nur da, um ihn einzulullen, um ihn seiner großen Aufgabe abtrünnig zu machen". Das Schicksal des untergegangenen Habsburgerreichs bewegt Vittorin ebensowenig wie die Revolution; diese allerdings „bereitete ihm Sorgen. Gibt es in diesem Chaos überhaupt noch Ämter? [...] Wird der Bahnverkehr mit Rußland aufrechterhalten?" Mit einem „Gefühl grenzenloser Genugtuung" verläßt der Heimkehrer Vittorin schließlich seine Heimatstadt Wien, „in der das Leben für ihn nichts als ein Schatten gewesen war".

Das Motiv für die Rache, der Vittorin nach der Rückkehr aus Rußland sein Leben widmet, scheint ein höchst triviales, ein Allerweltsmotiv. Die gekränkte Ehre eines Offiziers, „Scham und Zorn" wegen einer erlittenen Demütigung, die „wie ätzendes Gift in seiner verstörten Seele" brennt. In Seljukow haben die Kränkungen eines unbefriedigenden Lebens, die Schmach verletzter Eitelkeit nur einen Namen und ein Antlitz erhalten; tiefere psychologische Motivationen der Rache werden dem Leser angeboten, aber nicht aufgedrängt. Die Rache für den Fliegerleutnant, der infolge der vorenthaltenen Offiziersbehandlung starb, ist erkennbar nur die Rationalisierung von Vittorins Privatrache. Der Schwur der fünf Kriegskameraden, die im Gefangenenlager den Fliegerleutnant zu rächen beschlossen haben, erweist sich in Wien denn auch sehr bald als brüchig; „Curaçao, Würfelzucker und Sardinen" werden schnell „wichtiger als die Nachrichten von Seljukow".

Vittorins Rachetraum ist, wie der mitverschworene Professor scharfsinnig diagnostiziert, eine „schwere Psychose" und zugleich „der typische Traum aller Gefangenen: Einmal wiederkommen und Abrechnung halten." Alle Versuche, Vittorin von seinem Rachefeldzug abzubringen, schlagen fehl: „eine Sache kann idiotisch sein und trotzdem notwendig", lautet Vittorins letztes Wort in der Sache Seljukow. Ist Georg Vittorin also ein psychopathologischer Sonderfall, eine Abnormität? Sicher nicht, von seinem Rachewahn abgesehen, ist er ein gänzlich normaler, liebenswürdiger Mensch, und im Wien der „Gespensterzeit" der Jahre 1918/19 ist überdies schwer zu sagen, wer „normal" ist. Die Therapie zumindest, die der Professor seinem so scharfsinnig analysierten Kriegskameraden anrät, ist nicht viel besser als dessen Krankheit: „Den Krieg vergessen, alles, was wir durchgemacht haben, auslöschen aus der Erinnerung." Dem Nichtvergessenkönnen entspricht die Verdrängung, das zwanghafte Vergessenwollen, dem die Kriegskameraden Vittorins sich im angestrengten Vergnügungstaumel der Nachkriegszeit hingeben. Bewältigt hat das Geschehen der Kriegsjahre niemand.

Georg Vittorin ist im Wien der „Gespensterzeit" denn auch bei weitem nicht der einzige, der einer Fiktion nachhängt. „Herrn Vittorin senior hatte der verlorene Krieg, der Zusammenbruch der alten Armee, der Sturz der Dynastie, der Zerfall des Reiches völlig aus dem Gleichgewicht gebracht"; er wird vom Dienst suspendiert, versucht aber vor seiner Familie „die Fiktion aufrechtzuerhalten, daß sich in seinem Leben nichts geändert habe". Als sie sah „daß ihr der Freund entglitt", hatte Vittorins Freundin Franzi ihm von „Liebesabenteuern erzählt, die sich nie begeben hatten, und Personen erdichtet, die ihr mit Leidenschaft nachstellten". Dr. Bamberger schließlich, der Vittorin eine Stelle anbietet, lebt für die Fiktion, daß der eigentliche Krieg gerade erst beginne:

Die Flut des neuen Geldes wird den alten Reichtum zertrümmern, die Eigentumsrechte vernichten – alles, um das wir die Besitzenden heute beneiden, wird herrenloses Gut sein und dem gehören, der richtig zugreift. Der Krieg ist nur scheinbar zu Ende, bei uns beginnt er erst. Es wird ein erbarmungsloser Krieg sein, ein Krieg aller gegen alle, und ich für meine Person gedenke ihn zu gewinnen.

Die Fiktion des Dr. Bamberger ermöglicht, wie sich gegen Ende des Romans herausstellt, ein realistischeres Handeln als die Fiktion der „großen Aufgabe", die Georg Vittorin auf seine Reise treibt, die nicht, wie er seiner Freundin Franzi zum Abschied sagt, „ein paar Wochen" dauert, sondern zwei Jahre.

Auf der Irrfahrt seiner Suche nach Seljukow, die er angetreten hatte, weil er nicht vergessen konnte, steigern sich Vittorins Selbstvergessenheit und sein Vergessen stetig und wechelseitig. Die Selbstvergessenheit manifestiert sich in Vittorins Bereitschaft, seiner großen Aufgabe immer größere Opfer zu bringen, sein Vergessen äußert sich darin, daß ihm das Bild Seljukows immer stärker verblaßt und er sich an dessen Stelle ein Phantombild stets neu konstruieren muß.

Schon bei seinem Aufbruch nach Rußland hat Vittorin „das Gesicht seines Todfeindes vergessen". Das „verhaßte Antlitz" kommt Vittorin erst „wieder in Erinnerung", als sein Rachefeldzug das erste Opfer gekostet hat, den weißrussischen Offizier Gagarin. Nach diesem Opfer aber hat sich das Gesicht Seljukows in „die Maske Satans" verwandelt, in Moskau erscheint Seljukow Vittorin bereits weitgehend entindividualisiert als „Feind der Menschheit" schlechthin.

Das zweite Opfer, „dem Vittorins große Mission zum Schicksal" wird, ist der unglückselige Baron Pistolkors, das dritte der Sozialrevolutionär Artemjew, der Vittorin gerettet und ihm Papiere zur Fortsetzung seiner Suche nach Seljukow besorgt hatte. Das Schicksal Artemjews, den Vittorin unwissentlich denunziert und in den Selbsttod getrieben hat, deutet Vittorin in souveräner Selbstvergessenheit nach den Bedürfnissen seines Rachefeldzugs:

Er ahnte den Zusammenhang der Dinge nicht, er wußte nicht, daß er selbst Artemjew den Händen seiner Feinde überliefert hatte. Es erschien ihm nur sonderbar, daß das Schicksal Artemjew gerade noch Zeit gelassen hatte, ihm, Vittorin, zur Fahrt an die Front zu verhelfen, als wäre das der Sinn dieses abenteuerlichen Lebens gewesen.

An der Front opfert Vittorin einer Vision Seljukows einen ganzen Zug Soldaten und wird selbst nur mit knapper Not gerettet. Nach längerer Krankheit versucht er, Seljukow über dessen Diener Grischa auf die Spur zu kommen. Als er erfährt, daß Seljukow und Grischa sich in Batum aufhalten sollen, beginnt eine neue Etappe des Rachefeldzugs; die zurückliegende ungewisse Suche mit all ihren Opfern wird kurzerhand zum „Irrweg" erklärt, „Batum" zum „kleinen Umweg" – „in seiner Vorstellung befand er sich bereits auf der Heimreise". Um die Opfer und Leiden der zurückliegenden und der bevorstehenden Verfolgung zu legitimieren, konstruiert Vittorin das Bild Seljukow noch einmal neu:

Er sieht in Seljukow nicht mehr den hochmütigen russischen Offizier, der ihn beleidigt hat. Seljukow ist der böse Geist einer entarteten Zeit. In ihm haßt Vittorin alles Schändliche, das seine Augen sehen, die Valutageier, die Raubtiermenschen, die sich in den Besitz der Welt geteilt haben.

Über Konstantinopel, Rom und Mailand führt die Verfolgung Seljukows, dann ist die Spur verloren. Aber weiter geht Vittorins Irrfahrt nach Genua, Barcelona, Narbonne, Toulon, Marseille und Paris, wo Vittorin eher durch Zufall in Erfahrung bringt, daß Seljukow sich in Wien aufhält. „Daheimbleiben und warten und dann eines Tages eine Straße hinaufgehen und um die Ecke biegen. Mehr wäre nicht zu tun gewesen.“ Einem gänzlich veränderten Seljukow tritt Georg Vittorin in Wien gegenüber, aus dem hochmütigen Offizier ist ein heruntergekommener Spielzeughersteller geworden. Seljukow erkennt Vittorin nicht, dieser hat vergessen, weshalb er Seljukow aufgesucht hat und kauft russisches Spielzeug. „Den ganzen Vormittag hab' ich damit verloren“, klagt er seinem Bruder.

Rastlosigkeit und Eile kennzeichneten Georg Vittorin seit seiner ersten Heimkehr aus Rußland. Die Klage über den verlorenen Vormittag nach seiner zweiten Heimkehr zeigt, daß er aus seiner Irrfahrt und aus dem Vergleich von Wahn und Wirklichkeit bei seinem Besuch Seljukows nichts gelernt hat. Georg Vittorins „verstörte Seele“ ist nicht verstörter als die der anderen Protagonisten des Romans. Die Menschen haben aus dem Krieg nichts gelernt, so könnte die pessimistische Botschaft des Romans von Leo Perutz lauten.

6

„Leo Perutz ist ein objektiver Erzähler, in dessen Werk kein Raum für intellektuelle Meditation und persönliche Konfession bestand.“ Mit diesem Satz hat Schalom Ben Chorin, ein guter Bekannter von Perutz in Israel, den Erzähler Perutz treffend charakterisiert. Im Roman „Wohin rollst du, Äpfelchen ...“ findet sich Perutz' pessimistische Zeitkritik an keiner Stelle expliziert formuliert, und nichts hindert den Leser daran, das „Äpfelchen“ lediglich als spannenden Unterhaltungsroman zu lesen. Der Roman ist allerdings erheblich vielschichtiger.

Leo Perutz ist in erster Linie ein konstruktiver Erzähler, dem das Erzählen selbst zum kombinatorischen Spiel wird: Kommentierende und reflektierende Passagen sind überflüssig, die Regeln der Erzählung sprechen für sich selbst. Mit den Motiven der doppelten Heimkehr und der verzweifelten Suche stehen im Mittelpunkt des Romans unverwüstliche Gefühls- und Spannungsträger. Aber für Perutz ist dieses ‚außergewöhnliche Geschehen' nur der erzählerische Knoten, um den herum eine narrative Ordnung aus symmetrischen Begebenheiten und wiederkehrenden Motiven konstruiert wird. Dabei herrscht eine strenge erzählerische Ökonomie: Perutz' Romane erwekken den Eindruck, als seien sie durch lauter Weglassen von unwesentlichen Zügen entstanden. Souverän ist die Beherrschung des Erzähltempos. Nahezu die Hälfte des Romans ist vorüber, und der Held hat seinen Rachefeldzug immer noch nicht angetreten. Den größten Teil der Verfolgung nimmt das Geschehen in Sowjetrußland ein , die Irrfahrten nach Batum, Konstantinopel und kreuz und quer durch Europa spielen sich auf wenigen Seiten ab, Perutz spielt mit seinem unglücklichen Helden wie unachtsam in kurzen Zügen und droht ihn fast zu verlieren, bevor in der betont langsamen Schlußszene der „Feind der Menschheit" zum Spielzeughersteller, der Rächer zum Käufer wird. Diese Art der Erzählung appelliert an den ‚naiven' wie an den ‚erfahrenen' Leser, der die Regeln des Erzählers und Zitierens von Erzähltem kennt. Es ist ein ehrliches und faires Romanspiel, das Perutz mit dem Leser spielt, in dem das kognitive Vergnügen ebenso präsent ist wie die Angst und die Sucht zu erfahren, wie es weitergeht.

Kolportageszenen wie die in Konstantinopel gibt es im Unterhaltungsroman nach der Jahrhundertwende massenhaft, und die Suche, die dort glücklos endet, wo sie ihren Ausgang nahm, gestaltete im „Artushof" schon E. T. A. Hoffmann, dessen Bamberger Jugendbildnis Perutz im

„Äpfelchen“ in den „Kuriositäten und Kostbarkeiten aus allen Ländern und Zeiten“ des Barons Pistolkors auffällig unauffällig versteckt hat. So genau Perutz die Regeln des Kriminal- und Verfolgungsromans kennt, so sicher weiß er, daß der Schluß seines Romans keinem dieser Genres entspricht: weder löst der Tod des Helden Trauer, noch der seines Feindes Befriedigung aus, und keine Heirat des Helden mit seiner Jugendliebe tröstet über die erlittene Unbill des Schicksals. Der Held bleibt unberaten zurück. Erfahrung und Lernen, mit dem Motiv der Suche im Roman traditionell eng verbunden, sind ihm, der zweimal heimkehrt, ohne zu sich heimzufinden, verwehrt.

Perutz' allgemeine Weltanschauungs-Skepsis ist versteckt hinter einer Ironie, die das grundlegende Konstruktionsprinzip des Romans bildet. Der „Gottesbeweis“, den der „alte Landstreicher“ dem atheistischen Schullehrer im Gefängnis liefert, ist schon für sich ein Kabinettstückchen an verdrehter Logik, aber er wird, wie sich herausstellt, von keinem anderen als dem Sozialrevolutionär Artemjew vorgetragen. Derselbe aufgeklärte Schullehrer, der Artemjew wegen seines Gottesbeweises „dumm wie eine Rübe“ gescholten hatte, wird von Artemjew überlistet, ist ihm ausgeliefert und bittet ihn um Mitleid – „um Christi willen“.

Dieser ironischen Konstruktion im kleinen entspricht die des ganzen Romans. Am Ende seiner Verfolgungsreise, die er angetreten hatte, weil er die von Seljukow erlittene Demütigung nicht vergessen konnte, hat Vittorin den Grund seines Besuchs bei Seljukow vergessen. Betrachtete Vittorin es als Sinn des Schicksals von Artemjew, „ihm, Vittorin, zur Fahrt an die Front zu verhelfen“, so sieht Seljukows Diener Grischa Vittorin am Ende des Romans als Boten seiner alten Mutter – als sei der Sinn von Vittorins Verfolgungsodyssee eben das gewesen, was Vittorin seinem Bruder über den Besuch bei Seljukow erzählt: „Ich hab' einem russischen Bauern Grüße von seiner Mutter gebracht und ein paar Neuigkeiten aus seinem Dorf."

7

Nicht die deutsche Literaturkritik, sondern ein junger englischer Schriftsteller war es, der die Qualitäten des Romans „Wohin rollst du, Äpfelchen ..." am eindringlichsten hervorhob. Sein Urteil, das sich in einem Brief an Leo Perutz vom 14. Januar 1931 findet, soll der Nachwelt nicht vorenthalten bleiben:

Ich habe, in den letzten fünf Jahren, das Beste und das Wertloseste in den modernen englischen, deutschen, französischen und russischen Literaturen gelesen, zum meisten Teil unübersetzt, und ich habe nicht ein einziges Mal den Wunsch gehabt, einem Autor zu schreiben.

Am letzten Samstag habe ich „Wohin rollst du, Äpfelchen ..." mit auf die Reise von München hierher [nach London] genommen. Dem gelben Umschlag nach dachte ich, es wäre von der Art Reiselektüre, wo man weiß, von der Seite 37 an, nachdem der Reichsdetektiv endgültig lächerlich gemacht worden ist, wer den reichen Amerikaner in „chambre 13, Hotel Excelsior Palace, Trou les Bains" ermordet hat.
Ich habe das Buch heute in der Früh fertig gelesen, und ich muß sagen, daß ich vollkommen davon ergriffen bin. Ich könnte lange über das Buch schreiben – über die Psychologie, über die Kontinuität, und über die Edgar Poesche Menschlichkeit des Ganzen – aber mein Deutsch reicht sicher nicht dazu. Nicht nur das. Dieses ewige Theoretisieren und Kritisieren nimmt furchtbar von der Spontaneität, und ich werde nur sagen, daß ich Ihren Stil, Ihre Sprache und Ihre Kunst bis in ihre feinsten Details bewundere. Das Wort ‚Genie' hat längst durch Mißbrauch an Wert und Sinn verloren, sonst hätte ich das Buch als einfach genial bezeichnet.

„Herr, erbarme dich meiner" hat einen großen Erfolg gehabt wie auch die französischen Übersetzungen Ihrer Bücher, aber es ist noch wenig von Ihnen in England bekannt. [...] Ich werde mich freuen, wenn Sie durch die Bemühungen von mir und meinen Freunden, einen weiteren Erfolg haben könnten.

Ian Fleming, der Erfinder des „James Bond" und Verfasser dieses Briefes, wußte wovon er sprach, als er das Können des Erzählers Leo Perutz rühmte. Wie die wachsende Zahl seiner Leser beweist, hat Perutz' Werk seither an Faszinationskraft nichts eingebüßt.

Hans-Harald Müller

EDITORISCHE NOTIZ

Der Text der vorliegenden Ausgabe folgt der 1928 in Berlin erschienenen Buchausgabe. Offensichtliche Druckfehler wurden stillschweigend korrigiert, Inkonsequenzen bei der Schreibweise von zwei Eigennamen wurden beseitigt. Das offensichtlich fehlerhaft gesetzte Shakespeare-Zitat auf Seite 104 wurde berichtigt. Modernisierungen des Lautstandes und der Interpunktion wurden nicht durchgeführt.

H.-H. M.